# Le mal-développement en Amérique latine

## MEXIQUE, COLOMBIE, BRÉSIL

## Ouvrages de René Dumont

PARUTIONS RÉCENTES

L'Afrique noire est mal partie
coll. « Politique », Éd. du Seuil, 1966.

Développement et Socialismes
(en collaboration avec M. Mazoyer)
Éd. du Seuil, 1969.

Cuba est-il socialiste ?
coll. « Politique », Éd. du Seuil, 1970.

Paysanneries aux abois : Ceylan, Tunisie, Sénégal
coll. « Esprit », Éd. du Seuil, 1972.

L'Utopie ou la Mort
coll. « Politique », Éd. du Seuil, 1974.

Agronome de la faim
Laffont, 1974.

Seule une écologie socialiste
Laffont, 1976.

Chine, la Révolution culturale
coll. « L'histoire immédiate », Éd. du Seuil, 1976.

Nouveaux Voyages dans les campagnes françaises
(en collaboration avec F. de Ravignan)
coll. « L'histoire immédiate », Éd. du Seuil, 1977.

Paysans écrasés, Terres massacrées
Laffont, 1978.

The Growth of Hunger
(en collaboration avec Nicolas Cohen)
Londres, Marions Boyars, 1979.

La Croissance... de la famine !
coll. « Politique », Éd. du Seuil, 1981.

## Ouvrage de Marie-France Mottin

Cuba quand même, vies quotidiennes dans la révolution
coll. « L'histoire immédiate », Éd. du Seuil, 1980.

## Ouvrage de René Dumont et Marie-France Mottin

L'Afrique étranglée
coll. « Politique », Éd. du Seuil, 1982.

# René Dumont
# Marie-France Mottin

# Le mal-développement en Amérique latine

## MEXIQUE, COLOMBIE, BRÉSIL

**Éditions du Seuil**

La première édition de cet ouvrage
a paru, en 1981, aux Éditions du Seuil,
dans la collection « L'histoire immédiate ».

EN COUVERTURE : photo Paul Fusco/Magnum.

ISBN 2-02-006383-2.
(ISBN 1re publication 2-02-005930-4.)

© SEPTEMBRE 1981, ÉDITIONS DU SEUIL.

# AVANT-PROPOS
## de René Dumont

Gunder Frank sous-titrait un livre justement célèbre : *Le Développement du sous-développement en Amérique latine*[1]. Nous préférons l'appeler *mal-développement*. Au contraire de l'Afrique tropicale, il y a dans ce sous-continent une forte *croissance* des forces productives et des « richesses » créées ; une industrie très importante, allant jusqu'à l'informatique et au nucléaire ; des villes gigantesques, plus polluées et embouteillées que celles des pays développés, véritablement *délirantes* ; un *gaspillage* — moindre que le nôtre cependant — des ressources non renouvelables de la planète et, surtout, un gaspillage du travail. Nous ne l'appelons donc pas « sous-développement », même si l'économie latino-américaine reste largement dépendante. De cette croissance « mal-développée », les bénéfices ne sont guère distribués que dans une fraction très modeste de la population. Plus la proportion de ces privilégiés diminue et plus leur gaspillage s'accentue, plus, à notre avis, cette évolution mérite l'appellation de « mal-développement ». Nous allons donc trouver ce dernier fort accentué de la Colombie au Mexique et plus encore au Brésil, où le luxe de plus en plus scandaleux des privilégiés côtoie une malnutrition aggravée par la misère rurale, le chômage urbain, les bidonvilles. L'écart, non seulement des revenus, mais de la santé et de l'éducation, donc du savoir et du pouvoir, entre les villes et les campagnes, et surtout entre

1. *Capitalisme et Sous-développement en Amérique latine,* Paris, Maspero, 1968.

les riches et les pauvres, ne cesse de s'y accentuer sous nos yeux ignorants ou indifférents.

Mais nous n'allons nullement opposer ce mal-développement de l'Amérique dite latine à notre « développement », celui de l'Euramérique. Ce dernier n'est certes pas un « bon » développement, celui que le Tiers-Monde n'aurait plus qu'à imiter pour parvenir lui aussi à l'abondance généralisée, comme le prétendait W. W. Rostow, même si bien des organisations internationales et autres « généreux » donateurs y croient encore. Le Tiers-Monde l'a bien essayé, ce « modèle », pendant les deux décennies dites du développement ; mais sa faillite généralisée ne peut plus être niée[1], comme nous venons de le montrer à propos de l'Afrique tropicale, que nous avons (malheureusement) dû appeler *l'Afrique étranglée*[2].

Nous réalisons, en pays dits développés, *un autre mal-développement*. Certes, il repose sur une meilleure assise de départ : la croissance de l'agriculture européenne — accélérée en Grande-Bretagne dès le XVIIIe siècle. Mais la révolution industrielle, base de tous ces développements, n'a pu s'épanouir qu'au prix d'une exploitation forcenée des colonies[3] (l'Europe dominait le monde) ; au prix de *l'esclavage, véritable génocide de l'Afrique,* lié au *génocide des Indiens d'Amérique ;* du pillage des mines, du sous-paiement des « denrées coloniales », comme on les appelait sur le fronton de nos vieilles épiceries. Cette exploitation n'a nullement cessé avec la décolonisation : elle se prolonge par ce que Pierre Jalée appelle judicieusement *le Pillage du Tiers-Monde*[4]. Pillage qui nous permet le surgaspillage des ressources rares d'une partie

1. Sauf si l'on est de mauvaise foi.
2. Paris, Le Seuil, 1980 et 1982.
3. Paul Bairoch estime que la croissance agricole anglaise de 1730 à 1780 est un facteur plus important de la révolution industrielle que le pillage des colonies. Nous serions tentés de croire l'inverse.
4. Paris, Maspero, 1970.

de la planète, non plus seulement de celles que nous exploitons dans nos pays, mais surtout de celles que nous « volons » à travers le monde.

Nous vivons donc, en pays dits développés, un *autre* mal-développement, qui croît comme un cancer aux dépens de l'Afrique, de l'Asie tropicale et de l'Amérique Centre-Sud. Nous sommes donc les premiers responsables de *leur* mal-développement, responsabilité partagée avec nos alliés dans ce processus d'exploitation : les *minorités privilégiées urbaines abusives au pouvoir* dans ces pays, minorités que nous avons formées, et qui subissent encore notre domination culturelle.

Derrière chaque critique que nous allons faire de ces minorités, il ne faudra donc jamais — comme pour l'Afrique — oublier notre complicité, notre responsabilité. L'ensemble des pays développés, y compris la majorité de leurs classes ouvrières, constitue la plus grande « minorité privilégiée » à l'échelle mondiale. L'écart pays riches-pays pauvres est passé de 2 pour 1 en 1700, à 40 pour 1 en 1975, et il ne cesse de croître ; de même qu'augmentent, dans ces pays si mal-développés, les écarts riches-pauvres et villes-campagnes, qui sont des caractéristiques essentielles du mal-développement. Comment nier, dans ces conditions, que les sous-développés soient exploités, et parler d'une économie mondiale harmonieuse, où chacun tirerait parti de ses « avantages comparatifs », d'une division internationale rationnelle du travail ?

L'effroyable misère que nous allons évoquer, le lecteur n'oubliera pas qu'il en est (en pays riche) *aussi* responsable et profiteur, même si beaucoup refusent de le reconnaître[1].

Remercions ici (sans pouvoir les nommer, ils sont plus d'un millier) les paysans, les *péones* et les agronomes, les ouvriers,

1. Ce travail a pu être réalisé grâce à une étude de plus de quatre mois sur le terrain, de mai à septembre 1980, au Mexique, en Colombie et au Brésil, puis au Nicaragua. Étude financée par l'Institut de recherches sur les multinationales, 29, bd Bourdon, Paris IV$^e$.

les semi-chômeurs des bidonvilles et tous les « responsables » qui ont répondu à nos questions, souvent délicates. Remercions aussi nos collègues, chercheurs, enseignants et surtout sociologues des universités de ces trois pays. En soulignant plus particulièrement les apports de l'ILET et du CESTEEM à Mexico, du CINEP à Bogota, du CEBRAP à São Paulo, des fondations Getulio Vargas, à Rio, de la « Pastoral de la terra » au Brésil, du CETRAL[1] à Paris, et les amis, notamment Gonzalo Arroyo, Jacques Chonchol et Christian Gros, qui ont bien voulu critiquer ce manuscrit. Nous serons reconnaissants à ceux de nos lecteurs qui nous feraient part, à leur tour, de leurs critiques.

1. Ces sigles seront précisés dans le texte.

# AVANT-PROPOS
## de Marie-France Mottin

Il y a bien des manières de parler de cette partie du monde et on nous reprochera peut-être d'avoir omis des aspects essentiels. Ceci n'a pas la prétention d'être un livre sur l'Amérique latine, mais plus spécifiquement sur un mal qui ronge ce continent, le mal-développement.

Il est aussi d'autres Amériques latines, plus spectaculaires hélas, et dont les tristes exploits ne font même plus la une de nos journaux. De ces pays-là, nous ne parlerons pas non plus. Ceux que nous allons voir se veulent différents, retranchés derrière de grands mythes : Révolution au Mexique, Démocratie en Colombie, Harmonie raciale au Brésil.

Ceci est une histoire ordinaire, banalement quotidienne, celle de la marginalisation systématique de dizaines de millions de gens, restés en marge de leur propre histoire. Ces damnés-là n'intéressent guère — sauf quand l'actualité les promeut au rang de « terroristes » —, ils sont trop ordinaires, comme l'est la violence dont on dit qu'en Amérique latine elle est institutionnelle.

A tous ces oubliés qui végètent dans des conditions infra-humaines, à l'ombre de la modernité, à tous ceux qui « n'existent pas » et à ceux qui se battent en silence à leurs côtés, nous dédions ce livre. Sans visage et sans voix, ce sont eux les héros des divers miracles économiques, puisqu'ils en ont fait les frais. Jusqu'à quand ?

Ce livre s'adresse aussi aux amis africains qui, s'ils le veulent, peuvent encore éviter le piège du mal-développement.

*Vieux latifondistes incrustés*
*dans la terre comme des os*
*d'animaux apocalyptiques,*
*légataires superstitieux*
*de l'encomienda, empereurs*
*d'un sol obscur et clôturé*
*par la haine et les barbelés.*

*Entre les enclos, l'étamine*
*de l'être humain fut étouffée,*
*l'enfant fut enterré vivant,*
*on lui refusa pain et lettres,*
*on le marqua pour le servage,*
*on le condamna aux étables.*
*Pauvre péon infortuné*
*parmi les ronces, ligoté*
*à la non-existence, à l'ombre*
*des pâtis et des prés sauvages.* [...]

*Pourtant, la blessure de l'homme*
*hors des campagnes s'étendit.*
*Plus loin, plus près et plus profond :*
*dans la ville, auprès du Palais,*
*poussa le grand taudis lépreux*
*au grouillant avilissement,*
*à la gangrène accusatrice.* [...]

PABLO NERUDA

Extrait de *Chant général*

Gallimard

# PREMIÈRE PARTIE

# MEXIQUE

Révolution paysanne trahie.
Industrialisation pour privilégiés.
Chômage, misère et malnutrition
des villages aux bidonvilles.

## 1. Mexico, image du mal-développement

Le petit garçon indien regarde. Planté au milieu de la rue piétonne, il ne mendie même pas, comme sa mère et ses sœurs, qui tendent mécaniquement la main au milieu des tables où l'on s'empiffre. Immobile, les mains dans les poches, il regarde.

Une foule insouciante se presse dans cette « zone rose » qui, sous Porfirio Diaz, à la fin du siècle dernier, reflétait les goûts européens de l'élite et aujourd'hui témoigne de l'influence yankee, la nouvelle fascination : grands hôtels fonctionnels, boutiques de prestige avec ces noms européens qui, de New York à San Francisco, font fureur auprès du dollar snob ; c'est l'enclave au cœur du monstre, la colonie. Les étrangers s'y précipitent, les Mexicains aussi : filles sur talons aiguilles qui ont toujours l'air de sortir de chez le coiffeur ou d'une présentation de mode, hommes tirés à quatre épingles, dans le genre voyant, embonpoints de bon ton et sourires satisfaits, en transit entre leur voiture américaine dernier modèle et leur bureau réfrigéré. Après tout, il faut bien que le million de morts de la révolution de 1911-1920 ait servi à quelque chose !

Les touristes passent aussi, en quête de souvenirs et d'exotisme pas cher. L'air modestement supérieur, ce sont en

15

très grande majorité des *gringos* en rupture d'Acapulco. Contrairement aux Mexicains très portés sur la piécette de la mauvaise conscience, ils ne donneront rien aux mendiants. On n'en sortirait plus. Mais ils s'attendrissent sur l'exotisme de ces Indiens bigarrés, ces femmes assises par terre en *huipils* colorés, les gamins dans les bras. Heureusement qu'il reste de la couleur locale ; à force d'hôtels interchangeables, de buffets internationaux et de gaspillage importé, on finirait par n'être plus dépaysé. Très vite, ils rejoindront Acapulco, la baie prostituée qui a remplacé la bonne vieille Havane d'avant Castro. Jeux, filles pas chères et whisky à flots, les vacances quoi ! Mais même là, coincés dans la forêt de tours qui leur cache la mer, il leur faudra subir la présence des gueux. Ces impudents qui ne comprennent rien au tourisme se sont installés dans l'amphithéâtre naturel qui domine la baie ; leur manque d'hygiène vient menacer le repos des foules si sensibles au moindre microbe. Ni services sanitaires ni égouts, la pluie entraîne leurs ordures sur les plages. Le plan d'aménagement — du tourisme bien sûr, l'autre n'existant pas — prévoit de déménager ces gêneurs bien loin des regards, mais ils s'obstinent dans ces masures qu'ils ont construites eux-mêmes, à force de peine et de misère, au cours des années. Ils ignorent sans doute que 3 millions d'Américains défilent chaque année et que tout cela rapporte à l'État 4 % du revenu national[1]. Quand bien même le sauraient-ils...

Mexique dynamique, tant de pétrole, tant d'industries,

---

1. En 1976, une somme totale de près de 2 milliards et demi de dollars US, entre le tourisme étranger à l'intérieur et les transactions frontalières Mexique/USA. « Le cumul équivalait aux recettes d'exportation de marchandises du pays en 1970 et à 44 % des revenus totaux obtenus par la vente de biens et de services à l'étranger. » Cependant, « les recettes au titre du tourisme international du séjour servent à peine à équilibrer les sorties de fonds pour paiement de dividendes et intérêts aux filiales des sociétés étrangères » (Georges Gazes, « Mexique : la fonction économique du tourisme international », *Problèmes d'Amérique latine,* 10 mars 1980, Paris, La Documentation française).

d'agriculture capitaliste, un produit national brut *per capita*
(PNB) de 1 290 dollars[1], un taux de croissance de 6 %, des
discours progressistes et le grand mythe entretenu de la
Révolution : tout cela a de quoi éblouir, pour peu qu'on n'ait
pas lu le SAM[2], rapport officiel du gouvernement mexicain
qui reconnaît que plus de la moitié de la population (soit
35 millions) ne possède rien, ne mange pas suffisamment, et
que 19 millions de Mexicains souffrent gravement de faim.
Mais Mexico s'est « américanisée », de *fast-foods* offerts dans
des chaînes yankees en *fun-foods,* ces nourritures pour rire
dans un pays où l'on pleure de faim. Aux périphéries, les
centres d'achat, les supermarchés insolents, énormes, n'ont
rien à envier à leurs homologues du Nord, pas même les
produits fabriqués sur place par les multinationales, la panoplie des nourritures fabriquées, y compris d'immenses rayons
d'aliments pour chiens. Avoir « une vie de chien » serait un
rêve pour bien des Indiens. Le Mexique consomme, avide de
consommer toujours plus, comme le voisin du Nord. Il a
vendu son âme au diable, même si beaucoup reprochent à
celui-ci de la lui avoir volée.

Tout cela, même s'il ne lit ni le SAM ni les journaux, le
petit Indien de la « zone rose » le sait, organiquement, lui qui
vient de son bidonville, s'il ne campe pas dans un parc ou sur
un trottoir. Il continue à regarder, et dans ses yeux de vieillard
triste il y a toute la condamnation du mal-développement.

Mexico, la démente, la plus grande mégalopole de l'Amérique latine, qui défie les statisticiens et les futurologues,
8,5 millions d'habitants en 1970, de 13 à 17 millions[3] en 1980,
au rythme de croît actuel, 900 000 de plus par an, 35 millions
en l'an 2000. C'est le quart de la population entassé sur

1. Banque mondiale, 1980.
2. Système alimentaire mexicain, projet de mars 1980, voir ci-dessous.
3. Le chiffre officiel généralement admis est de 15 millions, certains vont
jusqu'à l'évaluer à 19 millions, en comptant toutes les petites agglomérations qui vivent sur Mexico.

17

1,2 % de la surface totale du pays. Une croissance affolante, anarchique, incontrôlable. La moitié des habitants du grand Mexico vit dans ces bidonvilles, ces ceintures de misère qui grimpent partout à l'assaut des collines. Ce sera bientôt la plus grande ville du monde, le plus grand bidonville sûrement ; en attendant, c'est déjà la plus polluée. Avant la saison des pluies, on ne voit plus ni le soleil ni les volcans, rien qu'un épais nuage noirâtre. A quoi bon les immenses vitres des bureaux des grandes compagnies, puisqu'on ne voit plus rien ! 2 millions de véhicules s'efforcent de circuler dans les embouteillages et les centaines de milliers d'automobilistes privilégiés asphyxient ceux qui doivent marcher à pied ou s'entasser dans les autobus [1]. Eux, au moins, auront la chance de sortir de la ville pour s'aérer de temps en temps. Les autres, non : condamnés à perpétuité à l'oxyde de carbone et autres fumées d'usines. Le centre est devenu irrespirable, les arbres eux-mêmes crèvent peu à peu. Avant les bidonvilles, on s'entassait dans les *vecindades* (taudis) des zones dégradées de la vieille ville. De jour en jour, la circulation devient plus impossible, l'air plus pollué, et chaque jour 2 000 pauvres, surtout ruraux, arrivent avec leurs hardes, en quête d'un emploi fort improbable. Plus rien ne semble pouvoir contrôler le monstre...

Plus loin, infiniment plus loin, les « villes perdues » (*ciudades perdidas*), perdues dans un autre monde. Netzalhuatcoyotl, par exemple. Elle ne fait pas partie de la capitale, bien qu'on ne voie pas la rupture, mais du grand Mexico. Ce n'est pas un bidonville non plus, une ville satellite paraît-il, planifiée : de petites maisons de terre séchée ou de briques, à perte de vue, dans la poussière. Des kilomètres de rues

[1]. Les voitures privées, qui représentent 93 % des véhicules, profitent à 21 % de la population.

défoncées, de grisaille et d'ennui. 3 millions de pauvres végètent dans ce paysage désolé. Pas d'arbres, rien ne pousse à Netza, construite sur des terres salines, impropres à toute culture, donc à tout jardin, des terres longtemps classées insalubres. Les quelques boutiques sont chères, les petits commerçants essaient eux aussi de survivre. D'autres, plus habiles, viennent de quartiers prospères exploiter les déshérités. Une misère morne, quotidienne, sans fin, de celles qui durent toute une vie. De quoi vous donner envie de vous traîner à genoux jusqu'à la Vierge de la Guadeloupe, dans l'espoir d'un miracle[1]. Si ça ne marche pas, il y aura toujours le Coca-Cola, dont les énormes panneaux publicitaires placés à l'entrée du bidonville proclament qu'il « donne du piquant à la vie » !...

C'est jour de fête chez Manuel. On a baptisé le bébé et c'est l'occasion d'inviter la famille. Il fait frire du poulet « qu'on ne mange pas tous les jours ». Il nous a invités, parce que nous passions, et nous offre un demi-poulet et une bouteille de... Coca-Cola bien sûr. Des voisins sont assis dans la cour de terre battue et nous bavardons. Ils viennent tous de la campagne. « Ici, disent-ils, on n'a pas beaucoup plus, la situation est aussi moche que là-bas, mais on a l'eau et même l'électricité, l'égout aussi mais qui ne marche pas bien. On est moins isolés qu'avant, on est tous venus se coller ensemble, il y avait trop de problèmes à la campagne et pas assez de terre. Ça ne veut pas dire qu'il y ait de la solidarité. Ici, c'est chacun pour soi. »

Manuel a plus de chance que ses voisins. Il travaille occasionnellement dans la construction. Sa maison est du type bidonville amélioré, deux pièces misérables et une fenêtre aux vitres cassées. Son problème, explique-t-il, c'est le transport.

---

1. Chez ce peuple religieux, la Vierge de la Guadeloupe est finalement plus réelle que tous les discours des politiciens, qui furent longtemps et sont parfois encore férocement anticléricaux.

« Je dois me lever à 4 heures tous les matins, mon travail est à trois heures de là. Marcher jusqu'à l'autobus, changer plusieurs fois, attendre. Ça fait trois heures le matin, trois heures le soir. Quand j'arrive, je suis fatigué. On ne peut jamais aller en ville au cinéma ou au football, c'est trop loin. Pour ceux qui travaillent, c'est pareil, il n'y a pas d'emplois dans ce coin. L'école est loin aussi, de toute façon elle est trop petite, alors bien des enfants ne peuvent pas y aller. » De la délinquance ? « Évidemment. Ici comme partout. Il y a tant de gens sans travail. On ne naît pas délinquant, on le devient. » Et le gouvernement ? « Il ne fait rien du tout. On a eu un président de comité. Il est devenu député... il nous a oubliés. » Le parti ? « Pourvu qu'on vote pour lui !... » Désenchanté, il continue à frire ses morceaux de poulet.

« Les gens des bidonvilles sont si gentils », paternalisent les élites du haut de leurs collines paisibles et de leurs résidences opulentes enfouies dans les parcs. C'est vrai qu'ils sont gentils. Et patients avec ça. Il paraît même que, tout bien considéré, en dépit de la misère qui traîne partout sur les trottoirs de Mexico, « ils ne sont pas si pauvres que ça ». La preuve ? La délinquance n'a rien de comparable à celle de Rio ou de Bogota. Il paraît que c'est un indice sûr. Des esprits malveillants pourraient argumenter : ni la Colombie ni le Brésil n'ont à sauvegarder l'image d'une révolution ; ici, l'État tentaculaire s'infiltre partout, récupère tout, souvent grâce à son parti souverain, le parti révolutionnaire institutionnel (PRI) ; la police, bien connue pour sa corruption[1], se spécialise dans la lutte antiguérilla urbaine (nous la retrouverons à la campagne, montée à cheval, ce qui, au premier coup d'œil, semble anachronique si l'on oublie que les paysans eux aussi le sont, anachroniques). Il suffit peut-être de citer Oscar

---

1. La panoplie du policier modèle : revolver et... tournevis. Pour toute supposée infraction, il a le droit de dévisser les plaques d'immatriculation des véhicules, qu'il faut ensuite aller racheter. A moins que le présumé coupable arrive à temps pour glisser un billet au vertueux fonctionnaire.

Lewis qui, dans *les Enfants de Sanchez* [1], voici un quart de siècle, a si bien décrit la culture de la pauvreté : « Avec tous leurs peu glorieux défauts et leurs faiblesses, ce sont les pauvres qui apparaissent comme les véritables héros du Mexique contemporain, *car ils paient le prix de l'essor industriel de la nation.* La stabilité politique du Mexique est certainement un triste témoignage de la grande capacité de misère et de souffrance du Mexicain moyen. » Vingt-cinq ans après, hélas, tout cela est encore trop vrai. En dépit des « miracles » de l'agriculture capitaliste, du pétrole, d'un PNB qui ne cesse de monter, la situation de la majorité n'a cessé de se dégrader. Et cela, quoi qu'en disent les élites, qui, depuis la Révolution, ont pris l'habitude de brouiller les cartes et de mystifier les observateurs.

Netza n'est pas, de loin, le pire bidonville de Mexico. Le plus grand seulement. Il y a partout des antennes sur les toits, car « nos pauvres — se vantent les Mexicains à l'aise — ont la télévision ». Et quelle télévision ! C'est la seule évasion possible de cette grisaille, alors on en profite pour matraquer ceux qui la regardent d'une publicité ravageuse, dans le pur et pire style nord-américain. Eux qui ont déjà perdu leurs racines se voient entraînés dans un tourbillon d'images de rêve impossible entre les femmes blondes qui s'affairent dans des cuisines modernes et les beaux bébés joufflus. La « yankee station » envahissante et l'invitation effrénée à la consommation « moderne ». Comme l'a dit Manuel, il y a des services à Netza, ce qui n'est pas le cas de tous les quartiers dits « spontanés », mais le gouvernement attache une grande importance à l'eau et à l'égout. Démagogique comme toujours, il veut pacifier les hordes qui s'entassent aux portes de la prospérité. En 1970 cependant, près de la moitié des bidonvilles n'avaient pas d'assainissement.

Bernard Granotier souligne très justement : « L'idée d'une

1. Paris, Gallimard, 1963.

conscience de classe qui se forgerait dans l'affrontement contre les patrons relève du pur et simple mythe, les chefs de famille de ces zones ne travaillant qu'occasionnellement à des postes d'ouvriers de l'industrie. Ils subsistent grâce aux mille petits emplois du commerce, de l'artisanat ou de la construction [...]. Les revendications ne dépassent guère le niveau d'un syndicalisme résidentiel borné à des exigences immédiates[1]. » Ces exigences concernent les services. Or, au Mexique, dans tous les domaines et à tous les niveaux, les classes dirigeantes font preuve d'un art de la manipulation et de la récupération peu ordinaire. Les services seront donc, pour tous les manipulateurs en mal d'élection, un moyen idéal de se créer une « clientèle ». Là intervient aussi le « cacique », que nous retrouverons omniprésent dans toutes les campagnes. C'est le chef, l'homme fort, craint et respecté. Dans le cas des bidonvilles, son prestige est d'autant plus grand qu'il a des relations (dans le gouvernement et le parti) ; ce qui lui permet d'obtenir gain de cause, même s'il s'enrichit au passage lors des diverses améliorations.

Que Mexico ait réussi à maintenir et à assurer à peu près les fameux services dans toute la ville tient du miracle. Jusqu'à quand ? Pendant l'été 1980, l'eau manquait dans certaines agglomérations proches et les habitants protestaient[2]. Ils n'en avaient déjà pas beaucoup avant, puisqu'ils ont parfois droit à 2 litres par personne et par jour, tandis que, dans le riche quartier du Pedregal, la même consommation peut atteindre 2 000 litres. Il faut alimenter, il est vrai, les piscines, les fleurs, les parcs et les gazons, et laver souvent les voitures. Or, cette eau, on va la chercher actuellement à plus de 400 kilomètres et déjà les paysans privés d'eau d'arrosage menacent de briser

1. *La Planète des bidonvilles,* Paris, Le Seuil, 1980 ; ouvrage capital auquel nous nous référerons souvent.
2. A l'automne de la même année, une panne d'électricité provoqua des embouteillages monstrueux, des paniques dans le métro.

les canalisations. Où ira-t-on la chercher en l'an 2000 quand il y aura 32 millions d'habitants ? Et d'abord Mexico arrivera-t-elle à ces 32 millions avant d'exploser ? Le grand monstre pollué est l'image de ce que sera notre mort, des villes inhumaines qui deviendront, de par leur taille, impossibles à gérer et à contrôler. Mexico sera sûrement la mort du Mexique.

Les civilisations précortésiennes — puisque le Mexique n'exista pour nous que lorsque Cortés y mit le pied — connaissaient déjà une tradition urbaine. Les premiers arrivants occidentaux parlent de très gros villages, de grandes villes. Et Tenoticlan, à l'emplacement de Mexico, avait peut-être un demi-million d'habitants ; certains disent dix fois le Paris de l'époque. C'était la plus grande ville du monde. Cela supposait des excédents agricoles qui permettaient de soustraire de l'agriculture une partie importante de la population. Mais déjà les campagnes payaient tribut aux villes, ce qui n'a guère changé. Une différence toutefois : le Mexique d'aujourd'hui, en dépit de ses possibilités, n'est plus autosuffisant. On verra plus loin dans quelles proportions. L'urbanisation forcenée est en fait le résultat de longues années, sinon de siècles, de mauvaise politique agricole, qui aboutissent à la « débandade » rurale actuelle. Mais cela est une longue histoire.

## 2. Un pays riche à potentiel agricole limité

Le Mexique est riche par son sous-sol, certes. Il a fourni au monde, trois siècles durant, l'essentiel de ses ressources d'argent ; on en produit encore 800 tonnes, on produit aussi plus de 3 500 kilos d'or par an. On y trouve des minéraux très variés, surtout du fer et du cuivre, peu de charbon, mais de très grandes ressources hydro-électriques [1]. Quant au pétrole, ses réserves fabuleuses et sa production si vite croissante depuis 1975 sont en train de tourner la tête aux économistes mexicains, qui aperçoivent néanmoins les multiples dangers d'une exploitation trop accélérée. Mais peut-on le dire si riche que cela sur le plan agricole ? Et peut-on écrire bien légèrement que le pays pourrait nourrir 300 millions d'habitants [2], alors qu'il ne sait nourrir *bien,* en 1980, que la moitié de ses 68 millions d'habitants ?

Certes, il y a la qualité de ses sols, souvent « jeunes » et reconnus riches dans leur majorité par les pédologues. Mais deux obstacles essentiels limitent les possibilités agricoles. Le *relief* d'abord, avec deux grandes chaînes de montagnes, l'une le long des côtes du Pacifique, la plus élevée, et l'autre bordant l'Atlantique. Plus du quart du sol mexicain présente des pentes supérieures à 25 %, qui ne peuvent guère — ou ne devraient — porter que des forêts et des pacages. Ici encore, comme dans presque toute l'Amérique latine [3], le reboisement est très insuffisant. L'*érosion,* que nous retrouverons

1. Le potentiel hydro-électrique de l'Amérique latine, s'il était totalement utilisé, fournirait plus d'énergie que tout le pétrole consommé dans le monde.
2. Selon le Comité mexicain pour les études du territoire national. Méfions-nous de ces planificateurs qui ont trop peu de contacts paysans.
3. Le Brésil reboise davantage, en proportion.

accentuée en Colombie, fait donc ici d'*effroyables dégâts,* dus essentiellement à la mauvaise *répartition* des terres et des autres moyens de production : question fondamentale, sur laquelle nous reviendrons souvent. En attendant, les dégâts sont déjà là, qui ne cessent de s'accentuer, et qui réduisent les capacités nourricières du pays. Sur 8 % du territoire qui fut cultivé, les terres ont été enlevées totalement ou presque, les roches sont à nu ; sur 43 %, le sol est très dégradé, avec une perte comprise entre la moitié et les trois quarts de la couche arable ; cette perte s'évalue entre le quart et la moitié sur 21 % de la surface ; elle n'est inférieure au quart des sols que sur 28 % des labours.

Deuxième obstacle, le *manque d'eau.* Les deux tiers du territoire peuvent être classés dans les catégories semi-désertiques ou semi-arides. La majorité des labours sont faits sur « temporal », c'est-à-dire sur terres non arrosées, donc soumises aux saisons. Même là où on enregistre de bonnes moyennes de pluies, 800 millimètres par exemple, ce qui permettrait « en principe » une culture intensive du maïs, avec des possibilités de 5 tonnes à l'hectare, la répartition en est souvent trop irrégulière. Suivant les années, ou au cours d'une même saison des pluies, celles-ci arrivent trop tôt ou trop tard, ou trop concentrées, avec de longues sécheresses. L'intensification de cultures ne peut donc être souvent conseillée au petit paysan, qui n'a pas les moyens de courir de gros risques.

Cette situation invite à réfléchir plus sérieusement sur les problèmes démographiques. Il y a bien longtemps que j'en avais averti les amis mexicains. Dès 1961[1], je soulignais le danger d'une croissance démographique qui dépassait alors 3,5 % l'an : insoutenable à long terme, difficile à suivre par l'agriculture, battant de loin celle de la Chine et même de l'Algérie. Le Mexique comptait alors 34,6 millions d'habi-

1. *Terres vivantes,* Paris, Plon, 1961.

tants, contre 14,3 en 1921. En 1980, avec 68 millions, il a presque doublé en vingt ans. Répétant cet avertissement en 1966[1], insistant alors plus précisément sur « l'urgence du contrôle des naissances (et du contrôle du capitalisme) pour éviter la *famine* », une telle proposition s'était heurtée à l'hostilité générale, non seulement des catholiques, mais aussi — et parfois avec plus de virulence — des marxistes. Le principe de ce contrôle ne sera accepté que vers 1970, et généralisé plus vite depuis 1976. Comme il a commencé dix ou quinze ans plus tard que n'auraient dû le faire des gouvernements prévoyants, cela veut dire que la population mexicaine se stabilisera (dans l'hypothèse de l'évolution démographique prévue aux Nations unies) avec 12 à 20 millions de Mexicains de plus. Hélas, ces « surnuméraires », nous risquons de les retrouver, au début du siècle prochain, en grande majorité — comme déjà aujourd'hui — sans travail assuré, sans revenu ni savoir décents, mal soignés et bien mal nourris, dans des villages appauvris et dans des bidonvilles encore plus gonflés.

Cela ne résultera guère des conditions naturelles difficiles (relief et climat), mais surtout des structures trop inégalitaires et des politiques économiques désastreuses (répartition des revenus, des moyens de production et du travail), opiniâtrement poursuivies par des privilégiés qui s'accrochent au pouvoir. Les diverses politiques agricoles suivies jusqu'ici sont en train d'aboutir à un *quasi-désastre.*

Le potentiel est limité, certes. Cependant, avec autre chose que ce stupide mal-développement (que nous allons rencontrer à chaque pas), il serait possible de nourrir très correctement les quelque 100 millions d'habitants que le Mexique comptera peut-être vers la fin du siècle[2]. Il faudrait pour cela

1. Avertissement publié dans *Réforme agraire et Modernisation de l'agriculture mexicaine,* IEDES et PUF, 1969.
2. Ce n'est pas là une certitude ni une évolution hors de portée de la volonté humaine. Une politique plus consciente de la misère et des difficultés des progrès agricoles pourrait réduire plus vite le taux de

se dégager des multiples obstacles politico-économiques, et vouloir vraiment plus de justice sociale : *en procurant à tous ceux qui le désirent du travail productif.*

Au sud du pays, dans les tropiques humides, et surtout du côté atlantique, dans le creux du golfe, comme l'État de Tabasco, l'excès d'eau devient un autre obstacle. Partout, donc, le développement agricole est conditionné par de grands travaux d'amélioration foncière : conservation des sols sur les pentes et drainage des marais et vallées basses, si rarement entrepris ; et surtout irrigation. Cette dernière a été, seul exemple en Amérique latine, fortement poussée, ce qui a permis le rapide progrès agricole entre 1940 et 1966. On pourrait arroser, en 1980, 5 millions d'hectares ; mais seulement 4 millions le sont réellement, car, surtout dans les zones attribuées aux petits paysans, trop de réseaux sont sous-utilisés et trop d'eau — ressource rare — est gaspillée. Certes, on pourrait irriguer un jour beaucoup plus, mais à des coûts sans cesse croissants, les travaux les moins coûteux ayant été — logiquement — réalisés en premier.

A partir de maintenant, les nouveaux ouvrages d'irrigation représentent donc les catégories d'investissement les plus chères et les moins rentables ; ceux où il faudra investir le plus de pesos [1] pour en récolter le moins en production. On peut hésiter, en outre, à noyer les meilleures vallées, en vue d'y établir des réservoirs dont l'eau serait aussi mal utilisée qu'elle l'est si souvent à ce jour. Retenons de cette rapide esquisse l'idée d'une certaine *limitation* des possibilités agricoles, mais tout de même la conviction qu'elles peuvent être notablement accrues dans le cadre d'une politique d'économie générale et agraire intelligente.

---

croissance démographique ; et même, comme c'est prévu en Chine, atteindre la croissance zéro avant la fin du siècle.

1. A l'été 1980, lors de cette étude, le dollar valait 23 pesos, et le franc 5,60 pesos.

### 3. Conquistadores, pillage et mal-développement

Le 12 octobre de l'an de grâce 1492, lorsqu'un petit marin génois en quête d'or approcha du continent sur des bateaux prêtés par une reine espagnole (en compagnie d'hidalgos pauvres et de brigands recrutés aux portes des prisons d'Andalousie), le glas sonna pour les populations qu'on dit venues d'Asie et qui avaient eu l'impudence d'exister sans que « nous » le sachions. Elles devinrent donc « indiennes » et leurs civilisations devinrent « précolombiennes » ; quant au continent, il reçut le nom d'un autre navigateur italien, Amerigo Vespucci : nous avions « découvert » l'Amérique. Ce qui n'est pas tout à fait faux, car nous avons bien inventé le concept d'Amérique : ce continent ne cessera plus d'incarner et d'abriter, de gré ou de force, rêves et projets européens.

La couronne d'Espagne, qui vient, à l'époque, de finir la Reconquête du pays sur les Maures, se croit investie d'une mission divine et, faute de moyens financiers, elle encourage les entreprises des conquistadores groupés en « compagnies » privées à but lucratif mais qui doivent verser un cinquième de leurs prises à la Couronne — le *quinto real* — et surtout faire connaître la gloire de Dieu et celle du grand roi de Castille. Accourent donc ces « conquérants assassins qui devaient venir de l'enfer et non d'Espagne » (José Marti) mais étaient espagnols, comme l'était aussi l'évêque Bartolomé de Las Casas qui, en 1542, fait ainsi le bilan de la « conquête » pour le prince don Felipe [1] : « Au cours de ces quarante ans, plus de douze millions d'âmes, hommes, femmes et enfants, sont morts injustement à cause de la tyrannie et des œuvres infernales des chrétiens. Et en réalité je crois, et je ne pense

1. *Très brève relation de la destruction des Indes,* Paris, Maspero, 1979.

28

pas me tromper, qu'il y en a plus de quinze millions. Si les chrétiens ont tué et détruit tant et tant d'âmes et de telle qualité, c'est seulement dans le but d'avoir de l'or, de se gonfler de richesses en très peu de temps et de s'élever à de hautes positions disproportionnées à leur personne. A cause de leur cupidité et de leur ambition insatiable, telles qu'il ne pouvait y en avoir de pires au monde, et parce que ces terres étaient *heureuses et riches,* et ces gens si humbles, si patients, si facilement soumis, ils n'ont eu pour eux ni respect, ni considération, ni estime. Ils les ont traités je ne dis pas comme des bêtes (plût à Dieu qu'ils les eussent traités et considérés comme des bêtes), mais pire que des bêtes et moins que du fumier. »

A propos du royaume de Mexico, converti pour la circonstance en Nouvelle-Espagne, le courageux évêque écrit : « Au cours de ces douze ans, sur ces quatre cent cinquante lieues, les Espagnols ont tué au couteau et à la lance plus de quatre millions d'habitants, femmes, enfants, jeunes gens et vieillards, ou les ont brûlés vifs. Cela s'est produit aussi longtemps qu'ont duré ce qu'ils appellent les conquêtes et qui sont des invasions violentes de tyrans cruels, condamnés non seulement par la loi de Dieu, mais par toutes les lois humaines. Ces actions sont bien pires que celles accomplies par le Turc pour détruire l'Église chrétienne. »

Cette version ne coïncide pas exactement avec celle de Cortés, le grand conquistador de la Nouvelle-Espagne, qui s'était auparavant distingué comme aide de Diego Vélasquez dans l'extermination des Indiens de Cuba. Tout cela se faisait, bien sûr, au cri de : « Pour saint Jacques et saint Pierre ! » Tandis que Cortés se dévoue ainsi « au service de Dieu et de Sa Majesté », l'évêque, quant à lui, conclut : « De 1518 à aujourd'hui en 1542, toute l'iniquité, toute l'injustice, toute la violence et la tyrannie exercées par les chrétiens aux Indes ont débordé et atteint leur comble... Les abus et les actions infernales sont allés croissant depuis le début. »

Nous avons l'oubli facile, et partial en tout cas. On parle encore du massacre des Arméniens et, plus proche encore de notre mémoire, de celui des Juifs par Hitler, on parle aussi volontiers de goulags staliniens. On continue cependant à fermer les yeux sur le massacre indirect du Tiers-Monde, par sa paupérisation, ses famines croissantes et la relégation d'un « paysannat perdu », de plus en plus nombreux, dans les bidonvilles. Il n'y a pas très longtemps, on applaudissait, sur grand écran, aux westerns en technicolor, donc au massacre des Indiens d'Amérique, du nord au sud du continent, comme aux exploits des *bandeirantes* du Brésil. Dieu, que l'histoire est jolie... quand c'est nous qui l'écrivons !...

Personne toutefois ne contredira l'évêque espagnol quand il dit qu'autour de Mexico « il pourrait tenir quatre ou cinq grands royaumes plus grands et bien plus heureux que l'Espagne ». Tous les arrivants avaient été émerveillés par les civilisations mexicaines[1], leur relative abondance, leur raffinement, leur artisanat, leur connaissance des mathématiques et de l'astronomie. Celles-ci s'étaient édifiées au cours des siècles et les vestiges en subsistent de Teotihuacan à Monte Alban, de Tula aux villes des Mayas. Certes, on a souvent reproché aux dernières venues de ces civilisations, celles des Aztèques, leurs sacrifices humains ; on oublie trop souvent de mettre en parallèle les atroces barbaries des « civilisés » espagnols[2]. Mais les massacres n'ont pas la même valeur selon que l'on sacrifie à Huitzi Lopochtli ou au Dieu des chrétiens. Nous pourrions y ajouter toutes les hécatombes au nom de la Vérité qui tue.

---

1. Bernal Diaz del Castillo, compagnon de Cortés, décrit l'étonnement, devant Mexico, de soldats qui avaient pourtant voyagé de Constantinople à Rome. *Histoire véridique de la conquête de la Nouvelle-Espagne*, Paris, Maspero, 1980.
2. Si l'on en croit Las Casas, outre les épouvantables tortures, ils ne craignaient pas non plus de manger de la chair humaine — quand il s'agissait d'Indiens naturellement.

Si elle ignorait les bovins et les chevaux[1], la société rurale mexicaine, « précolombienne » — puisque Colomb il y a eu —, avait sélectionné nombre de plantes cultivées que nous ne connaissons point à l'époque et qui jouent aujourd'hui chez nous un rôle essentiel : maïs, haricot, patate douce, tomate, piment, melon, cacao, vanille, agaves à sisal ou maguey (base du *pulque*[2] et de la *tequila*), et bien d'autres fruits et graines (quinoa) ; ils cultivaient aussi bien d'autres légumes que nous avons tort de mépriser, comme l'amarante, si riche en protéines, le manioc, la pomme de terre, l'arachide, etc. Sans eux, notre panoplie culturale serait beaucoup plus pauvre !

Cette société rurale ignorait heureusement la propriété de droit romain, droit « d'user et d'abuser » (et même de détruire) ; l'agriculteur recevait le *droit d'usage* permanent et héréditaire du sol, *tant qu'il le cultivait lui-même* ; et il ne pouvait l'aliéner à son gré. Les terres appartenaient en commun au quartier *(calpulli)*, qui en réglait l'usage. Certes, les terres des chefs et des prêtres étaient cultivées par les paysans, qui versaient de lourds tributs aux minorités privilégiées urbaines. Il nous faudra pousser jusqu'en Amazonie pour rencontrer des sociétés sans État, égalitaires, un peu vite qualifiées de primitives.

Arrivent donc les conquérants, les soudards et les aventuriers de tout poil, ceux que Las Casas appelle les « tyrans » ; et *avec eux arrive le mal-développement.* Inutile d'essayer d'imaginer comment se seraient développées les civilisations indiennes si Colomb ne les avait pas « découvertes », mais on peut rêver de ce qu'aurait pu apporter un conquérant non pas philanthrope, mais simplement assez intelligent pour dévelop-

---

1. Ces derniers contribuèrent à la défaite militaire des « Indiens », plus que les canons.
2. Le *pulque,* leur vin, est obtenu par la fermentation de la sève recueillie au centre creusé de l'agave, juste avant que ne s'élève la hampe florale, pour laquelle cette plante élabore tant de réserves.

per sur place une production dont il eût pu alors tirer un plus large profit.

Introduisant, plus largement, plus rapidement, les bovins et chevaux, il aurait pu répandre plus vite dans toute cette paysannerie l'usage de l'énergie animale. Avec la métallurgie et l'artisanat du fer et du bois, il aurait pu généraliser en deux générations la charrue et la herse, la brouette et surtout la charrette. En ville, toutes les techniques d'artisanat alors connues en Europe avaient été introduites. La population mexicaine se serait développée harmonieusement...

Certes, des animaux et des techniques sont bien apportés. Mais l'objectif premier reste le *pillage* des métaux précieux, l'exploitation forcenée des mines d'argent. Cela, dans le cadre d'une conquête brutale, massacrant systématiquement des tribus entières ; et au prix de l'exploitation éhontée d'une population dont les structures agraires sont démolies, ce qui provoque vite d'effroyables famines ; d'autant plus que les jeunes hommes valides sont réquisitionnés pour les mines. Quant à ceux qui ont capitulé devant l'envahisseur, « ils sont soumis, dit Las Casas, au plus rude esclavage où, sous d'incroyables travaux et des tortures plus longues et plus durables que la mort par l'épée, ils finissent par périr avec leurs femmes, leurs enfants et toute leur descendance ». A tous ces maux, s'ajoutent les épidémies, les populations étant brutalement confrontées avec nos microbes et virus, contre lesquels les Européens seuls avaient développé leurs défenses naturelles.

On « confie » une part importante des indigènes aux conquérants, à qui on attribue, en *encomiendas,* des villages entiers avec leur population, à charge de les évangéliser : ce qui donne vite le droit de les exploiter à merci et renforce les pouvoirs d'une Église, déjà surpuissante en Espagne et si peu favorable à un vrai développement. Abusé, torturé, méprisé, l'indigène n'a bientôt plus le goût de vivre. « Devant une telle insupportable agression, estime un auteur mexicain, les sociétés indigènes adoptèrent diverses pratiques d'autodestruction : limitation de la natalité, avortement systématique, infanticide et suicides en masse[1]. » Un siècle après la conquête, le nombre des « Indiens » est passé de 12 ou 15 millions à guère plus de 1 million.

Un génocide effroyable ! Après avoir relaté « les tueries et les destructions d'êtres innocents et le dépeuplement de villages, de provinces et de royaumes où se sont perpétrés ces actes et bien d'autres non moins épouvantables », Las Casas conclut : « Là où ils ont cessé de tuer par l'épée, ils tuent maintenant petit à petit par les services personnels qu'ils imposent et autres vexations injustes et intolérables. Et jusqu'ici le roi a été impuissant à l'empêcher, car tous, petits et grands, volent, les uns plus, les autres moins... Et en faisant semblant de servir le roi, ils déshonorent Dieu, volent et ruinent le roi. »

Mais l'or et l'argent du Mexique et de l'Amérique latine en général n'enrichissent ni les conquistadores ni le royaume d'Espagne. Les premiers moururent pauvres pour la plupart et ceux qui ne l'étaient pas périrent de mort violente, victimes des cupidités et des règlements de compte ; d'autres coulèrent avec leur or. La gloire de Dieu, elle, y trouva son compte, et ses autels figèrent dans l'or et l'argent le sang et la sueur des populations exterminées, exploitées, spoliées dans la splendeur barbare de monuments qui surpassèrent ceux des Aztèques. Mais l'or et l'argent des Indiens ne profitèrent guère à l'Espagne. Ce pillage aboutit non seulement au maldéveloppement de l'Amérique latine, mais celui-ci s'étendit jusqu'à la péninsule Ibérique. Les richesses volées ne développèrent ni le Mexique ni l'Espagne, elles ne furent jamais investies pour l'économie de ce pays, et les profits partirent pour l'essentiel aux Pays-Bas et en Angleterre. L'économie

---

1. Gustavo Esteva, *La Bataille dans le Mexique rural* (en espagnol), Mexico, Siglo Veintiuno, 1980.

espagnole a somnolé ainsi jusqu'à la fin du XIX$^e$ siècle et René Dumont a visité, en 1951, une famille de Séville qui lui a dit pouvoir vivre sur l'or, l'argent et les pierres précieuses dormant dans les coffres depuis plus de quatre siècles...

## 4. L'oppression coloniale persiste encore

Ni les dénonciations courageuses de Las Casas ni l'apparition de la Vierge de la Guadeloupe (patronne du Mexique) à un pauvre Indien n'ont arrêté cette effroyable exploitation. Le résultat a été l'élaboration d'une structure agraire dualiste, qui, malgré de très violentes secousses, se perpétua : jusqu'en 1910 en quasi-totalité, et même jusqu'à nos jours dans ses grandes lignes. A côté des communautés indigènes se constitue, s'étend et se renforce l'*hacienda,* la grande exploitation dont les travailleurs sont, jusqu'à l'aube de ce siècle, de véritables esclaves. Avec l'arrivée des Espagnols commencent tous ces processus de « péonisation » (d'autres préféreront « prolétarisation ») ; de destruction des communautés paysannes et de marginalisation qui se continuent aujourd'hui sous d'autres formes. Les Indiens sont rejetés — et restent — en marge de leur histoire, même si le Mexique, contrairement aux autres pays d'Amérique latine, ne renie pas ses origines et glorifie le mélange des races. Pourtant, si le métis est honoré, l'Indien l'est moins. Le discours mexicain ne colle pas toujours à la réalité, comme en témoigne cette anecdote entendue à Mexico : un pauvre Indien méprisé, persuadé d'être moins que rien, vint un jour dans la capitale et découvrit le merveilleux musée anthropologique. Ce fut une révélation pour lui et il s'en retourna, dans sa lointaine province, heureux : il savait maintenant qu'il appartenait à un grand peuple vaincu ; il avait une identité.

Certes, on les a bien appelés, ces déshérités, à lutter contre l'Espagne, dans les guerres de l'Indépendance ; mais celle-ci donne finalement des pouvoirs plus absolus aux possédants, à l' « aristocratie » créole, dont la monarchie freinait quelque peu les abus en matière d'exploitation. Cette oligarchie fort peu cultivée, sans tradition d'épargne, ne sait pas gérer ses finances ; elle s'ouvre au commerce extérieur et à la banque étrangère, à dominance anglaise : le Mexique n'a donc jamais cessé d'être *endetté, dominé et dépendant.* (L'expédition navale franco-britannique à Veracruz en 1861 — et bientôt les Français, toujours plus stupides, restèrent seuls dans l'aventure de Maximilien — visait aussi à obtenir, sous la menace de navires de guerre, le remboursement des dettes qui se faisait attendre.) Quand, en 1856, la république libérale enfin triomphante — pour bien peu de temps — veut diminuer le pouvoir trop absolu de l'Église, qui possède 40 % des terres mexicaines, elle lui enlève tous ses biens immobiliers, urbains ou ruraux.

En rédigeant la Constitution de 1857, Ponciano Arroga estime que « les paysans misérables, et en particulier les Indiens, étaient réduits à la condition d'*esclaves,* puisque leurs salaires étaient fixés par le propriétaire, qui leur fournissait les aliments et les vêtements qu'il voulait, et aux prix qu'il leur imposait, menaçant même de les déshonorer, de les emprisonner [1] et de les torturer s'ils ne se soumettaient pas à sa volonté... Le fruit du travail n'allait jamais aux travailleurs, mais aux propriétaires ».

Une telle situation se prolongera et s'aggravera jusqu'à 1910. *La concentration de la propriété s'accentue,* car la loi de « désamortisation » — contre le droit de mainmorte protégeant les biens de l'Église — vise aussi les communautés indigènes : sur celles qui sont subdivisées en lots privés, les

---

1. « Toute hacienda avait sa prison ; à défaut, les caves et celliers en tenaient lieu », précise J.-S. Herzog.

nouveaux « propriétaires malgré eux » cèdent à bas prix des titres de propriété dont ils n'ont pas compris l'importance. En 1875, par la loi de colonisation, les compagnies d'arpentage, chargées de délimiter les terres vacantes et d'y installer des « colons » mexicains, nord-américains et européens (qui deviennent aussi vite exploiteurs), reçoivent gratuitement le tiers des propriétés délimitées, plus de 12 millions d'hectares : elles rachètent à bas prix des surfaces plus importantes encore. Beaucoup de terres avaient été volées aux communautés indigènes.

On compte donc, en 1910, 840 grands propriétaires pour tout le Mexique, dont 15 totalisent à eux seuls près d'un million et demi d'hectares ; et beaucoup de ceux-ci sont entre les mains de Nord-Américains, surtout dans la moitié nord du pays, devenue une sorte d'*hinterland* des États-Unis. De 1836 à 1847, ceux-ci se sont approprié par la force la moitié du Mexique de l'époque (qui va faire la plus grande richesse de cet « empire américain »), du Texas à la Californie. Les États-Unis ne cesseront guère, sauf pendant le sursaut cardéniste (1934-1940), et depuis quelques années, de *dominer et d'orienter l'économie et la politique mexicaines*. L'histoire officielle refuse de le reconnaître.

Jusqu'en 1910 et malgré les lois régnait toujours la trilogie *hacienda, sacristie, caserne*. « L'*haciendado* mexicain de la fin du siècle n'est ni un agriculteur ni un terrien, mais un *senorito* (dandy). Son seul souci était de se faire envoyer régulièrement par son administrateur l'argent nécessaire pour vivre dans l'aisance, tantôt dans la capitale de l'État, tantôt à Madrid ou à Paris[1]. » Aussi la production agricole ne suffit même plus à la si frugale alimentation du peuple ; et le Mexique doit déjà importer massivement maïs, blé et autres céréales.

A l'aube du XX$^e$ siècle, le péon reste toujours réduit à la

---

1. J.-S. Herzog, *La Révolution mexicaine*, Paris, Maspero, 1977.

plus triste des conditions. Dans la *tienda de raya* (le magasin de vente de l'hacienda), il peut acheter le couple maïs-haricots, base de son alimentation. Pour l'abrutir, on le pousse à y boire le pulque d'agave, et plus encore l'eau-de-vie. Ce qui aggrave ses dettes, lesquelles sont transmises de père en fils : le seul héritage des enfants de péones, ce sont ces dettes qui, dès le début de leur existence, risquent fort de les enchaîner à vie. « Le propriétaire, précise Herzog, avait intérêt à avoir des péones endettés pour les tenir à sa merci. Le curé était là pour exhorter les malheureux, les misérables, les affamés à la résignation chrétienne et aux délices qui les attendaient dans les cieux ; comme il était là pour menacer des tourments de l'enfer les désobéissants, ceux qui n'acceptaient pas dans l'humilité les ordres du patron. »

Les films nous font revivre mieux que tous ces écrits cette effroyable atmosphère : *Que viva Mexico (Tonnerre sur le Mexique), Viva Zapata,* etc. Le maintien au pouvoir pendant trente ans d'un même président, Porfirio Diaz (qui savait se faire réélire), dresse contre lui une grande partie des classes moyennes. Les grèves se multiplient et, en 1910, éclate la révolte. Elle précède, rappelons-le, le 1917 de la Russie encore tsariste.

## 5. Une révolution paysanne vite trahie (1910-1917)

Il serait fastidieux de raconter en détail l'histoire d'une révolution si complexe. Une première série de batailles menées par des groupes armés, peu nombreux au début, mais qui grossiront bientôt, oblige Porfirio Diaz à abdiquer, le 21 mai 1911 ; et Madero, le nouveau président, fait son entrée triomphale à Mexico le 7 juin. Ce n'est là que le commencement d'une guerre civile très douloureuse puisque, avec la famine et le typhus qui en découleront, on estime à 1 million (sur une population de 15 millions) le nombre de morts. Cela amène aujourd'hui encore ceux qui désireraient une autre révolution violente à réfléchir. Sans compter les destructions sans nombre. Souvent les révoltés d'alors ne se contentent pas de brûler les haciendas, symboles de leur exploitation, dont les ruines parsèment encore les campagnes mexicaines : ils détruisent aussi des moyens de production fort utiles, comme des sucreries ou même des réseaux d'irrigation. « La révolution n'est pas un dîner de gala », dira Mao Zedong, vingt-cinq ans plus tard.

On se représente volontiers une telle révolution comme une « lutte de classes » classique, celle des pauvres opprimés contre les riches oppresseurs. Au Mexique, les choses sont moins simples, comme Oscar Lewis nous le montre bien dans *Pedro Martinez*[1]. Les différents clans qui se battent pour le pouvoir ont des supporters variés, des clientèles personnelles ; bien souvent des pauvres se battent contre d'autres pauvres. En 1915, on réussit même à mobiliser des « bataillons ouvriers rouges » de la Casa Obrero Mundial de Mexico pour aller combattre contre les troupes de rebelles paysans de Francisco Villa.

Certaines scènes éclairent pourtant mieux le fond du problème. Le 18 février 1913, le président Madero, trahi par ses généraux, est emprisonné et bientôt fusillé. L'ambassadeur des États-Unis, Henry L. Wilson, réunit alors dans son ambassade les deux généraux vainqueurs et établit avec eux la liste du futur gouvernement. Les ambassadeurs d'autres pays étrangers étant venus aux nouvelles, l'ambassadeur leur dit : « Messieurs, les nouveaux gouvernants du Mexique soumettent *à votre approbation* le ministère qu'ils vont désigner et je voudrais que vous me disiez si vous avez quelque *objection* à

1. Témoignages paysans recueillis par Oscar Lewis, Paris, Gallimard, 1964.

faire afin de la transmettre aux généraux Huerta et Diaz, qui attendent dans l'autre salle... je crois fermement que la paix du Mexique est enfin assurée. » Cet ambassadeur avait choisi, même sans instructions de son gouvernement, la contre-révolution.

Ensuite, en avril 1914, viendra l'occupation militaire de Veracruz par l'infanterie de marine des États-Unis. L' « expédition punitive » dans le nord du Mexique suivra en 1916-1917. Cette année-là, les journaux français saluent le général Pershing, commandant les troupes des États-Unis en France, comme notre libérateur. On oublie de rappeler à l'époque qu'il vient de « libérer » le nord du Mexique, où les troupes américaines resteront de juin 1916 à février 1917, pour combattre les troupes du « bandit » Francisco Villa [1]. Qui ne se soumet pas aux orientations préférées par les USA ne peut être qu'un bandit ; surtout depuis la doctrine de Monroe (1823) qui, condamnant les interventions européennes en Amérique, vise à renforcer la domination yankee sur tout le continent. Le *gros bâton,* décidément, y sera souvent brandi, du Mexique de 1913-1917 au Salvador de 1981. De Wilson, le président démocrate de 1913, jusqu'à Reagan, le « républicain », *le mal-développement de l'Amérique latine ne cesse de s'accentuer sous la surveillance attentive des États-Unis.* Ceux-ci sont toujours favorables aux privilégiés qui ouvrent la porte aux entreprises nord-américaines plutôt qu'aux nationalistes qui recherchent un développement autonome, autocentré.

Dans cette révolution mexicaine, les combattants les plus déterminés sont les paysans ; ceux du Nord, avec Villa, et surtout les zapatistes, partis de l'État de Morelos, qui se battent sous le drapeau « Terre et Liberté », sous les ordres d'Emiliano Zapata, qui finira assassiné en 1919. Quand ils ont le dessous, ces paysans cachent leurs armes, et les troupes

---

1. Que, suprême élégance, Pershing se promettait de châtrer, s'il arrivait à le prendre.

réactionnaires les trouvent en train de labourer ou de bavarder. Mais, le soir venu, les sentinelles des nouveaux occupants sont vites descendues. La pauvreté culturelle de ces paysans, qui ressort de la lecture comparée des deux livres déjà cités d'Oscar Lewis, l'un parlant de la ville et l'autre du village, ne leur permet guère d'établir des projets cohérents de société nouvelle.

En 1917, de guerre lasse, il faut en finir par un compromis entre les revendications des paysans armés et la bourgeoisie montante qui, gardant le pouvoir central et urbain, accepte de lâcher les latifundiaires plus abusifs, mais reste soutenue par une fraction de l'aristocratie ouvrière, celle des travailleurs organisés. Déjà, ceux-ci défendent leurs privilèges.

Ce compromis s'inscrit en quelque sorte dans la Constitution adoptée en 1917[1] ; et spécialement dans son article 27 pour le problème le plus discuté : celui de la terre. Cet article spécifie que la propriété des terres et des eaux courantes revient à la nation, laquelle a le droit d'imposer à la propriété privée (de droit social, et non de droit romain) les limitations exigées par l'intérêt public ; notamment en vue de réduire les injustices. Elle peut donc fractionner les *latifundia* pour restituer aux communautés les terres qui leur ont été volées et pour reconstituer les exploitations paysannes qui ont pu être accaparées. *En principe,* le latifundium est interdit, et son propriétaire ne peut garder que 100 hectares de terres irriguées ou 200 de *temporal* (culture en sec).

Pour appliquer ce principe, il faudra bien longtemps : ce n'est pas fini aujourd'hui et cela ne le sera jamais, à moins d'une autre révolution. Les puissants du jour cherchent à tirer profit de leur pouvoir, et Zapata peut déjà écrire au président Carranza, dont la position n'est pas très éloignée de celle de Porfirio Diaz : « Vous avez trahi la réforme agraire et pris des haciendas pour en donner la propriété et la rente à vos

1. Sous la présidence de Carranza, représentant type de la bourgeoisie.

généraux favoris. Un groupe d'amis vous aide à jouir des dépouilles de guerre : richesses, honneurs, affaires, banquets, fêtes de luxe et de luxure, bacchanales, orgies d'ambition, de pouvoir et de sang. Les *éjidos* n'ont pas fait retour au village, les terres n'ont pas été distribuées aux travailleurs, aux pauvres paysans. »

En réalité, la Constitution de 1917 énonce bien des principes, mais ceux-ci seront appliqués, comme elle voudra, par la bourgeoisie qui ne lâche pas le pouvoir. Pour s'y maintenir, elle saura toujours (et elle sait plus que jamais) *louvoyer, tromper, séduire, concéder, lâcher, reprendre,* et surtout *acheter et corrompre.*

Le fond du problème est remarquablement résumé par Cynthia Hewitt de Alcantara, dans une étude [1] réalisée pour l'Institut de recherches pour le développement social des Nations unies à Genève [2]. Elle montre que « l'histoire sociale du pays est caractérisée par une division entre ceux qui voulaient donner la plus haute priorité à la création d'une agriculture paysanne viable, basée sur les traditions prérévolutionnaires de propriété communale, et ceux qui, redoutant le socialisme agraire, favorisaient la grande entreprise privée dans la campagne... Un conflit entre les intérêts de la paysannerie et ceux d'une classe moyenne montante, entre les tenants de Zapata et de Carranza... un conflit sur l'allocation préférentielle des ressources aux populations rurales ou urbaines, à l'agriculture ou à l'industrie ».

Dès 1917, on peut déjà voir que le pouvoir, établi dans la capitale, aux mains des urbains, penche *vers la ville et l'industrie* et qu'il commence, dans les campagnes, par défendre la grande propriété agricole. La Constitution ne prévoit

1. *Modernizing Mexican Agriculture : Socio-Economic Implications of Technological Change 1940-1970,* Genève, 1976.
2. Qui a étudié la « révolution verte » à travers le Tiers-Monde et en a révélé des aspects fort discutables. Il a longtemps hésité à publier cette étude.

41

l'expropriation des latifundia que moyennant une indemnité *préalable* : il ne s'agit donc nullement d'une mesure révolutionnaire, laquelle aurait cherché à diminuer vraiment les injustices. Dès 1917 donc, le pouvoir au Mexique s'engage résolument, malgré quelques concessions secondaires aux paysans armés, dans la voie de la grande agriculture, qui accentuera l'exode rural, tout en favorisant la ville et l'industrie, qui se montreront incapables de donner du travail à tous les « exclus » des campagnes. Dès cette époque, le Mexique échoue donc dans sa tentative de se dégager des ornières de ce que nous allons analyser comme le *mal-développement* : sa politique accroît le chômage et l'inégalité sociale, qui en sont les deux premières caractéristiques. Ce mal domine (pour son malheur) toute l'Amérique latine ; et même, sous des formes variées, l'ensemble du Tiers-Monde.

La révolution agricole puis industrielle des XVIIIe et XIXe siècles, en Europe puis en Amérique du Nord, avait réalisé une transformation rurale certes inhumaine, de par les misères paysannes et ouvrières qu'elle avait apportées, « mais elle s'est révélée finalement efficiente [1] », nous dit Cynthia Hewitt. Cette transformation (par la grande entreprise) se révèle en revanche tout à la fois *inhumaine et inefficiente* dans les sociétés paysannes qui s'industrialisent au XXe siècle. Seul le Japon a su éviter cet échec : il a mis, dès le départ de son renouveau, l'accent sur la modernisation rurale des *petites* exploitations, au moyen d'une intensification d'abord basée sur le travail et non sur du matériel importé. Il a pu ainsi bâtir son industrie sur une paysannerie productive, capable de l'alimenter, tout en élargissant son marché intérieur. Mais

1. Précisons que, à notre avis, si elle fut réellement efficiente pour les pays développés, cela provient surtout du fait que ceux-ci n'ont cessé de *piller le Tiers-Monde*.

cette leçon sera bien oubliée par les Japonais qui s'installeront au Brésil, vers 1930, et deviendront très vite exploiteurs.

## 6. Sauf par Cardenas, une réforme agraire vite sabotée (1918-1940)

Dès 1918, *les tenants du mal-développement* sont bien installés au pouvoir. La paix entre les factions se réalise péniblement. Elle ne se consolidera qu'en 1929, quand les hommes et les clans rivaux pour la course au pouvoir comprendront qu'ils ont grand intérêt, au lieu de s'entre-tuer, à s'associer contre les déshérités. Ils bâtiront alors le parti national révolutionnaire (PNR). Il est encore au pouvoir en 1982[1], après être devenu parti révolutionnaire mexicain et, depuis 1945, parti révolutionnaire institutionnel (PRI). Quelle idée astucieuse de toujours garder ce mot magique de « révolution » ! Cela cloue le bec aux critiques : « Vous êtes révolutionnaires, nous aussi ; la révolution, nous ne cessons de la faire ; laissez-nous le temps. » Ce beau drapeau va vite recouvrir les pires abus et toutes les injustices.

Certes, dès 1917, on a attribué en dotations quelques terres aux *éjidos,* collectivités[2] déclarées seules propriétaires de ces terres. Peu d'entre elles cultivent en commun, comme des coopératives de culture, des kolkhozes. En règle générale, seuls pacages et forêts restent d'usage collectif, pour les troupeaux, et pour couvrir les besoins de bois, de construction et de chauffage. Les terres de labour sont partagées entre les adhérents, qui en reçoivent seulement le *droit d'usage,*

1. Une telle longévité avait fort impressionné de Gaulle, lors de sa visite en 1964 ; il cherchait à en percer les secrets.
2. Recréées en s'inspirant à la fois des communautés indiennes et des communaux espagnols.

héréditaire et inaliénable, à la condition qu'ils les cultivent eux-mêmes et ne les laissent pas plus de deux ans en friche. L'*éjidatario* ne peut hypothéquer le sol ; il est donc privé d'accès au crédit officiel, celui des banques, traditionnellement garanti par l'hypothèque : il ne lui reste que l'usurier. En outre, les premiers lots comprennent des terres souvent pauvres et beaucoup trop petites : 5 hectares en moyenne, et pas toutes vraiment labourables ; et parfois même moins d'un hectare de terre non irriguée, ce qui est insuffisant en général pour assurer le plein-emploi et la subsistance d'une famille souvent nombreuse. Les ex-péones n'ont ni les aptitudes, ni les connaissances[1], ni les ressources des vrais paysans ; ils ne sont même pas tous, loin de là, dotés de la traction animale minimale, la paire de petits bœufs.

Le président Calles, oubliant délibérément ces faits, est trop heureux de pouvoir écrire en 1930 : « La réforme agraire est une faillite, le bonheur des paysans ne peut être assuré en leur attribuant un lopin de terre, s'ils manquent de la préparation et des capacités indispensables pour le cultiver. Nous sommes en train de fomenter la fainéantise[2]... Dans nombre d'éjidos la terre n'est même pas cultivée. » Et il va pratiquement arrêter les dotations de terres[3]. Ceux des propriétaires qu'a épargnés la guerre civile respirent et investissent.

Broutilles que tout cela, dans l'ordre économique. Cynthia Hewitt nous rappelle que, jusqu'en 1935, « les généraux révolutionnaires et les politiciens qui gouvernent le pays croient à un capitalisme libéral », à l'entreprise privée,

---

1. La grande majorité est alors analphabète.
2. Le terme méprisant revient aisément dans la bouche des exploiteurs. On les a maltraités depuis nombre de générations, privés de soins, d'instruction et d'aliments ; on les dote très mal en terres, moins encore en crédits et commercialisation, sans aucune assistance technique (en 1957, un agronome *de terrain* pour 6 000 paysans) ; on est trop heureux ensuite de pouvoir les traiter de fainéants.
3. 5,2 millions d'hectares seront répartis entre 1917 et 1928.

moteur de l'économie, dans laquelle le rôle de l'État doit être très limité. Ils parlent de justice sociale, mais ne font rien pour elle dans leur politique économique. Cependant, « la grande dépression de 1933 renforce les arguments des leaders nationaux, qui favorisent un programme plus radical de changements économiques et sociaux ». Plus que jamais, les paysans sont exploités, pressurés par les commerçants, les usuriers et les *caciques,* sortes de tyranneaux locaux qui s'imposent par la ruse ou même par la force. Sachant se faire admettre des paysans à force de paternalisme, ils font le lien entre l'administration et les politiciens. Ils abusent de la situation, de leurs relations avec le parti, car ils « savent y faire ». François Chevalier[1] insiste sur l'origine ibérique du *cacique* que le premier dictionnaire espagnol de l'Académie en 1729 définissait ainsi : « Le premier de son village ou de la république, celui qui a le plus d'autorité ou de pouvoir et qui veut, par sa superbe, se faire craindre et obéir de tous les inférieurs. » Il souligne aussi l'importance des liens du sang et des clans familiaux. Ce n'est pas le président Lopez Portillo qui aujourd'hui le démentira.

Désappointés, ces paysans parlent de reprendre les armes. Le tout jeune PNR s'en inquiète assez pour désigner en son sein un président de gauche, Lazaro Cardenas (1935-1940), dont la mémoire est encore révérée dans les chaumières. Il reprend sur une grande échelle les attributions de terres aux éjidos : 20 millions d'hectares durant son sexennat, quatre fois plus que dans les douze années précédentes. Les lots de culture individuels sont bien plus grands, 26 hectares en moyenne ; surtout dans le Nord, où ils peuvent enfin devenir rentables. Une banque spéciale, qui n'exige plus la garantie hypothécaire, est créée pour les éjidatarios. Et Cardenas encourage l'adoption de la forme d'éjidos collectifs, qui reçoivent de gros crédits et — enfin — un minimum d'assis-

1. *L'Amérique latine de l'indépendance à nos jours,* Paris, PUF, 1977.

tance technique. Les travaux d'irrigation sont accélérés et les éjidos n'y sont pas (à cette époque) oubliés : de la Laguna de Torreon au Sonora, du Michoacan au Yucatan. Résultat : la productivité des éjidos dépasse en 1940 celle des fermes privées. Cardenas aura doté de terres 810 000 familles ; le nombre des paysans sans terres tombera de 68 à 36 % de la force de travail rural. De plus l'éducation recevra, durant cette période, 12,7 % du budget et la santé 4,8 % : proportions inconnues jusque-là, et qui diminueront vite après son départ.

Cependant, l'explosion démographique et l'environnement capitaliste sont tels qu'il reste alors plus d'un demi-million de familles rurales sans terres. Malgré l'exode rural massif, ce chiffre ne cessera jamais d'augmenter. Il aurait fallu, pour réussir, prolonger ce réel effort en faveur d'une vraie paysannerie, qui aurait aisément trouvé sa place entre la ferme capitaliste et le minifundium d'infrasubsistance, jusqu'à évoluer vers un stade de petit fermier ou de paysan intensif à la japonaise. Mais l'hostilité des pouvoirs établis en ville était si forte qu'il aurait fallu une autre révolution pour en triompher, ainsi que Cardenas le reconnaissait lui-même à la fin de sa vie, en 1966. Mais on se rappelait trop le coût humain de la précédente.

En mars 1938, dans la joie populaire, Cardenas nationalise les exploitations pétrolières[1], toutes étrangères. Les « sept majors » du pétrole décident de boycotter le brut mexicain (comme elles le feront en 1953 avec succès pour le pétrole d'Iran, facilitant le renversement de Mossadegh, et finalement la venue au pouvoir du shah avec l'aide de la CIA). Seule la guerre mondiale mit fin à ce boycott qui aurait beaucoup nui au Mexique s'il avait été prolongé. Vers la fin

---

1. Le lendemain de cette annonce, un vieux couple de paysans est venu de loin, à pied, apporter au président une paire de poulets, sa seule richesse, « pour le remercier et pour l'aider ».

de son mandat, en 1939, Cardenas accueille et aide les républicains exilés d'Espagne qui représentent pour le Mexique un apport intellectuel fort important illustré notamment par la création du Colegio de Mexico[1]. Cette tradition d'hospitalité ne s'est du reste jamais démentie[2].

## 7. Mystification et imposture de la révolution verte (1940-1966)

Si Cardenas a pu réaliser une large part de son programme contre les intérêts des possédants et l'hostilité de la majorité des urbains qui dirigent toujours l'économie, c'est qu'il a pu organiser une mobilisation active des paysans et des ouvriers[3], dans une certaine mesure alliés autour de lui. En 1940, il doit céder le pouvoir à la droite du parti unique[4], qui ne le lâchera plus guère jusqu'à nos jours. Cependant, sur le plan extérieur, le pouvoir saura mener une politique plus nationaliste, et d'abord plus indépendante des États-Unis : le Mexique refusera, par exemple, de rompre avec Cuba[5], et soutiendra plus tard la révolte au Nicaragua et au Salvador.

En 1940, dans l'ordre économique interne, se réalise par contre une rapide alliance des grands propriétaires et des

1. Création de Cardenas, qui était appelée à l'origine « Colegio de España ».
2. Le Mexique accueille nombre de réfugiés politiques des dictatures du cône sud : surtout Argentine, Chili et Uruguay.
3. Création de la Centrale des travailleurs mexicains (CTM), dont le vieux leader Velasquez a su rester en fonction depuis.
4. Présidents : Avila Camacho (1941-1946), puis Miguel Aleman (1947-1952). Ce dernier ne craindra pas de déclarer publiquement s'être largement enrichi au pouvoir.
5. Il devra cependant tolérer que le FBI photographie, à l'aéroport de Mexico, ceux qui se rendaient à Cuba ou en revenaient.

industriels. On dit les grands agriculteurs « efficaces » et les paysans « arriérés ». Certes, on ne va pas revenir sur les dotations de terres, car les disciples de Zapata sortiraient les armes que Cardenas leur a confiées, et, comme nous disait un vieux paysan de Morelos en 1957, « il y aurait des chapeaux en trop » (donc des têtes en moins). Mais seuls les « grands » vont recevoir toute l'aide des pouvoirs publics. Ils s'appellent désormais « petits propriétaires [1] » (puisque le latifundium est légalement interdit), même si certains gardent encore ou regagnent des milliers, voire des dizaines de milliers d'hectares. Cette victoire des « grands » culminera avec la révolution verte.

Dès 1943, la fondation Rockefeller envoie au Mexique quatre agronomes des États-Unis, deux génétistes [2] et deux phytopathologistes. Ils ne tardent pas à mettre au point des variétés de blé résistant aux rouilles, puis à la verse, donc capables de rentabiliser, grâce à leurs hauts rendements, de fortes doses d'engrais, surtout azotés. De 1930 à 1950, la production de blé stagnait autour de 400 000 tonnes ; elle triple en six années, de 1950 à 1956. D'importateur, le Mexique devient alors — mais pour peu de temps — exportateur. On ne sélectionne et on n'améliore le maïs, culture de paysans pauvres, que bien après le blé, culture de capitalistes et par conséquent prioritaire [3]. Quand, à partir de 1961, on réussit à sélectionner le « riz miracle » des Philippines, on s'imagine que ces céréales à haute potentialité vont sauver de la faim tout le Tiers-Monde, et spécialement l'Asie du Sud, la plus menacée, du Pakistan à l'Indonésie, au Viêt-

1. Quand, en 1960, la « Fédération de la petite propriété mexicaine » télégraphie à La Havane sa protestation contre une « réforme agraire expropriatrice », nous avons pu expliquer à nos amis cubains ce que signifiait au Mexique la « petite » propriété, la seule légalement autorisée, le latifundium étant interdit.
2. Norman Borlaugh en tête, qui recevra le prix Nobel de la paix.
3. Quant au haricot, il attend encore un effort *local* d'importance.

nam et aux Philippines. Lester Brown (qui depuis a partiellement reconnu ses erreurs) annonce triomphalement la nouvelle révolution agricole, dans *Seeds of Change,* et prédit la victoire mondiale sur la faim. Avec Bernard Rosier, nous publions par contre dès 1966 un avertissement, qui sera fort contesté (*Nous allons à la famine*[1]), mais que l'avenir, hélas, confirmera.

Au Mexique, l'histoire de cette révolution verte est bien analysée par Cynthia Hewitt, qui l'a longuement étudiée dans les zones de blé irrigué du Sonora, au nord-ouest du pays. Les gros agriculteurs reçoivent en priorité l'essentiel des crédits publics. Le gouvernement investit des milliards de pesos en travaux d'irrigation, qui desservent d'abord l'agriculture capitaliste. Celle-ci profite préférentiellement des financements en faveur des routes et voies ferrées, de l'électrification et du stockage des céréales. Elle sera la première à recevoir les crédits à long terme des banques officielles et privées, qui faciliteront l'utilisation des moyens de production indispensables au succès de la révolution verte : contrôle de l'eau, engrais et pesticides. Tracteurs et outils de préparation du sol lui permettent de réaliser tous les travaux en temps voulu ; ce que ne peut faire le paysan, soumis aux caprices des pluies, et dont les bœufs de trait sont affaiblis, tant ils ont souffert de privations pendant la saison sèche. Enfin, pour couronner le tout, le gouvernement cède à la pression de ces gros, qui ont des relations politiques : il concède pour le blé (mais non pour le maïs) un prix de garantie très élevé, qui coûte fort cher au budget, surtout quand il faudra exporter quelques excédents au prix mondial.

Cynthia Hewitt montre que, malgré tout cela, ces gros agriculteurs ne se hâtent guère d'adopter les techniques modernes, qu'ils se révèlent incapables de le faire à un coût raisonnable et qu'il faut les subventionner par des crédits très

1. Paris, Le Seuil, 1966.

avantageux et surtout des prix abusifs. Pendant ce temps, les paysans désavantagés voient leur niveau de vie s'abaisser, car les pouvoirs ne les aident nullement, tandis que les caciques, commerçants et usuriers ne cessent de les exploiter. Les rendements du maïs et des haricots, leurs cultures de base, stagnent. La famine persiste : dans la patrie d'origine de la révolution verte, en 1960, 83 % des agriculteurs ne peuvent maintenir leurs familles qu'à un niveau de subsistance, ou même d'infrasubsistance.

Pire encore, les unions régionales des éjidatarios et des colonos développées sous Cardenas sont fermées les unes après les autres par le pouvoir, leurs bureaux occupés par les troupes fédérales, *leurs leaders expulsés ou assassinés.* Le contrôle des riches sur les forces productives se renforce, tandis que s'accroissent l'endettement et l'appauvrissement des paysans : d'où des inégalités sociales, une division de classes de plus en plus accentuée. *Les villes et l'industrie* reçoivent presque tous les crédits, sans pourtant se montrer capables de résorber le chômage, qui devient la première calamité du pays.

Certes, je n'avais pas encore saisi toutes ces implications négatives de la révolution verte quand j'étais revenu au Mexique en 1966, neuf ans après une première visite à Norman Borlaugh. Invité alors [1] à résumer les problèmes de l'agriculture mexicaine pour ouvrir une table ronde organisée par le Centre de recherches agronomiques du Mexique (24-26 août 1966), j'avais rappelé que les progrès de la production agricole mexicaine étaient, jusqu'à cette date, très remarquables, de loin les meilleurs de l'Amérique latine, sinon du Tiers-Monde. Mais, avais-je ajouté, « si les riches sont devenus plus riches, au village la situation ne s'est pas

---

1. Malgré des connaissances tout à fait insuffisantes. Sans doute le chapitre « Mexique » des *Terres vivantes* (Paris, Plon, 1961) les avait-il intéressés.

tellement améliorée : spécialement pour les pauvres, qui restent la grande majorité[1] ». J'avais cité le *Pedro Martinez* d'Oscar Lewis : « Les récits de Pedro, d'Esperanza et de Felipe révèlent la persistance de la *pauvreté*, de la *faim*, de l'*ignorance*, de la *maladie*, de la *suspicion*, de la *souffrance*, de la *cruauté*, de la *corruption*. » L'étendue du mal dépasse donc largement les problèmes économiques, auxquels trop de marxistes restent confinés. J'avais conclu en dénonçant les dangers d'une explosion démographique alors très brutale et dont les responsables mexicains n'apercevaient guère — ou refusaient alors d'apercevoir — les dangers. Soulignant l'abandon dans lequel étaient laissés les éjidatarios et les « vrais petits » paysans, les moins de 5 hectares, montrant que le rythme de l'irrigation, qui devenait de plus en plus coûteuse par hectare desservi, allait se ralentir, que l'agriculture capitaliste commençait à plafonner et préférait l'exportation plus rentable, j'avais annoncé : « Dans la prolongation des tendances actuelles, *famine au Mexique en 1980*. » Après avoir soumis ce texte aux collègues mexicains et publié leurs observations, Edmondo Florès avait écrit : « L'œuvre du professeur Dumont m'a causé la même fascination que... mon horoscope dans la page astrologique des journaux... Ses affirmations arbitraires, autoritaires, appartiennent à la même école littéraire que Nostradamus. » Nous sommes retournés au Mexique en 1980. On reconnaît désormais que la malnutrition, déjà si répandue en 1966, s'est aggravée et touche la moitié de la population. En 1966, j'avais oublié de préciser que les riches s'en tireraient toujours, et je n'avais pas prévu que le trop rapide accroissement de leur consommation en viande exigerait des masses sans cesse plus importantes de céréales, qui feraient encore plus défaut aux pauvres.

1. *Problèmes agraires, Réforme agraire et Modernisation de l'agriculture au Mexique*, Paris, publications de l'IEDES et PUF, 1969.

## 8. Boom pétrolier et désastre agricole, ganaderos et caciques, néo-latifundisme (1966-1981)

Jusqu'en 1966, la production agricole mexicaine croît nettement plus vite que la population. Malgré cela et à cause de l'inégalité des revenus, la malnutrition des paysans et des bidonvillois ne cesse de s'aggraver, même si les pouvoirs s'ingénient à la masquer derrière les chiffres de production, d'alimentation et de revenus moyens. 1966 marque très exactement le tournant capital que j'avais annoncé : même si, depuis cette date, l'explosion démographique a commencé à s'atténuer, la production alimentaire ne suit plus l'augmentation de la population. Cette *défaillance agricole* et la ruine des paysans assiégeant en nombre de plus en plus grand les *villes tentaculaires* sont donc devenues, pour le pouvoir mexicain, mais bien trop tard, un problème économique et *politique* de première grandeur, une *priorité nationale*. Comment va-t-il l'aborder ?

A ses débuts, en 1976, le président Lopez Portillo annonce qu'il va donner la priorité aux problèmes énergétiques et *alimentaires*. Les crédits pour le pétrole abondent tout de suite et l'importance des découvertes se révèle extraordinaire. En 1980-1981, la production de pétrole brut s'élèvera à 2,5 millions de barils-jour[1]. Compte tenu des réserves connues[2], on pourrait la doubler dans les années qui viennent. Après de longues discussions, en 1980, Portillo décidera

1. Un baril vaut 160 litres. Un baril-jour vaut environ 50 tonnes par an.
2. Plus de 50 milliards de tonnes de réserves prouvées, en 1980 ; et quatre fois plus de réserves probables.

de se limiter à ce rythme pour prolonger la durée d'exploitation et garantir un long avenir énergétique sans problèmes, lequel sera également conforté par de grandes réserves hydro-électriques que l'on exploite de plus en plus dans le sud du pays.

Certes les États-Unis, si follement gaspilleurs[1], importateurs de 8 millions de barils-jour en 1978, seraient fort heureux de voir doubler ou même tripler à leur profit l'exportation de pétrole mexicain, que Portillo se propose de limiter à 1,1 million de barils-jour. Mais cette exportation massive entraînerait une inflation accélérée et favoriserait une importation croissante de produits nord-américains, donc une *dépendance accrue* du Mexique par rapport aux États-Unis. La société nationale Pemex s'est terriblement endettée en investissements pétroliers, et Édouard Bailby se demande justement[2] si « Pemex n'acceptera pas, pour les rembourser, d'accorder des concessions aux grandes compagnies pétrolières, suivant, dans une certaine mesure, l'exemple de la Petrobas au Brésil ». A notre avis, quoique « si proche des États-Unis, et si loin de Dieu », comme aimait à dire Porfirio Diaz, le Mexique de 1981 témoigne d'une *volonté politique d'indépendance* bien plus marquée que le Brésil. Encore faut-il qu'il se donne les bases économiques de cette indépendance.

Partout dans le Tiers-Monde, *le pétrole se révèle le plus grand ennemi de l'agriculture.* Quand on en possède, qu'on en produit et exporte beaucoup, on peut se désintéresser des problèmes agraires, toujours difficiles. Il est beaucoup plus simple, en effet, d'importer les aliments, facilement payés par la vente du pétrole, surtout depuis les hausses (1973), que de

1. Pourquoi les organisations internationales ne protestent-elles pas contre le fait que 5 % de la population mondiale gaspillent le tiers de l'énergie non renouvelable, richesse de l'humanité accumulée par la nature au cours de millions de siècles, et qui va être gaspillée en deux ou trois siècles ?
2. *Croissance des jeunes nations,* janvier 1981.

moderniser sainement son agriculture, sa paysannerie. C'est l'histoire de l'Algérie, qui risque la famine au début du siècle prochain, puisqu'elle a presque totalement laissé tomber son agriculture. Le Venezuela, de son côté, qui exportait des produits agricoles en quantités importantes au début du siècle, ne vend plus rien et importe plus de la moitié de ses aliments[1]. Quel drame de voir également, avec tant d'autres pays, le Nigeria, si peuplé et qui avait une agriculture très productive, suivre la même voie : c'est très précisément celle du *mal-développement.*

En 1980, nous avions espéré que l'exemple iranien, pays où la ruine paysanne et la misère des bas quartiers de Téhéran ont précipité la chute de la dictature, ferait réfléchir d'autres puissants. En avril 1976, d'ailleurs, j'avais essayé de mettre en garde, contre une politique agraire si négligente, le Premier ministre d'alors, A. Hoveyda : paix à son âme ! Quand nous avons évoqué cet avertissement à Mexico, devant certains proches du pouvoir, ils nous ont vivement suppliés de ne pas insister.

Si on ne produit pas de pétrole, c'est encore un drame agricole. La hausse si rapide des prix pétroliers[2] dans des pays qui ont tous exagérément basé leur croissance sur cette fragile énergie, les oblige (pour pouvoir en payer la facture) à accroître inconsidérément leurs cultures d'exportation, toujours mal payées, aux dépens des productions vivrières. Les voici donc dépendants des céréales d'importation, du « pouvoir alimentaire » centré aux États-Unis. Ils doivent également développer trop vite l'exploitation *pour l'exportation* de leurs minerais, lesquels auraient pu devenir plus tard la base d'un vrai développement industriel au profit de leurs peuples. Que serait devenue l'Angleterre si, à partir de 1780, au lieu de

1. Sans compter les avions-cargos charters pleins de whisky, champagne et autres délicatesses qui, aux abords de Noël, soulignent la répartition si inégalitaire des énormes revenus pétroliers de ce pays « fortuné ».
2. Si utile quand elle oblige les pays développés à en moins gaspiller.

promouvoir la révolution industrielle, elle s'était contentée d'exporter charbon et minerai de fer ? Or c'est bien ce que fait le Tiers-Monde : et c'est, là encore, une caractéristique de son *mal-développement.*

La politique pétrolière mexicaine une fois décidée et bien mise en route — c'était la plus facile —, le président Portillo se retourne enfin vers l'agriculture, mais trop tard pour pouvoir mener à bien lui-même une politique en ce domaine, car on approchait de la fin de son sexennat. Il l'aborde — réaction urbaine — par le biais d'une politique alimentaire. En mars 1980, il crée à la présidence un nouvel organisme[1] doté de plus de moyens de recherche que de possibilités d'action effectives : le Système alimentaire mexicain, désormais connu par ses initiales, le SAM. Dans les nombreux et volumineux rapports établis en 1980, le SAM reconnaîtra enfin — mieux vaut tard que jamais — un certain nombre (mais pas toutes) des déficiences de la politique agricole suivie au cours des dernières années. Il admettra « une progressive marginalisation de la population jeune », et le danger d'un « pouvoir alimentaire » étranger[2], ce qui incite à rechercher une politique d'autosuffisance en aliments de base, surtout céréales et oléagineux. Au Mexique, souligne-t-il, « une modernisation marginalisante a largement contribué à la crise agricole qui commença, il y a quinze ans[3], quand le maïs de temporal s'effondra, fut souvent remplacé par le sorgho et largement détourné vers la consommation animale, aux dépens de la consommation humaine... Dans les vingt dernières années, en zones rurales, la consommation individuelle de maïs a baissé de 407 à 324 grammes par jour, celle de haricots

1. Il y en a déjà tellement qui s'occupent des problèmes agricoles et ruraux, qui se chevauchent et même se contredisent...
2. « Cinq ou six firmes, en majorité nord-américaines, contrôlent 85 % du marché mondial de grain » (Dan Morgan, *Les Géants du grain,* Paris, Laffont, 1980).
3. Donc en 1965. Traduction parfois résumée.

de 56 à 35 grammes ». Certes, le gouvernement a accordé, en 1979, 65 milliards de pesos[1] de subvention au système alimentaire (moitié à la production, moitié à la consommation), mais, la même année, « la subvention à l'essence des automobilistes a largement dépassé 100 milliards de pesos », c'est-à-dire plus de 4 milliards de dollars. Cette essence quasi gratuite encourage le gaspillage des *automobiles de luxe,* si répandues à Mexico ; elle est aussi une *caractéristique essentielle du mal-développement.*

Le SAM reconnaît surtout que la production du paysannat de culture sèche, « vrais petits propriétaires » et éjidatarios — disons les moins de 10 hectares —, s'est *effondrée* et pas seulement à cause de l'irrégularité des pluies, mais aussi en raison de la baisse en valeur réelle des prix du maïs et du haricot[2]. Cette baisse profite aux consommateurs urbains, elle est réalisée non pas tant dans leur intérêt que pour permettre le maintien de bas salaires industriels, donc des taux de profit élevés que l'on justifie par les besoins d'investissement, en oubliant qu'une large part de ces profits va d'abord à la consommation somptuaire des privilégiés.

Nous avons demandé aux chercheurs du SAM leur position sur la tenure de la terre. Ils nous ont répondu qu'ils ne pouvaient traiter des problèmes politiques (*sic*). L'essentiel du problème agraire leur échappe donc, ce qui, nous le craignons, risque de les mener à l'échec. Par ailleurs, quand ils classent la viande de bœuf en deuxième priorité, juste derrière le couple maïs-haricot (et avant toutes les autres productions), ils oublient qu'elle est la protéine animale la plus coûteuse, bien plus chère à produire que le poisson, les œufs et la volaille, le lait et le porc. Oubli facile à comprendre

1. Donc près de 3 milliards de dollars !
2. Et la hausse des cultures d'exportation et d'alimentation animale.

de la part d'urbains, de privilégiés, toujours avides[1] de consommer cette protéine noble à moindre prix.

Ils renforcent ainsi la position des grands *ganaderos,* qui sont souvent leurs parents et alliés. Ceux-ci ont obtenu depuis 1917 le privilège exorbitant de conserver la propriété de domaines « capables de nourrir 500 têtes de bovins ». Dans chaque région, on a défini la surface de pâturage nécessaire par tête de bovin. Celle-ci est bien trop élevée. Elle ne tient nul compte des possibilités d'intensification. Pire encore, la loi agraire interdit — du moins c'était le cas jusqu'en 1980 — toute intensification, car un labour, même très partiel, des prairies, base de cette intensification, risque de faire classer le domaine en catégorie « agricole », donc d'en limiter la surface légale et d'ouvrir le droit à son expropriation partielle pour dotation aux paysans. Le projet de loi d'octobre 1980 prévoit enfin de classer les prairies aptes aux labours en terres agricoles, ce qui permettra d'attaquer ce néo-latifundisme des ganaderos.

Voici donc enfin reconnues officiellement deux bases essentielles du *désastre agricole* : abandon et ruine du paysannat, privilège abusif des ganaderos. Deux tiers de la production agricole — élevage compris — sont obtenus sur moins de 15 millions d'hectares de labours. A part les 4 millions d'hectares de cultures irriguées, ces terres sont en grande partie arides, pauvres et érodées. Elles sont utilisées surtout par des paysans très peu pourvus d'aide officielle (crédits, assistance technique, commercialisation) et toujours exploités. L'autre tiers provient des 55 millions d'hectares de prairies, dont une partie est semi-aride ou en pente forte, donc peu apte à la culture. On pourrait pourtant recenser facilement 10 millions d'hectares de prairies labourables[2], en

1. Ce n'est pas à nous, plus gaspilleurs encore dans les pays développés, de le leur reprocher.
2. Le long du golfe du Mexique, de Veracruz au Tabasco, puis au Chiapas, et le long du Pacifique, etc.

zones assez planes, que le labour ne risquerait pas d'éroder. En les attribuant aux minifundiaires qui, pour l'instant, labourent et érodent les pentes, on arrêterait ou ralentirait la destruction du patrimoine foncier mexicain.

Cela dit, reconnaissons que Lopez Portillo et le SAM ont le grand mérite — seul exemple en Amérique latine — de poser l'autosuffisance alimentaire comme une priorité nationale essentielle. Jusque-là, on poussait plutôt les productions d'exportation. Cependant, les récentes difficultés avec les États-Unis ont montré au Mexique que, même avec le pétrole, un déficit alimentaire excessif compromettait l'indépendance nationale.

Outre la tenure de la terre, le caciquisme, la corruption, l'usure, la négligence administrative, la bureaucratisation, et surtout l'exploitation et les violences de toutes sortes, les massacres qui se multiplient, les tortures, la véritable *terreur* exercée à l'encontre des paysans ne sont pas pris en compte dans les perspectives du SAM[1] et jouent pourtant un rôle essentiel. Dans le livre déjà cité de Gustavo Esteva, relevons quelques extraits de presse[2] assez explicites :

« Les caciques de la province de Hidalgo envahissent les terres éjidales de Tepehuacan, y font régner, à l'aide des carabiniers, la *terreur* et la *violence*. A. Cabrera a donné l'éjido aux membres de sa clique et à ses lieutenants : vols, calomnies et même *assassinats* qui jusqu'à maintenant sont restés impunis[3]. »

« Dans l'éjido de Tuxcueca, province de Jalisco, un caciquisme règne depuis trente ans, et soixante personnes ont été assassinées pendant cette période. Les premières dénonciations de cette situation datent de vingt-deux ans (sans

1. Lequel ne sort guère d'un domaine technocratique. Il est pourtant rattaché directement à la présidence de la République.
2. Il y a eu d'autres articles, non parus, car les intéressés ont payé les journaux.
3. *Ultimas Noticias*, 15 mai 1975.

résultats)… Ailleurs, les caciques se sont approprié des centaines d'hectares et ont assassiné des paysans [1]. »

« Commerçants, personnes influentes, banquiers, industriels et même un ex-président de la République se sont emparés de plus de la moitié de 170 000 hectares des éjidos de Cabos Corrientes, dans l'une des plus riches franges côtières du Jalisco, depuis que l'on a construit la route côtière (qui valorise la région) [2]. »

De tels faits, on pourrait — hélas — en citer des centaines. En Michoacan, un paysan déclare : « Quelle bonne terre, noble et humide, nom de Dieu ! Mais nous sommes toujours roulés, car nous sommes entre les mains des coyotes, intermédiaires, spéculateurs et patrons de boutiques qui nous vendent à 75 pesos le sac de sulfate d'ammoniaque qui en vaut 37. Ils nous prêtent l'argent dont nous avons besoin à 8 ou 9 % d'intérêt *mensuel,* payable à la récolte. »

Si le Mexique se veut un champion des droits de l'homme sur le plan international, il n'en va pas de même pour ces droits sur le plan intérieur. On ne peut pas oublier qu'il a aussi ses « disparus », et ses prisonniers politiques, même si leur nombre ne peut rivaliser avec celui qu'on enregistre au Chili ou en Argentine. Selon Elena Poniatowska [3], le Mexique compterait 471 disparus, guérilleros ou non, 50 prisonniers politiques, la torture y serait aussi pratiquée. Mais Amnesty International [4] souligne que « ces chiffres n'incluent pas un nombre *important de campesinos et d'indigènes* détenus dans les locaux des villes de province, et dont on sait très peu de chose. Dans une seule région (Huasteca de Hidalgo), depuis août 1979, 14 paysans auraient été emprisonnés et 26 portés " disparus " après leur arrestation ; un serait mort en prison des suites de tortures et quatre autres auraient été assassinés

1. *Excelsior,* 12 mai 1975.
2. *Excelsior,* 28 mars 1975.
3. *Croissance des jeunes nations,* septembre 1980.
4. Rapport 1980.

par des tueurs à gages locaux ». D'après la rumeur, ces chiffres seraient beaucoup plus élevés, mais restent difficiles à prouver, le gouvernement refusant d'en parler. Bien des victimes, il est vrai, sont des jeunes ruraux pauvres, souvent analphabètes. Pas de quoi mobiliser la communauté intellectuelle internationale !

### 9. Un dogme : la défense des éjidos. Une pratique : leur destruction

Pour recevoir les dotations de terres, les paysans, nous l'avons dit, ont été regroupés en éjidos. Mais bien des dotations officielles, dix, quinze ou vingt-cinq ans après la signature des décrets, n'ont pas encore été réalisées dans la pratique ! Par un jugement d'appel, le propriétaire a pu rester en place. Dans des cas plus nombreux encore, la délimitation des éjidos n'a pas été faite ou est restée imprécise ; personne ne met donc en valeur les terres qui restent contestées. Parfois même, une véritable *contre-réforme* au service des riches latifundiaires et industriels, commerçants et banquiers réunis, défendus par des politiciens qui y trouvent leur intérêt, a systématiquement démoli les éjidos : et spécialement les *éjidos collectifs*. Or c'est en ces derniers que Cardenas avait mis tous ses espoirs, car ils permettaient d'éviter le partage de grands domaines modernes en petites parcelles, qui réduit trop la production et la productivité.

La meilleure analyse de cette démolition systématique est donnée par Cynthia Hewitt de Alcantara. Elle montre comment, dans l'État de Sonora, à la frontière des États-Unis et au bord du Pacifique, les ouvriers agricoles indiens des haciendas de la vallée du Yaqui (leurs ancêtres avaient été massacrés et chassés, malgré leur résistance armée, par une sanglante répression, au XIXᵉ siècle) ont brusquement reçu, en octobre 1937, par décision de Cardenas, 17 000 hectares irrigués et 36 000 hectares de désert en partie irrigables, répartis entre 2 160 bénéficiaires [1]. Ils devaient les cultiver en éjidos collectifs dirigés par des administrations élues : ce qui réduisait la discipline et diminuait leur autorité. Ils étaient contrôlés par la Banque nationale de crédit éjidal, créée pour les aider, mais qui se mit tout de suite à leur donner des ordres : l'obéissance devenant la condition absolue du crédit. Ces éjidatarios, en principe copropriétaires de leur entreprise, devenaient ainsi pratiquement des salariés de la banque. Cependant, les rendements moyens des éjidos, nous dit la banque en 1945, « dépassaient légèrement ceux de la vallée tout entière ». Un fonds social permettait la construction d'écoles ; les éjidos achetaient leurs tracteurs et machines, défrichaient, étendaient leurs surfaces irriguées...

Après le tournant de 1940, cette réussite devenait inacceptable, et tout fut mis en œuvre pour *démolir* une institution qui libérait les ouvriers du joug semi-féodal, de leur esclavage traditionnel. Dès 1948, un décret des ministères de l'Agriculture et de la Réforme agraire autorise les éjidatarios à sortir de leurs collectifs pour recevoir la jouissance de leur part de terres, à titre individuel. Un socialiste ayant été régulièrement élu gouverneur du Sonora en 1949, le président Aleman imposa, troupes fédérales à l'appui, la nomination à ce poste de son concurrent conservateur. Alors commence la curée. Des techniciens furent envoyés dans la vallée pour encourager ceux qui voulaient quitter les collectifs. Ils reçurent des armes (car il y eut des bagarres), de l'argent et des encouragements de la Confédération nationale paysanne (CNC), rameau essentiel du parti officiel pratiquement *passé à l'ennemi* tout en gardant ses discours démagogiques. La Banque éjidale

---

1. Trop écrasés par la répression, ils n'avaient cependant pas participé aux luttes paysannes de 1911-1917.

réduisit alors ses crédits de campagne aux collectifs, en leur supprimant les prêts à moyen terme qui leur permettaient de s'équiper. Les séparatistes, les individuels recevaient au contraire facilement des crédits et la banque leur défrichait gratuitement de nouvelles terres. Autorisés à garder l'argent autrefois épargné pour le fonds social et les investissements, ces individuels se crurent brusquement devenus riches et dépensèrent inconsidérément, alors qu'ils auraient pu, grâce à l'épargne, échapper à la dictature de la banque.

Dès 1953 cependant, cette « richesse » se révéla bien éphémère. S'ils avaient reçu en moyenne, après la construction de la digue Obregon, 19 hectares irrigués [1], ils perdirent vite « le contrôle sur les ressources nécessaires pour faire produire la terre ». Tracteurs et outils collectifs ayant été volés, vendus aux privés, ou simplement démolis faute d'entretien, ils ne purent en racheter individuellement. Certains responsables de coopératives eurent alors intérêt à passer dans le camp conservateur, ce qui leur permit d'acquérir du matériel. Ils se mirent à le louer à leurs anciens collègues en les exploitant au passage : une nouvelle classe de caciques était née. Et ces individuels néanmoins furent bientôt, eux aussi, privés de crédits, « la Banque éjidale étant tombée dans les mains des ennemis du système éjido ». On signale déjà à l'époque ce que nous retrouverons, hélas, en 1980 : bien des crédits arrivés trop tard et des comptes auxquels on inscrit des prêts qui n'atteignent pas le fermier. Celui-ci doit livrer sa récolte aux silos de la banque et elle lui est réglée avec un retard qui peut atteindre plusieurs années...

Voici donc la majorité des éjidatarios individuels *ruinés à leur tour*. Le grand domaine voisin les guette et leur offre de louer leurs parcelles [2]. Les retards de la banque les y obligent.

1. Contre 4 hectares en moyenne dans la Laguna de Torreon.
2. Ce qui est illégal, mais le projet de loi de 1980 va autoriser ces locations.

« En louant la moitié de ma parcelle, déclare l'un d'eux, j'obtiens les quelques pesos dont j'ai grand besoin pour vivre jusqu'à ce que je récolte l'autre moitié. » Dès lors, la majorité conservatrice du parti a toute latitude pour repartir en guerre, comme en 1930, contre ces éjidatarios dont elle dit toujours qu'ils sont « mauvais cultivateurs, paresseux, ivrognes ». Le système éjidal, avec sa structure trop rigide, souvent imprécise et mal réalisée en pratique, est devenu *un obstacle essentiel au développement agricole du pays,* et demeure incapable d'améliorer le sort de la paysannerie, plus misérable que jamais. Mais l'éjido qui justifie la politique agraire du gouvernement est devenu un dogme, il ne faut pas y toucher sous peine d'être « contre-révolutionnaire ». Cet éjido mythique est devenu un véritable cancer. Nous n'en critiquons pas le principe, mais le fonctionnement saboté[1]. Derrière ce paravent, les forces au pouvoir, les puissants latifundiaires, les banquiers et les industriels manipulent les budgets, gèrent à leur gré et dans leurs intérêts toute l'économie de la nation. Mais l'éjido fournit un discours commode, dans un pays tellement enlisé dans le mal-développement et embrouillé dans ses justifications révolutionnaires qu'il est devenu peu à peu totalement schizophrène. Même quand elles sont sincères, les « élites » ne s'y retrouvent même plus, entre le discours et la réalité.

---

1. En 1961, dans *Terres vivantes,* je titrais le chapitre Mexique : « Une réforme agraire *sabotée* par le pouvoir ». L'édition espagnole, réalisée à Mexico, traduisit « sabotée » par « déformée »...

## 10. Paysans et ganaderos : Indiens « prolétarisés » au Chiapas

Depuis la Seconde Guerre mondiale, les Mexicains savent que l'avenir agricole du pays ne réside pas dans la partie du Nord non irriguée[1] car trop aride ; ni dans le plateau central, l'Altiplano, encore semi-aride et surpeuplé. Il leur faut descendre au sud et à la mer, vers les plaines et collines tropicales. Dès 1956[2], on y reconnaissait la possibilité de labourer 10 millions de nouveaux hectares — les deux tiers des labours de 1980 — avec une possibilité de rendements plus élevés sous un climat mieux arrosé, avec beaucoup de sols jeunes et fertiles.

Cependant, dès les années 20, les grands éleveurs ont dominé le gouvernement de l'État de Chiapas, le plus important du « tropique mexicain » avec Tabasco. Mieux qu'ailleurs, si c'est possible, ces *ganaderos* sauront garder entre leurs mains toute la fertile vallée centrale de Chiapas, en réduisant à presque rien, même sous Cardenas, l'application locale de la réforme agraire. Ils s'attaqueront ensuite, souvent illégalement, aux *forêts domaniales* qui recouvrent généralement des sols fertiles. Les populations autochtones étant largement dépourvues de terres, donc de travail, il fut facile aux ganaderos de leur faire abattre ces forêts sans salaire, avec simplement le droit pour le défricheur d'y planter son maïs un an ou deux. Les terres gagnées sur la forêt étaient ensuite converties en pâturages, on y élevait les bovins à viande surtout destinés au marché intérieur, les éleveurs du nord du Mexique ravitaillant d'abord les États-Unis.

1. Les zones irriguées du Nord sont très productives, du Sonora au Chihuahua et Tamaulipas.
2. Fr. Chevalier et L. Hugues, *Peuplement et Mise en valeur du tropique mexicain,* Mexico, 1958.

Dans les deux dernières décennies, ces éleveurs ont ainsi pu multiplier leur bétail bovin par plus de cinq (passant d'un demi-million à 2,7 millions de têtes), *bloquant ainsi,* pour une production médiocre et un emploi encore moindre, la *grande majorité des terres fertiles,* et exposant celles-ci à la dégradation par lessivage et érosion. Mais les Indiens des montagnes, de plus en plus nombreux, demandent plus de terres à cultiver. Lesdits propriétaires leur cèdent en métayage de petites parcelles, prélevant (sans apport autre qu'une terre, qu'il faut souvent défricher) *le tiers* de la récolte. Certains de ces Indiens, pour accroître leurs emblavures, se mettent à exploiter les plus pauvres des sans-terre, nous dit Robert Wasserstrom[1]. Ces derniers acceptent de travailler pour eux, en recevant seulement le tiers du salaire minimal légal : à peine de quoi survivre.

Les ganaderos profitent de cette demande accrue de terres pour porter les prélèvements sans travail, réalisés sur le dos de leurs métayers, du tiers à *la moitié* de la récolte. L'implantation de l'usine Nestlé de poudre de lait à Chiapa de Corzo augmente, en 1970, l'intérêt économique de la production laitière. Elle contribue à réduire (ou à rendre plus chère) l'offre de terres pour les cultures de subsistance. Dans une situation de malnutrition généralisée, ces cultures devraient mériter la priorité sur les pacages. Mais sur ces prairies, le lait donne beaucoup plus d'emplois et de production, et réalise une bien meilleure transformation des protéines végétales en protéines animales que le bovin à viande. Il mérite donc la seconde priorité, bien avant la viande, mais après les grains.

Les paysans indiens, refoulés dans leurs montagnes surpeuplées, sur de trop petites parcelles, ne peuvent plus vivre en y faisant du maïs. Ils recherchent donc des cultures plus intensives comme les fleurs ou les fruits, dont la recette est fort irrégulière. Dans nombre de localités, le cacique, qui

1. Anthropologue de Columbia University, New York.

possède l'unique camion du village, détient avec le monopole du transport celui de la commercialisation : il peut donc s'attribuer la part du lion. L'artisanat, qui envoie de si belles choses sur le marché de San Cristobal de las Casas, ne permet que de trop modestes rémunérations du travail.

Ainsi ce Chiapas, qui possède déjà les plus grandes ressources hydro-électriques du pays, aurait pu devenir un des greniers du Mexique. Mais ce potentiel, ces énormes possibilités sont totalement bloquées par *le grand ennemi de l'agriculture mexicaine,* le grand éleveur (absentéiste) de bovins à viande. Contre lui éclatent parfois des sursauts de violence et, en juin 1980, des paysans réduits à la misère envahissent un grand domaine où ils se heurtent aux partisans et pistoleros du propriétaire. Les journaux de Mexico annoncent alors une violente bagarre avec 51 morts. Mais cela fait trop mauvais effet : dès le lendemain, on rectifie : il n'y « aurait eu » que 3 morts. Sur place, on nous a pourtant confirmé le premier chiffre... La vérité ne doit pas être trop largement propagée.

Sur le versant pacifique, sur les riches terres volcaniques en forte pente proches de la frontière du Guatemala, le café rencontre, au-dessus de 600 mètres d'altitude, des conditions très favorables, comparables à celles que nous trouverons en Colombie. Installés dès après la Première Guerre mondiale, des colons, souvent allemands, ont aménagé de belles plantations bien soignées. Elles sont pourtant en retard sur la dernière modernisation, celle du *cattura,* ici fort peu répandue, alors que nous la rencontrerons généralisée en Colombie.

Belles plantations, certes, mais ouvriers misérables. Des fillettes guatémaltèques, dès l'âge de cinq ans, ensachent la terre en pots de plastique pour y semer des graines à mettre en pépinière. Mario Garcia Hernandez, issu d'une famille très pauvre, raconte qu'il a travaillé au café, comme journalier *temporaire,* dès l'âge de dix ans. Sa jeunesse a erré de plantation en plantation, à la recherche de travail, toujours fort mal payé : des salaires à la limite de la survie [1]. Passant au poste frontière du Guatemala, nous avons vu les journaliers originaires de ce pays qui y rentraient, l'un derrière l'autre. Chacun tenait à la main un billet de 20 pesos, près d'un dollar, et le remettait au policier, qui l'empochait sans mot dire. Ce billet tenait lieu, semble-t-il, de papiers d'identité ! Au cours de notre tournée, le plus bas salaire relevé fut celui d'un ouvrier temporaire d'un éjido. Certains bénéficiaires de la réforme agraire peuvent se révéler les pires exploiteurs.

A 10 kilomètres au nord-ouest de San Cristobal de las Casas, à San Juan Chamula, la révolte contre les conquérants, puis les oppresseurs, n'a jamais totalement cessé depuis l'arrivée des Espagnols. Mais les oppresseurs peuvent aussi être des caciques, Indiens tzotzil comme les autres. L'un d'eux [2] possédait des distilleries clandestines d'eau-de-vie, mais les adventistes, en prônant l'abstention de tout alcool, nuisaient à ses intérêts. En août 1976, il réussit donc, avec l'accord tacite des autorités municipales, à soulever les villageois contre lesdits adventistes et luthériens « pour défendre la religion traditionnelle [!] et contre ceux qui mettent en doute que la statue de San Juan a du sang ». On saccage les maisons de ces « délinquants », on les bat, on viole leurs femmes et on les emprisonne « jusqu'à ce qu'ils acceptent totalement la tradition ». Le juge municipal alerté déclare qu'il ne peut rien faire. Entre-temps, certains en ont profité pour voler aussi les terres...

1. Juste de quoi « reproduire la force de travail ».
2. Cf. la brochure *La Violencia en Chamula,* département de sciences sociales de l'université de San Cristobal.

## 11. Tabasco : éjidos, ganaderos, corruption et bureaucrates

Descendant des montagnes du Chiapas, sur le versant atlantique si chaud et humide, nous traversons une plaine côtière qu'on pourrait utilement labourer, mais qu'ont accaparée les grands éleveurs. Ceux-ci ont le droit de garder 2 ou 3 hectares par bovin pour les « 500 bovins » que leur autorise la loi de 1917, alors qu'un pâturage rationné et un peu d'azote permettent de nourrir 2 ou 3 bovins par hectare. Tel éleveur qui nous dit utiliser un millier d'hectares en exploite en réalité dix fois plus, mais qui sont inscrits au nom de membres de la famille, de prête-noms, etc.

Dans cette région, nous avons du mal à rencontrer un éjido, car ici aussi la réforme agraire n'a guère été appliquée. En voici cependant un qui a reçu en dotation 600 hectares de pâturages, partagés entre 33 familles. L'ancien domaine utilisait avant le partage deux travailleurs pour l'embouche de bétail maigre, achetant les veaux sevrés aux « naisseurs ». Les attributaires n'ont en rien modifié le mode d'exploitation extensif, évidemment incapable de procurer aux 33 familles, qui ont pris la place d'une seule, assez de travail et de revenus. Le labour, une culture semi-intensive, l'aurait certes pu, le milieu s'y prête. On ne semble pas toutefois avoir aidé les paysans dans cette voie et ils ne l'ont guère demandé, se contentant d'une bien petite rente. Ainsi, la terre n'est pas devenue outil de travail.

Il existe cependant des éjidos plus productifs, celui de don Lupe par exemple, en se rapprochant de Villa Hermosa, dans une zone où l'on rencontre plus de canne à sucre et de cacao. Don Lupe est un éjidatario de la première heure. Il nous reçoit sur la véranda de sa petite maison dans la chaleur moite du Tabasco. On pourrait dire qu'il a bien réussi, il a même un réfrigérateur. Toute sa vie, il a travaillé comme un vrai paysan et il s'applique à gérer sa parcelle au mieux. Mais il se plaint de la canne à sucre : « Depuis que l'État a nationalisé les sucreries, il a la prétention de s'occuper de tout. Même de notre culture de canne. Il veut tout faire chez nous. Mais les services des sucreries sont toujours en retard, leurs machines en panne, etc. On ne peut pas compter sur eux. En plus, on ne sait jamais à l'avance ce que la canne va rapporter. Avec le cacao, au moins, on sait à quoi s'en tenir. Pour un agriculteur, ce n'est pas intéressant d'être ainsi " assisté ". On préfère être responsable de son travail. » Du coup, cette année, il ne plantera qu'un hectare de canne « pour bénéficier de la sécurité sociale qui va avec. C'est comme cela qu'ils nous tiennent, ajoute-t-il. Mais ma femme et moi, nous sommes vieux, on n'a pas besoin de sécurité sociale. Alors j'abandonnerai peut-être définitivement la canne. D'ailleurs, de nos jours, on ne trouve plus personne pour la couper. Les gars ne savent plus, et puis ils préfèrent tous travailler dans le pétrole, ça paie mieux[1]. Quand les camions passent, tout le monde y va. Le pétrole, c'est un gros problème pour l'agriculture de la région ».

Pour le reste, il est dégoûté, don Lupe. Il fut un des fondateurs de l'éjido, alors il sait ce qui s'est passé au cours des années. « Regardez le gars à côté, je l'ai connu, un vrai mendiant, il n'avait rien du tout. Aujourd'hui, il a trois belles maisons, des ranchs, etc. Les autres, un peu plus loin, c'est pareil. Moi, je continue à travailler sur la même terre et je n'ai que cette maison. » Lui qui s'en tient aux vieux principes de l'éjido, ne comprend pas comment la situation a pu ainsi dégénérer. « En ce moment, dit-il, ils veulent chasser le commissaire éjidal, sous prétexte qu'il est corrompu. Ils nous envoient des *doctors*, des *licenciados*, des gens instruits quoi,

---

1. Salaire agricole, 150 pesos ; dans le pétrole, le minimum est de 500 pesos par jour.

qui nous disent que le commissaire trahit l'esprit de la Révolution, etc. En fait, c'est parce qu'il ne les favorise pas assez pour leurs magouilles. Ils ont un autre candidat en vue, un homme à eux. On essaie bien de se défendre, mais en vain. Et tous les autres qui louent la terre aux grands ganaderos, c'est illégal, mais ça passe. Les techniciens ? On ne les voit pas beaucoup par ici et, quand ils viennent, ils s'en mettent plein les poches. Les extensionnistes[1], on les appelle " extorsionnistes ". Et puis après, il y a tous les politiciens véreux, et tous les intermédiaires. Ça n'a pas d'importance, quoi qu'on fasse, quoi qu'on plante, il y a toujours quelqu'un pour nous exploiter, on est toujours perdant. La corruption est partout, à tous les niveaux. On met les gens honnêtes à la tête des unions, des gens qu'on connaît et on croit qu'ils feront l'affaire ; mais dès qu'ils voient l'argent, c'est fini, ils sont comme les autres. Chacun profite, corrompt, achète les faveurs. Où va-t-on comme cela, je ne sais pas... Nous, les paysans, on est victimes de tout le monde. » Que fait donc la Confédération nationale paysanne (CNC), l'organe officiel du PRI qui est censé les défendre ? « Eux sont les pires. Ils ne font rien du tout pour nous. Une magouille affreuse. »

A Tuxla Gutierrez, capitale du Chiapas, zone de tant de conflits, nous rendons visite à la CNC. Dans les bureaux s'affairent des... bureaucrates, l'air important et la Révolution à la bouche. « Nous sommes là pour défendre les paysans et les principes. Nous sommes une organisation révolutionnaire. » Dehors, des paysans attendent, en files, misérables et résignés. Tout va bien cependant, à entendre les dirigeants !

A Mexico, nous rencontrerons le président de la CCI, confédération qui fut créée en opposition à la CNC, pour reprendre le flambeau de la Révolution que celle-ci avait de

---

1. *L'Extensionniste* est une pièce de théâtre qui eut grand succès à Mexico. Son affiche représentait un vulgarisateur agricole prospère et satisfait qui, en guise de charrue, traînait par les pieds un misérable paysan.

toute évidence abandonné. Au début, elle proposait une réforme agraire *radicale*, contre les latifundiaires « qui accaparent plus de 50 millions d'hectares… et pour les 2 millions de paysans sans terre, qui manquent de tout ce qui est indispensable à leur subsistance… pour réduire la propriété privée à 20 hectares irrigués (au lieu de 100) ». Nous sommes reçus dans des bureaux modestes, les brochures de la CCI répètent toujours les phrases ci-dessus, mais elles se terminent désormais par une déclaration de « militance active dans les rangs du parti révolutionnaire institutionnel ». C'est compris : ils se sont, eux aussi, *laissé acheter*. Aussi disent-ils que ce gouvernement fait tout pour les paysans ; il y a bien quelques conflits, mais ça n'est rien. C'est ce qu'on appelle la « mexicanisation ». Non que les Mexicains aient l'exclusivité de la récupération, mais ils sont passés maîtres dans cet art. Ainsi chaque fois que surgit un nouveau leader paysan, le gouvernement et les forces dominantes essaient de le convaincre de rejoindre les syndicats officiels. Si ça ne marche pas, on l'élimine, simplement[1]. Viva Zapata ! *Ni terres ni liberté.*

La bureaucratie envahissante et les discours démagogiques, nous les retrouverons partout : dans les banques rurales, pleines de bureaucrates qui ne connaissent rien au problème de la terre et doivent pourtant prendre des décisions capitales. Eux aussi se laissent souvent aller à la corruption ambiante. Toujours est-il que ceux qui disposent des crédits en usent comme d'une faveur et profitent de l'ignorance des paysans qu'ils exploitent. Bien des employés retiennent pour eux 10 % des crédits qu'ils versent. C'est dans les bureaux régionaux de la SARH[2] qu'il faut se rendre pour rencontrer les agronomes qui ne se déplacent guère aux champs — sauf pour aller chez les grands propriétaires, ceux-là justement qui

---

1. Des mouvements paysans régionaux vraiment indépendants ne cessent de resurgir, comme dans la Huestaca de Hidalgo ; ils ne sont pas coordonnés sur le plan national, ce qui réduit leur force.
2. Secrétariat de l'agriculture et des ressources hydrauliques.

ont le moins de difficultés, le moins besoin d'aide... mais ont l'hospitalité généreuse. Là encore, on entend de beaux discours ; mais que savent-ils des paysans qu'ils ne visitent jamais, ou si peu ? Ils font généralement preuve d'une totale méconnaissance des problèmes de la base.

C'est le cas aussi de nombreux bureaucrates de Mexico — puisque c'est là qu'on « pense » l'agriculture — qui entassent leurs diplômes d'Harvard ou du Wisconsin dans leurs luxueux bureaux à l'américaine. Quel contact peuvent-ils avoir avec la triste réalité des campagnes ? Il leur est devenu impossible de « sentir » le *campo* et sa quotidienneté prosaïque, ses immenses difficultés. Nous avons été impressionnés par le haut niveau de ces jeunes, souvent bien intentionnés mais qui vivent dans un autre monde. Leurs études trop abstraites — jusqu'au doctorat d'Harvard en économétrie — leur permettent de savantes « programmations linéaires » sur des bases statistiques déficientes[1]. Ce décalage est un autre trait du mal-développement. Et puis toujours la magie du verbe, verbe souvent marxiste d'ailleurs... mais tout est dans l'illusion.

Bureaux, pléthore de fonctionnaires, démagogie et développement pensé d'en haut — et pour le haut —, c'est encore une des caractéristiques de la Chontalpa, dans le Tabasco, le projet modèle, la vitrine de ce que devrait être le développement agricole selon les Mexicains. On a cette fois voulu reprendre l'aide officielle pour un groupe d'éjidos collectifs.

---

1. Quand certaines statistiques soulignent la montée du néo-latifundisme et la dangereuse diminution de la taille des minifundistes (1975), on ne les publie pas.

## 12. Le Plan Chontalpa : terres sans liberté

Les éjidos détiennent encore, en principe (pas en pratique), la moitié des labours du Mexique, mais une proportion nettement moindre des terres irriguées. Ces paysans soi-disant communautaires ont reçu effectivement beaucoup de terres, mais à peu près rien pour bien les mettre en valeur. La plupart sont divisées en parcelles individuelles, souvent trop petites et cultivées suivant les méthodes traditionnelles. Moins bien même, car la modernisation a ruiné leurs petits élevages de porcs et volailles, supprimant du même coup les avantages que présente l'association de l'agriculture et de l'élevage. Ruinés par le bas prix des grains, et pour que leurs plus-values puissent financer la ville et l'industrie, beaucoup ont dû vendre leur vache, leur mule ou leur paire de bœufs...

Lazaro Cardenas aidait les éjidos collectifs, mais nous avons vu comment la contre-réforme de 1940 a ruiné ceux du Sonora. En 1960-1964, on a construit sur le rio Grijalva, qui descend des montagnes du Chiapas pour traverser le Tabasco, une digue qui protège des inondations la basse vallée du rio, à son débouché sur le golfe du Mexique. De plus, une route côtière relie toute cette zone à... l'économie de marché. Alors, on décide de donner de gros moyens aux 5 000 familles qui détiennent 90 000 hectares dans cette plaine. Le budget fédéral, la Banque interaméricaine de développement, plus tard la Banque mondiale, tout le monde s'y met. Un réseau routier très dense dessert donc des villages modernes, avec place et marché, école et dispensaire. Un système de drainage, avec création de puits, permet en principe une certaine maîtrise de l'eau.

A l'origine, le premier Plan encourageait surtout la production d'aliments de base pour le ravitaillement local et régional ; il visait à améliorer l'autoconsommation des paysans, et les incitait donc à produire surtout du riz et du maïs. Dès l'arrivée des premiers crédits s'est installée une bureaucratie pesante. Troublés dans leurs habitudes, les paysans reçoivent des banques qui les financent (et de ce seul fait se croient volontiers omniscientes) des *ordres* souvent inadaptés. Les paysans connaissent mieux les aptitudes de chaque catégorie de terres que des techniciens récemment arrivés, éduqués ailleurs, et qui ne sont pas de vrais praticiens ni des hommes de la terre.

Les banques introduisent donc des techniques « modernes » qui exigent beaucoup de crédits. Les cultures de base, mal conduites et mal payées, se révèlent bientôt incapables de les rembourser. On va donc *obliger* les paysans à se tourner vers les productions commerciales, destinées au marché national et même international : le cacao, les bananes et surtout la canne à sucre et le bétail. En terre trop humide, souvent mal drainée, la récolte de la canne est rendue difficile, parfois compromise. Sa rentabilité n'a cessé d'être discutable.

Les éjidos vont ensuite recevoir de gros crédits pour développer les élevages bovins, sur la base de prairies artificielles. Les pousses vigoureuses de graminées rampantes envahissent vite les parcelles de culture qui les bordent, incitant (sinon obligeant) leurs détenteurs à mettre en prairie leurs propres cultures. Une fois encore, le bovin à viande va refouler les grains : s'il donne du profit à quelques-uns, il réduit le travail nécessaire, accroît le sous-emploi.

Quand il était président, Echeverria vint visiter Chontalpa pour y donner une nouvelle impulsion à l'élevage. Nestlé fut invité à envoyer ses conseillers techniques pour y installer des fermes laitières. La société fit venir du Canada des vaches Holstein à haute productivité. On commença par les affourager en étables de type « yankee », très coûteuses, en leur apportant à l'auge de l' « herbe à éléphant » coupée à la main. Le prix de revient du lait atteignit alors des sommets inattendus et les dettes des éjidos progressèrent en proportion. Par la suite, avec le pâturage direct des vaches au pré lors des heures fraîches, le coût de production a beaucoup diminué, mais la rentabilité n'est pas encore assurée.

Le drame de Chontalpa est que la direction *n'a jamais fait confiance aux paysans,* ne les a jamais fait *participer* au choix des productions et des techniques, ni mêlés à la commercialisation. Si les paysans sont réticents — et ils ont des raisons de l'être —, la technocratie la mieux équipée en crédits, même quand elle est compétente (ce qui fut rarement le cas ici), ne peut aboutir qu'à l'échec. Visitant la direction du Plan Chontalpa après la tournée sur le terrain, nous l'avons trouvée installée dans d'innombrables bureaux administratifs totalement disproportionnés aux 90 000 hectares encadrés. Dans un sovkhoze irrigué de la même surface que je visitai au Kazakhstan soviétique, la bureaucratie m'avait déjà paru excessive. Elle est ici beaucoup plus lourde !

Les paysans ont *perdu le contrôle de leur travail* sur la terre, qui n'est plus tout à fait à eux puisqu'ils y reçoivent des ordres — lesquels les découragent vite quand ils sont inadaptés. Ils gardent cependant la responsabilité économique de leurs entreprises. Leur endettement moyen se montait, en 1979, à 2 600 dollars par famille, laquelle gagnait en moyenne 35 dollars par semaine. La dette équivalait donc à un an et demi de revenus.

Les technocrates, de leur côté, ont tous les pouvoirs sans aucune responsabilité économique, avec un salaire élevé et assuré. Le coût de l'encadrement absorbe une part excessive des crédits accordés, lesquels pouvaient se monter, à la fin de 1975, à 25 000 dollars US (de 1980) par hectare, 58 000 dollars par famille, 28 000 dollars par emploi créé[1]. La majorité des

---

1. David Barkin donne, en dollars de 1970, des chiffres moitié moindres. Nous les avons doublés, estimant qu'entre-temps la valeur du dollar a diminué de moitié.

éjidos du Mexique, par contre, n'ont rien reçu. Si certains d'entre eux ont obtenu de modestes prêts, ils ont souvent dû ôter le dernier épi de maïs de la bouche de leurs enfants pour les rembourser. Ici, les crédits élevés accordés pour l'achat de bovins à viande, spéculation fort discutable, n'étaient remboursés, entre 1967 et 1975, qu'à raison de 28 %.

Pour agrandir les éjidos, le Plan Chontalpa avait, à ses débuts, exproprié un certain nombre de paysans qui se sont retrouvés avec trop peu de terres, une fois dépensée la maigre indemnité. Quand ils ont du travail, ces paysans, dits *libres,* sont exploités par les éjidatarios titulaires. Ces derniers sont payés comme des salariés pour leur travail sur les champs collectifs. « Nous ne sommes, disent-ils, que des journaliers pour la banque. »

La CONACYT (Commission nationale de science et technologie), invitée à donner son avis, souligne : « D'une part, ils sont propriétaires de la terre et partenaires dans une entreprise collective, mais, d'autre part, ils sont salariés, dépendants pour leur survie des paiements d'avances qu'ils reçoivent pour leur travail quotidien. Leur réaction, comme celle de n'importe quel prolétariat dans le monde, est donc de travailler le moins possible pour toucher leur salaire. » Et la CONACYT conclut : « La possibilité d'un développement endogène qui profiterait exclusivement aux éjidatarios est irréalisable parce qu'elle impliquerait la réduction du rythme de l'accumulation du capital par les centres du pouvoir économique[1]. » Dans tout cela, *l'idée coopérative* — en principe à la base de l'éjido collectif — *disparaît totalement* sans qu'il en résulte une augmentation de production, qui aurait pu justifier l'irruption du capitalisme dans les campagnes les plus reculées par le biais des fonds publics nationaux et internationaux.

On peut dire cependant que ces éjidatarios sont relative-

---

1. Donc pour l'industrie, la ville et ses somptuosités.

ment privilégiés[1] : pour leurs logements, la densité des écoles et le service médical. On ne les a pas consultés malgré tout sur le type de maisons qu'ils auraient pu concevoir à leur manière et à la construction desquelles ils auraient dû participer. Finalement, ces paysans n'ont pas vu leur niveau de vie s'améliorer et l'on note même une *dégradation du niveau nutritionnel*. Les cultures commerciales ont trop souvent réduit les cultures de subsistance. Aussi se sont-ils révoltés à plusieurs reprises contre ce traitement « privilégié ». On a cru devoir affecter en permanence à la Chontalpa, pour mater ces révoltes, un bataillon de cavalerie : beau symbole de réussite qu'un tel outil de répression.

Le Mexique tropical pourrait gagner, nous dit Ivan Restrepo Fernandez, directeur du Centre d'écodéveloppement[2], 8 millions d'hectares nouveaux à l'agriculture. Si l'on devait y investir autant qu'à Chontalpa, soit 25 000 dollars à l'hectare, cela ferait *200 milliards de dollars*. Or le revenu national mexicain était estimé, en 1978, par la Banque mondiale, à 85 milliards de dollars. Il est certes nécessaire de dépenser plus, au départ, s'il s'agit d'un projet pilote. Mais les erreurs de base, que l'on n'est nullement en train de corriger, enlèvent toute valeur d'exemple à cette « modernisation sans les paysans » — donc contre eux. Dans la Laguna de Torreon, en 1936-1939, Lazaro Cardenas obtenait, à bien moindre frais, des résultats très supérieurs, dont une partie persiste encore. Mais les paysans participaient alors, avec enthousiasme, à leur libération ; ils gardaient un certain contrôle de leurs exploitations.

---

1. Surtout dans les villages où leurs habitants ont obtenu de gérer eux-mêmes leurs affaires et qui ont rompu avec la banque. Leurs maisons sont entretenues, tandis que, chez les dominés, elles sont délabrées.
2. Dans sa préface au livre de David Barkin, *Développement régional et Réorganisation paysanne. La Chontalpa comme reflet du problème agraire mexicain*, Mexico, Nueva Imagen, 1978.

### 13. La « californisation » du Bajio

Sur notre route de Mexico vers Guadalajara, à travers l'Altiplano vers le nord-est, nous traversons, dans l'État de Guanajuato, une des régions agricoles les plus riches du Mexique, le Bajio (160 kilomètres sur 50). Pas très loin se trouve le petit village de Dolores, où le curé Hidalgo poussa, en 1810, son fameux « cri de l'Indépendance », signal de la révolte contre l'Espagne. Ironie du sort car « cette vallée est devenue le fief des grands intérêts étrangers. Trois multinationales : Del Monte, Campbell's et General Food, y mettent en boîte des produits horticoles. Les tracteurs Ford et John Deere labourent le sol, les insecticides Bayer contrôlent les maladies, et le bétail se nourrit d' « aliments balancés[1] » Ralston Purina et Anderson Clayton. Comme le soulignait un vice-président de la Del Monte, « quand on traverse le Bajio aujourd'hui, c'est comme si on voyageait dans les vallées de la Californie[2] ».

Prenons le cas de Del Monte ; la compagnie américaine a une arme puissante : le crédit. Elle procède par contrats, tout en favorisant des cultures qu'on n'avait jamais vues dans cette vallée. Elle contrôle les « contractés », impose ses graines et ses engrais, ses techniciens surveillent les champs. A la récolte, ses machines envahissent les cultures qu'elle a financées. Tout cela peut présenter des aspects positifs, mais la

---

1. En France, on dirait « aliments concentrés ».
2. « Imperialismo en Almibar : la Compania del Monte en Mexico », étude de la NACLA parue dans *Cuadernos Agrarios,* nº 6. Des études similaires ont été faites par l'ILET de Mexico (Institut latino-américain d'études sur les transnationales). Parmi ses intéressantes publications, citons : *Frutas y legumbres* (Nueva Imagen, 1980), par Paul Vigorito et Ruth Rama.

compagnie tend à travailler avec ses producteurs, de plus en plus gros, ce qui marginalise les petits et les éjidatarios, moins faciles à superviser. Le profit capitaliste ne coïncide pas toujours (quoi qu'en disent ses bénéficiaires) avec l'intérêt général.

La grande excuse de cette compagnie (et des autres) est qu'elle crée des emplois dans la région. En 1976, sur 1 750 salariés, 120 seulement étaient permanents à l'usine, 90 % des autres ne travaillaient que quatre à six mois par an. Beaucoup d'hommes et de femmes de la fabrique sont des fils et des filles d'éjidatarios qui ont émigré à la recherche de travail que leurs trop petites parcelles ne pouvaient plus offrir, ou des paysans dépossédés. La compagnie profite du chômage pour maintenir de très bas salaires en embauchant les plus désespérés. 75 % sont des femmes qui en ont besoin pour faire survivre leur famille. Les conditions de travail sont très difficiles, les normes de sécurité déficientes et les accidents nombreux.

Quant aux produits, si chers, ils sont destinés aux classes à fort pouvoir d'achat ou à l'exportation, mais n'atterriront jamais sur la table du Mexicain modeste, qui éprouve déjà des difficultés à se procurer du maïs et des haricots. En traversant les immenses champs d'asperges « californiennes » (dont 90 % vont à l'exportation), nous pensons au pauvre curé Hidalgo. Indépendance ! Certes, pour satisfaire la loi de « mexicanisation », il y a 51 % d'actionnaires mexicains chez Del Monte. Mais ce sont des hommes de paille qui n'ont pas leur mot à dire, car la multinationale exerce un contrôle total sur ses filiales[1]. De telles entreprises[2] fournissent cependant beaucoup plus d'emplois à l'hectare que la culture des céréales et permettent de gagner de précieuses devises.

1. *Ibid.*
2. Et l'on pourrait citer la culture de la fraise d'hiver exportée aux États-Unis. Cf. *L'Impérialisme de la fraise*, d'Ernesto Feder.

Malheureusement, le travail est fort irrégulier, mal payé, et les devises gagnées servent trop souvent à des dépenses somptuaires. Le Mexique n'a cependant pas besoin, comme certains le lui conseillent, de réduire de telles cultures pour pouvoir produire les aliments de base qui font tant défaut au pays, le couple maïs-haricots. Cette dernière culture pourrait trouver à s'étendre suffisamment sur les 10 millions d'hectares de prairies cultivables qu'il serait possible — qu'il est indispensable — d'arracher aux grands ganaderos. Ceux-ci n'en tirent guère de production et moins encore d'emplois dans l'élevage intensif de bovins à viande. Il suffirait d'appliquer à ces prairies négligées les limites légales des domaines agricoles, après les avoir classées « terres labourables ». C'est ce que propose le projet agricole d'octobre 1980 ; mais sera-t-il appliqué ?

On fait aussi beaucoup de sorgho, dans le Bajio, pour les animaux, porcs et volailles : c'est une culture plus simple, très mécanisée et qui coûte moins à produire que le maïs. Là encore, les profiteurs sont les multinationales qui préparent dans leurs usines les mélanges d' « aliments balancés ». Dans ce cas, toutefois, il n'y a pas de contrat passé avec les agriculteurs : la déficience des services mexicains pousse le producteur de sorgho à le vendre aux firmes étrangères. Celles-ci sont surtout là pour profiter de toute situation. Le grand directeur de l'une d'elles nous disait en toute innocence : « Nous sommes *animal economicus* ; quand il y a un profit à faire, nous sommes là. » On ne pourrait être plus clair, bien qu'un tel langage relève plutôt de l'antiquité des multinationales. Aujourd'hui, elles usent volontiers d'un discours plus subtil.

A Guadalajara (troisième ville du Mexique et capitale du Jalisco), dans les bureaux d'Anderson Clayton, on est moderne. On parle ferme et clair : « Le Mexique est un des pays les plus modernisés du point de vue de la nutrition du bétail[1]. » Le coefficient de transformation des céréales en œufs, volailles et porcs est le même qu'aux USA. C'est un critère définitif pour des gens qui exportent mécaniquement leur modèle. On encourage donc l'élevage à l'américaine (porcs et volailles, œufs et poulets de chair), ce qui entraîne le déclin des porcs et volailles paysans : en 1960, 80 % des porcs venaient des paysans ; en 1980, 30 % seulement. La firme qui achète une bonne partie des récoltes de sorgho prétend qu'il n'y a pas de compétition avec le maïs, ce qui n'est certes pas l'avis de tout le monde. Elle se veut un pionnier « philanthrope et incompris ».

En 1980, hélas, à cause d'une mauvaise récolte — sécheresse en 1979 — et du nombre croissant d'animaux nourris aux aliments préparés[2], le grain vint à manquer. Il fallut donc importer presque tout des USA, avec les difficultés de transport que l'on sait. Résultat : on vendit les animaux à bas prix, n'ayant rien à leur donner à manger. Et nos gringos de blâmer le gouvernement, de critiquer les éjidos, « source de tout le mal », au lieu de remettre en cause un modèle mal adapté au Mexique. Le sorgho des animaux a déjà remplacé le maïs des gens, peu importe...

Nous avons fait la tournée des boutiques de distribution : elles étaient vides ; visité les grands producteurs de volailles ou de porcs : ils étaient très inquiets ; certes ils avaient la préférence sur les petits pour le ravitaillement mais déjà ils commençaient à vendre leurs animaux. Deux grands d'Occotlan, éjidatarios de façade, riches et filous à souhait, étaient fort en colère, obligés de vendre leurs vaches. Ils avaient pourtant une bonne affaire : 900 litres de lait par jour, qu'on écrémait pour vendre la crème en ville au prix fort et la remplacer dans le fromage, fabriqué sur place, par de la

1. Nous n'en dirons certes pas autant de celle des enfants, mais ils n'ont pas de valeur commerciale !
2. Il en faut de plus en plus pour satisfaire la demande croissante des privilégiés.

graisse végétale. A chacun ses problèmes, mais la situation était vraiment dramatique pour les petits propriétaires, eux aussi convertis à l'aliment « balancé » qui n'arrivait plus.

## 14. Voyage en Jalisco

A Occotlan, le jeune homme dynamique que nous rencontrons maintenant est un grand propriétaire « moderne ». « Un gros riche », murmurent les voisins qui nous précisent qu'il a 750 hectares de sorgho irrigués. Impossible de vérifier les chiffres, car, bien sûr, il faut avoir l'air d'être en accord avec la loi qui limite la propriété à 100 hectares de terres irriguées. Lui nous dit en avoir 350 ; avec de l'argent, on se débrouille toujours. Il a aussi des bovins à l'engrais, en *feedlot* comme en Californie, des volailles et des porcs. Il n'aime ni le maïs ni le lait. Ça ne rapporte pas assez et, surtout, il faut trop de main-d'œuvre. « Celle-ci est beaucoup trop chère » (*sic*) et, pour finir, voilà que le gouvernement veut lui imposer des assurances sociales. « Avec leurs mesures humanitaires, ils vont créer du chômage. » Il attendra donc des machines très « modernes » des États-Unis, « chères, bien sûr, mais là, au moins, on évite tous ces problèmes sociaux... » Et puis, il y a le crédit pour cela. Comme par hasard, il y a là son ami, l'agronome de la banque, le superviseur des crédits (privés, mais garantis par le gouvernement et la Banque mondiale). On prête surtout aux riches... Entre autres activités, le jeune homme qui a de grands hangars entrepose le sorgho qu'il achète aux paysans des environs pour le compte de la multinationale citée plus haut. Avec tant de cordes à son arc, en voilà un qui n'échouera pas dans les bidonvilles de Mexico...

A quelques kilomètres de là, un pauvre homme laboure un

champ d'ordures avec son cheval un peu maigre. « Moi, je n'ai jamais rien eu, il faut que je me débrouille. Des propriétaires me prêtent leurs champs d'ordures pour deux saisons et je leur laisse, après la récolte, le pâturage des mauvaises herbes et des feuilles sèches du maïs, pour leur bétail (car lui n'en a pas). En grain, ça ne rend pas beaucoup, mais il faut bien manger et nourrir sa famille. » Son gamin le regarde, assis au bord de la route. Plus loin, deux vieux, très vieux et très gentils, travaillent aussi sur un champ prêté, sans autres outils qu'une houe et un bâton à fouir, pour faire des trous. La dame aux yeux bleus jette les grains de maïs dans les trous. Elle nous explique dignement qu'il faut bien manger, mais tout dépendra de la pluie. Si Dieu le veut !... L'autre face de la médaille.

A côté, un éjidatario sympathique laboure avec sa paire de bœufs. Ses fils sont venus l'aider un peu, l'après-midi. L'aîné, qui travaille à mi-temps à l'usine, nous dit que la terre ne suffit plus pour nourrir toute la famille. Lui n'a jamais été à l'école, il a dû travailler tout jeune avec son père. « On travaille fort. Mais on vit toujours dans la même maison de carton. La campagne, c'est plus dur qu'au début », constate le vieux en nous offrant un *refresco* [1]. « Voter pour le PRI et planter en temporal, voilà notre vie. »

La région des Altos de Jalisco est réputée pour sa production laitière. Aussi, à notre arrivée, c'est le choc : un semi-désert ! La végétation y rappelle la savane africaine, les herbes desséchées sont parsemées d'acacias épineux, comme au Sahel, et de cactus très épineux : un opuntia, spontané ici. Il y avait, dans cette région, une certaine tradition d'élevage, mais les petits agriculteurs ne peuvent vivre de la viande, et, à cause de la sécheresse, les cultures sont trop irrégulières pour assurer un revenu. Les voici donc *acculés* à faire du lait, qui sert au fromage artisanal. Nestlé y a donc installé une grande

1. Boisson gazeuse.

usine de poudre de lait et pousse les cultivateurs à accroître leur production. Mais en saison sèche — elle dure ici huit mois sur douze —, ils doivent avoir surtout recours aux aliments balancés, et alors ne gagnent presque rien.

Don Francisco fait partie d'un éjido doté d'un peu d'irrigation. Il a des problèmes avec le gouvernement. Toujours la même histoire : « L'Assurance agricole, dit-il, refuse de payer les dégâts, ils disent qu'il va falloir y penser. Penser à quoi, puisqu'il y a eu sinistre ? » Francisco passe son temps à la ville, en démarches et en paperasseries. « Le gouvernement ne nous aide en rien. On paie pour avoir deux dotations en eau et on n'en a obtenu qu'une. On a demandé un puits il y a quatre ans !... » Les boutiques ne veulent plus leur vendre d'engrais [1]. Sans raison, elles font traîner, jusqu'à ce qu'il soit trop tard pour utiliser les engrais de façon rentable.

Don Victor, lui, appartient à un éjido misérable, en pleine zone semi-aride. Maisons d'adobe, peu de végétation, une indicible tristesse. Un de ces fameux éjidos dont on dit, à la capitale, que ses membres sont paresseux et ne produisent rien, sauf des enfants. Don Victor a même été commissaire éjidal, avant. « Que pouvons-nous faire ? Nous n'avons pas d'irrigation, aucun moyen. Il y a bien les crédits de la Banque rurale, mais c'est si compliqué pour nous. Et puis les paysans n'en veulent plus, car il leur faut payer l'assurance. Mais, en cas de sécheresse, celle-ci refuse de nous dédommager. De la bureaucratie, de la paperasserie incroyable, du temps perdu en ville et on finit toujours par en être de notre poche. » Ce sont eux les plus à plaindre, pas les soi-disant « petits » propriétaires, lesquels, d'une année à l'autre, dès que leur surface est suffisante, finissent par retomber sur leurs pieds. En 1979, l'un d'eux se plaignait ainsi de la sécheresse :

1. Le projet de la loi agricole déposé en octobre 1980 prévoit des mesures contre les trafiquants et spéculateurs en semences, engrais, matériel... Il prévoit...

« Quand je vois la situation si triste, je me sens désespéré et je ne sais plus quoi faire. Alors je prends ma femme et mes enfants et on s'en va quinze jours à Acapulco ! »

Don Victor : « Et nous, les pauvres, qu'est-ce qu'il nous reste à faire ? On n'a nulle part où aller. Moi, je viens de perdre ma femme. Toutes mes économies sont passées dans les soins et l'enterrement. Mais c'est chez moi ici, c'est ma vie. Et puis j'ai mes abeilles, cela m'occupe. Je suis vieux, malade, je ne peux plus travailler. Toute ma vie, j'ai essayé ici, en vain. Je n'attends plus que la mort. Dans cet éjido, cela fait des années qu'on demande une route : il n'y a même pas trois kilomètres pour rejoindre la grand-route. » Il va chercher tous ses papiers, bien classés. « On est même allés jusqu'à Mexico pour cette affaire. Regardez : résultat de tout cela, rien du tout. Pour sortir d'ici, il nous faut passer par les haciendas (terme officiellement interdit mais toujours en vigueur chez les pauvres paysans qui, eux, savent de quoi il retourne). Et quand il pleut, les propriétaires nous ferment la porte. Quand il y a un malade ou une femme en couches ici, impossible d'aller à l'hôpital. On a le temps de mourir avant. On ne nous a même pas reliés au courant électrique, qui passe juste à côté. » De la cour de don Victor, on voit les poteaux...

Parmi les grandes haciendas qui entourent l'éjido de don Victor, il y a celle d'un *padre,* descendant d'une riche famille espagnole. Son ranch est de style féodal, le type du ranch improductif : 2 000 hectares, de belles vaches, un contremaître et des employés. Nous ne verrons pas le padre, la caractéristique des grands ganaderos étant de n'être jamais sur leur domaine. Ils ont mieux à faire en ville. Surtout notre padre qui rêve d'être évêque et s'en va régulièrement faire sa cour à Rome et porter des cadeaux. En attendant, il paie ses employés le strict minimum : 90 pesos par jour. On dit pourtant que c'est beaucoup mieux qu'avant : il y a deux ans, il leur donnait 150 pesos par semaine. Alors, les bienheureux ont mis des fleurs pour couvrir les murs de leurs taudis qui entourent la seigneuriale demeure du padre, « maître des esclaves et serviteurs de Dieu ». On peut toujours se lamenter sur le manque d'intérêt des employés ! Heureusement que le contremaître, lui aussi, a de belles vaches, plus belles que celles du padre. D'ailleurs, quand un veau meurt, c'est toujours celui du patron... Grâce à Dieu.

Dieu toujours à San Juan de los Lagos, lieu réputé pour une statue miraculeuse qui attire des pèlerins (généreux) venus des quatre coins du pays. Là, il y a un grand propriétaire, mais productif celui-là : 1 000 belles vaches laitières et plus d'un million de poules pondeuses. La grande prospérité. La rumeur publique raconte qu'il a commencé pauvrement comme comptable de la Vierge aux miracles. Il a su en faire fructifier les capitaux. Miracle mexicain.

Plus loin dans les Altos, le miracle est américain. Cet éjido semble assez prospère, à en juger par les constructions neuves et pimpantes, mais il vit presque exclusivement sur l'émigration aux USA. Tout le monde est réuni, notables et curé en tête. Ces gens sont connus dans tout le pays pour leur esprit d'entreprise. Ils font du commerce jusque dans l'église. Le curé, sans illusions, explique le grand succès de ses messes. « On pourrait croire qu'ils sont religieux, mais si tous s'y précipitent, ce n'est pas par piété, mais pour conclure des affaires. Le même cochon peut changer vingt-cinq fois de mains au cours du même service. Quand on a organisé l'adoration perpétuelle, ça ne désemplissait pas. L'église est le grand lieu de rencontre de la région. » Mais la vie est rude sur les Altos : la sécheresse, les crédits, le bétail si cher à nourrir, etc. Et toujours le gouvernement qui s'en moque. Le curé se plaint de l'absentéisme à l'école parce que les enfants doivent travailler tout jeunes. Quant au secondaire, ça ne marche pas : « Les maîtres volontaires, dit-il, ne servent à rien, on les paie 10 pesos par jour. Alors, évidemment... » Les femmes non plus ne sont pas contentes : l'eau est un grand problème. Il faut faire la queue dès 6 heures du matin ; et tout est très cher, car introuvable.

Là aussi, la terre est devenue trop petite pour toute la famille. Ils sont 140 éjidatarios à se partager 2 400 hectares de mauvaise terre sans irrigation, et il y a en moyenne dix personnes par famille. La vraie source de la semi-prospérité de cet éjido, ce sont les dollars. Dans chaque famille, deux ou trois fils s'en vont régulièrement aux USA vendre leurs bras : les *braceros,* comme on dit. Les pères commentent : « Ils partent de janvier à octobre. Certains — le quart d'entre eux à peu près — rapportent de l'argent, tout dépend s'ils ont contracté des vices là-bas. D'autres ne rapportent que des vices. Mais même ceux qui travaillent fort ont de la difficulté ; comme ils n'ont pas de papiers, ils sont victimes des "coyotes" et, de plus, on les parque dans des camps, comme des bêtes. Et puis le travail n'est pas régulier, il n'y a aucune sécurité. » Tout cela, nous le savons bien pour être allés en Californie : les camps, les gardes, les magouilles des coyotes et l'hypocrisie de l'immigration... Les camions grillagés aussi qui conduisent les « jaunes » au travail pour éviter qu'ils ne soient lapidés par les ouvriers en grève, puisque les misérables mexicains sont utilisés comme briseurs de grèves. L'émigration est la seule chance de survie pour ces éjidos devenus trop petits pour tant de bouches à nourrir. Ils sont à peu près 6 millions sans papiers aux USA, à essayer d'obtenir un travail illégal. A la merci des coyotes.

## 15. Mal-développement et malnutrition

« Nous assistons à une véritable *débandade* dans les campagnes », résume le D\u02b3 Adolfo Chavez, directeur de l'Institut national de nutrition de Mexico (INN), qui, lui, connaît bien les problèmes des villages pour y avoir travaillé toute sa vie, au ras du sol. « Cela, explique-t-il, n'est pas nouveau, mais depuis 1974 il semble impossible de contrôler la situation et personne ne fait vraiment d'efforts. Le paysan subit une grande répression venant de tous bords, des caciques, des latifundiaires et de leurs pistoleiros, de la police, de l'armée, etc. Les jeunes fuient vers la ville ou les États-Unis. Trop d'insécurité et rien à manger. Les grandes compagnies contrôlent tout et évitent les invasions, par les paysans sans terre, de leurs grandes haciendas souvent reconstituées, en se mettant de mèche avec l'armée. De plus, elles sont seules à pouvoir transporter les denrées qu'elles peuvent ainsi acheter à plus bas prix. Il y a complicité à tous les niveaux. Avec la grande agriculture, les céréales fourragères qui remplacent le maïs, l'invasion du bétail dans le Nord sur les terres cultivables, il n'y a plus de place pour la petite agriculture. Le résultat : les cultures vivrières disparaissent. Jusqu'aux fonctionnaires de la CONASUPO[1], qui détournent le maïs pour le bétail ! Il y a dix ans, il y avait encore du maïs partout. Aujourd'hui, c'est fini. Les banques aident tout ce processus : les prêts sont accordés immédiatement pour la viande ou les tomates d'exportation, mais rien pour le maïs. Nous subventionnons les protéines animales en donnant des crédits aux céréales fourragères. Quand la Banque mondiale conseille de faire

---

1. Un peu analogue à notre Office des céréales, avec, en plus, la vente au détail d'aliments subventionnés.

de l'irrigation, elle sait fort bien que ça finira par aller aux multinationales. »

Les conséquences sur la nutrition sont dramatiques. Si le D<sup>r</sup> Chavez évalue à un tiers la population urbaine qui mange très mal, il pense qu'à la campagne *90 % de la population* a des problèmes nutritionnels. Certes, il y a des différences régionales, le Nord s'est amélioré, mais dans le Sud la situation a empiré. « Ceux qui avaient de l'argent ont amélioré leur régime ; les autres au contraire n'ont rien eu, sinon du pain, du sucre, des pâtes, etc. Certains Mexicains *mangent aussi mal qu'en Inde.* La malnutrition infantile est plus répandue chez les jeunes ruraux, et la mortalité infantile, qui avait diminué, est remontée. » A la rareté des produits de base s'ajoute l'extrême faiblesse du pouvoir d'achat : on calcule que la malnutrition commence au-dessous de *70 pesos* (3 dollars) *par semaine et par personne.* Or le salaire mexicain minimal va de 90 à 163 pesos (ville de Mexico) par jour. Toute la population classée « informelle » (hélas !) gagne beaucoup moins et, dans bien des foyers miséreux, il ne rentre qu'un salaire pour six bouches à nourrir. Une enquête de l'INN en milieu urbain montre que, dans la classe « populaire basse » (qui n'atteint pas le minimum de 163 pesos par jour), « la disponibilité économique pour les aliments est de 7,85 pesos (30 cents) par personne et par jour ». Le calcul est facile et les conséquences évidentes. Rappelons cependant que même l'habitant des bidonvilles est privilégié par rapport au « trop petit » paysan ou à l'ouvrier agricole semi-chômeur, bien des produits étant subventionnés en ville (la tortilla de base par exemple). Ces subventions permettent les bas salaires et donc profitent à l'industrie : c'est encore le pauvre paysan qui en fait les frais.

La situation nutritionnelle du Mexique est un reflet exemplaire du mal-développement : selon le D<sup>r</sup> Chavez, en vingt ans, et surtout dans les cinq dernières années, les habitudes alimentaires ont plus changé qu'au cours des quatre cent cinquante années qui avaient précédé. Les causes sont multiples : d'abord le manque de maïs et de haricots (la nourriture traditionnelle) pour les raisons que nous avons vues, dont la modernisation de l'agriculture ; ensuite l'urbanisation délirante, incontrôlée parce que devenue incontrôlable, résultat d'un exode accéléré par une mauvaise politique agraire et beaucoup d'hypocrisie. Dernière cause enfin — et non des moindres —, l'engouement nouveau pour les aliments industrialisés, qu'une publicité racoleuse s'efforce d'introduire partout, « progrès » véhiculé par les grandes multinationales (et quelques nationales), agents d'une uniformisation du monde qui procède des États-Unis. Cela n'est pas un des moindres succès du capitalisme international : créer les mêmes besoins partout et s'empresser de les satisfaire.

Si ce modèle peut être contestable ailleurs, il devient dramatique quand il est greffé sur une société aussi inégalitaire que la société mexicaine. Qui plus est, ce modèle ne fait qu'accroître le mal-développement. La « modernisation » de l'alimentation est accélérée par l'explosion des grands moyens de communication. Elle touche d'abord les classes à fort pouvoir d'achat, puis une classe moyenne avide de « yankeesation » et dont la plus grande ambition est de consommer plus. Elle s'étend même aux bidonvilles et, *a fortiori,* aux classes à revenus modestes. Car on ne saurait ignorer les effets d'imitation : les pauvres veulent aussi consommer moderne. Dans les supermarchés des petites villes, les Indiennes méditent longuement devant les rayons surabondamment garnis et toutes ces boîtes attrayantes que les dames aisées et « modernes » entassent dans leur panier, y compris toute la gamme des céréales raffinées, enrichies, sucrées, alors que le produit brut fait défaut.

Plutôt que de stimuler la production de produits frais et d'en encourager la consommation, on lance à grand renfort de publicité des *cool-aid,* des Tang, des *clics* (boissons « se rattachant » aux jus de fruits). Le produit frais devient suspect et sous l'influence gringo on commence à se méfier de son côté non hygiénique : l'aseptisation rassure. On incite à la consommation de petits gâteaux emballés individuellement, des frites ou du maïs soufflé, bien empaquetés, mais très chers pour leur valeur nutritionnelle réelle. Dans les villages les plus démunis, les plus isolés, ceux où rien n'arrive, il y aura toujours ces paquets attrape-pauvres et l'omniprésent Pepsi-Cola, si ce n'est Coca-Cola, jugé plus chic.

Et voilà l'un des grands responsables de la malnutrition, le fameux *refresco* ou boisson gazeuse qui est parfois fabriqué par des entreprises nationales, mais dont la version gringo reste la plus prestigieuse. Là, c'est un véritable ravage : *65 millions de bouteilles par jour,* une par Mexicain, ce qui fait de ce pays le deuxième consommateur mondial en valeur absolue, derrière les États-Unis (mais la part du revenu qui lui est consacrée est infiniment plus grande ici). Le Mexique consomme 43 kilos de sucre par tête et par an — ce qui n'est pas loin d'être un record —, en bonne partie sous forme de refrescos, de bonbons, glaces, gâteaux... Tout est fait pour l'y encourager : jusqu'en juin 1980, le prix du sucre était subventionné à moins du quart du prix mondial, ce qui bénéficiait d'abord au lobby des fabricants de refrescos [1] plus qu'au consommateur qui, lui, devait payer le prix. Or, si en vingt ans la consommation du sucre a triplé, la production, elle, n'a pas augmenté au même rythme. Et le Mexique, qui, voici quelques années, exportait 600 000 tonnes de sucre, en a importé 900 000 tonnes en 1980. Il est vrai qu'en dépit des conditions naturelles favorables la nationalisation n'a pas été capable de développer la production au même rythme.

A nos critiques, d'aucuns objectent pieusement que « même les pauvres ont droit aux petites joies de la vie »

---

1. Et même à ceux des USA qui, profitant du bas prix, venaient fabriquer leur produit à la frontière mexicaine, pour le vendre aux USA au prix fort.

(pauvre vie !). Soit, mais pas au prix d'une malnutrition accrue. Car certains ne se nourrissent plus que de refrescos et de petits gâteaux. Tout leur argent y passe et ils ne peuvent rien s'acheter d'autre. La situation est devenue si grave que le D$^r$ Chavez et l'Institut de nutrition en sont alarmés. Du bébé qui prend son refresco au biberon, à l'adulte chez qui on décèle une malnutrition aiguë due à cette nouvelle forme d'alimentation. Les joies de la vie peut-être, mais programmées et manipulées par des entreprises soucieuses exclusivement de profits et d'expansion. Les Indiens eux-mêmes sont contaminés : Coca-Cola réussit là où échouèrent les missionnaires de Cortés, c'est-à-dire à faire prévaloir la « civilisation ». Le prestige est si grand qu'on en met des bouteilles dans les offrandes traditionnelles aux morts ; il paraît qu'ils aiment beaucoup cela. En ville, les cyniques observent que le refresco donne de l'énergie aux pauvres ! Voilà qui rejoint la philosophie Coca-Cola (« Du piquant à la vie »).

A ces nourritures gadgets — qui, pour beaucoup, deviennent des nourritures de base — s'en ajoutent beaucoup d'autres, toute la gamme des aliments préparés, triturés, raffinés, hygiéniques, la civilisation de la boîte et du marketing. La crédulité des ruraux qui arrivent en ville est très forte et ils abandonnent leurs traditions alimentaires (et autres) pour adopter un régime déséquilibré [1]. Certes, on peut critiquer les habitudes alimentaires traditionnelles, mais, selon le D$^r$ Chavez, le changement ne s'est pas fait à l'avantage des Mexicains. « Les nouveaux aliments consommés par les Mexicains, du point de vue nutritionnel, sont *les pires qu'ils pouvaient adopter.* » Quel que soit le pouvoir d'achat. Ceux qui en ont les moyens se gavent de viande et apparaît dans les classes aisées le phénomène de surnutrition, avec tous les problèmes médicaux qui lui sont liés. « On veut toujours plus d'aliments, peut-on lire dans une étude de

---

1. Ce déséquilibre, hélas, n'est pas seulement d'ordre nutritionnel !

l'INN, de plus en plus chers et raffinés, dans un pays où la population majoritaire n'a qu'un très faible pouvoir d'achat, permettant seulement d'acquérir du maïs et un peu de haricots, à bas prix. La population a besoin, en réalité, d'un salaire minimal qui lui permette d'acheter une ration de base, et celle-ci, pour le moment, doit continuer à être ce qu'elle a toujours été, maïs-haricots. Il serait utopique et très dangereux d'envisager un changement radical. Une fois que cette ration de base sera assurée, on pourra peu à peu inclure une série de produits qui permettront une amélioration de l'état nutritionnel et de la santé [1]. »

Or le SAM constate, en citant la FAO : « Les pays développés ont propagé une modernisation dans le modèle alimentaire à partir de la protéine animale, mais avec des additifs et des processus industriels, ce qui aboutit à des unités de calories et des grammes de protéines extrêmement chers. Cela correspond aux pays où le revenu du consommateur peut augmenter plus rapidement que ses dépenses alimentaires. La transposition sans restriction de tels modèles de production et de consommation en pays pauvres, connaissant de graves déséquilibres sociaux, a été décisive dans la détérioration réelle de la nutrition de plus de la moitié des habitants de la planète, dans cette dernière décennie. »

Le Mexique illustre parfaitement *ce développement marginalisant qui n'est en fait que du mal-développement.* On ne répétera jamais assez les chiffres publiés par le SAM : 35 millions de Mexicains sont mal nourris, dont 19 millions souffrent de grave dénutrition. Ainsi que le conclut le rapport 1975 INN-Conacyt : « Si nous n'arrivons pas à résoudre le problème des aliments au Mexique, nous n'en résoudrons définitivement aucun autre. »

« Il est tout de même scandaleux, nous disait le D^r Chavez, de voir que, dans une dictature aussi abominable que celle du

---

1. *La Crisis de alimentos en Mexico,* publication INN, CONACYT, 1978.

Paraguay, il y a moins de mal-développement, moins d'inégalités sociales, moins de disparités entre la ville et la campagne que chez nous, où nous nous prétendons démocratiques. » Pour être tout aussi loin de Dieu, le Mexique, il est vrai, est plus près des États-Unis...

Ce pays, finalement, représente un cas de *nationalisme fasciné*. Certes, il témoigne d'un nationalisme certain, mais en dépit de ses attaques répétées contre l'impérialisme, les multinationales, etc., il reste admiratif du développement aliénant venu du Nord avec lequel il a des liens historiques. D'où la nécessité d'une libération mentale. Mais, dans le contexte actuel et quand on est à ce point pris dans l'engrenage, est-ce encore possible ?

## 16. De l'échec du SAM au recours au FMI[1] : signe de mal-développement

Après cette découverte des inégalités, des obstacles de toute sorte, qui dominent les campagnes mexicaines, les projets du SAM nous apparaissent d'un optimisme excessif. Il ne se propose rien de moins que de rompre *le cercle vicieux du chômage rural et des importations croissantes.* Celles de 1980, en effet, ont atteint le chiffre de 13 millions de tonnes de grains[2] (blé, maïs, sorgho, riz et soja), sans compter les 900 000 tonnes de sucre ! Tous les transports ont été embouteillés et d'abord les chemins de fer, si mal entretenus et dont la gestion déficitaire est empoisonnée par un contrôle abusif des syndicats. Les ports aussi. La majeure partie des grains

1. Fonds monétaire international, assez lié à la Banque mondiale.
2. Donc plus que toute l'Afrique tropicale, et bien plus que le reste de l'Amérique latine. 1981 en importera moins.

importés arrive donc par route. Pour en augmenter le débit, on a supprimé les péages qui obligeaient les camions à s'arrêter trop souvent. Quand, en janvier 1980, une délégation mexicaine est allée solliciter des grains — livraison accélérée de toute urgence — aux États-Unis, elle redonnait au « pouvoir alimentaire » de leur puissant voisin des armes pour les négociations pétrolières.

Chômage rural, certes. On estime à 4 millions (avec leurs familles) les paysans sans terre qui ne trouvent du travail salarié qu'en période de récolte, c'est-à-dire quatre à cinq mois par an. Les éjidatarios et paysans trop peu dotés pour vivre seulement de leurs « fermes d'infrasubsistance » sont sans doute plus nombreux encore. Plus de 10 millions de *chicanos* ont pourtant, nous l'avons vu, quitté les campagnes pour aller travailler aux États-Unis, et plus de 10 millions de ruraux ont gagné les villes au cours des vingt-cinq dernières années : nous les avons surtout retrouvés dans les bidonvilles.

Que propose donc le SAM ? Une série de mesures technico-économiques qui refusent d'aborder le *problème de la terre* : trop dangereux politiquement (risque de rébellion accrue) et concernant des intérêts fortement rattachés au pouvoir, ceux des *néo-latifundistes,* qui ont tous des activités urbaines... et des relations politiciennes. Le SAM veut développer en priorité la production des « grains de base » (maïs-haricots) chez les paysans appauvris des zones de temporal, de culture sèche, pour les sortir de leur sous-alimentation et de leur pauvreté.

On propose une « *alliance État-paysans* » (il y avait donc eu rupture ?), dans laquelle l'État partagerait les risques de la culture, garantissant au paysan son revenu moyen en année de sécheresse. Ce dernier recevrait des moyens de production (engrais surtout) à prix subventionnés, plus de crédits qui lui seraient, dit-on (c'est à voir !), enfin accessibles, et de meilleurs prix de vente pour les grains de base. On souligne (enfin !) dans un rapport du SAM que « leurs prix de garantie

95

ont *diminué d'un tiers depuis 1960,* tandis que les coûts de production augmentaient ; donc les revenus paysans ont diminué et beaucoup de producteurs de maïs cultivent à perte ». On aurait pu ne pas attendre vingt ans pour s'en apercevoir si les privilégiés urbains au pouvoir avaient eu quelque sens de l'intérêt national ; et surtout de celui des pauvres, qu'ils méprisent profondément.

Le lecteur des pages précédentes peut rester très sceptique. Certes, on signale bien qu'il y a « 3 millions d'hectares d'excellentes terres labourables, surtout sur les plaines côtières du golfe du Mexique », mais leurs détenteurs, placés si près du pouvoir, ne sont guère disposés ni à les céder ni à les mettre en culture.

Le SAM parle de produire bientôt 20 millions de tonnes de maïs, alors que la production moyenne des dernières années n'atteint pas la moitié de ce chiffre. Après avoir été exportateur de ce grain[1] de 1965 à 1971, le Mexique accroît ses importations depuis 1972. Quand le SAM propose d'atteindre l'autosuffisance en grains de base, avec 13 millions de tonnes de maïs dès 1982, on peut se demander si les technocrates qui l'animent ont été voir, avec des yeux non aveuglés par les intérêts des puissants, *ce qui se passe au village.* Alors que la moyenne générale de maïs dépasse de peu 1 200 kilos à l'hectare, on se propose d'atteindre « 1 500 kilos en sec et 2 800 à l'irrigué ». Pour le haricot, le SAM propose de passer de 800 000 à 1 500 000 tonnes... Sur le papier, c'est facile.

Une fois de plus, malgré la rapidité de notre étude, je me suis permis, comme en 1966, de rédiger « quelques éléments de réflexion sur l'agriculture et l'économie mexicaines en 1980 ». Cette fois, ils furent immédiatement et largement reproduits dans l'hebdomadaire *Procesco* du 29 septembre 1980.

1. Au prix de la malnutrition d'une part croissante de la population, qui aurait pu tout consommer.

Extrayons-en ceci : « Il sera impossible d'atteindre les objectifs du SAM dans le cadre du système économique actuel, de sa bureaucratie, du modèle de développement choisi, de la tenure de la terre (sclérosée[1]) et du pouvoir exorbitant toujours accordé aux grands éleveurs de viande extensifs qui utilisent la majorité des terres exploitées du pays[2]... Nombre de caciques et *liders* qui profitent de la situation actuelle ne sont pas disposés à aider la réalisation de tels changements... L'usure, la corruption, le paternalisme, la démagogie et l'alcoolisme constitueront sans doute les principaux obstacles au développement agricole du Mexique... Ce pays connaît l'un des plus forts écarts de revenu entre les riches et les pauvres, de 38 à 1. » En 1960, cet écart était estimé à 22 contre 1. Comme au Brésil, nous le verrons, l'inégalité n'a donc cessé de croître : en 1981, on l'estime déjà à 42 pour 1. Le roi (ici collectif) n'aime pas entendre dire qu'il est nu. Les Mexicains démocratiques n'apprécient guère la critique. Leur faudra-t-il, comme en 1966, quatorze ans pour reconnaître la fragilité de leurs propositions ? Les faits ont déjà apporté quelques démentis.

Mais, nous dira-t-on, le Mexique est devenu un pays à *dominante industrielle,* ce qui est vrai. Il ne reste dans les campagnes que le tiers de la population, sa productivité est bien plus faible qu'en ville et son revenu par tête sept fois inférieur (malgré le grand nombre de déshérités en ville). L'essor industriel date surtout de 1940. Il fut alors favorisé par

---

1. Avec les luttes pour la terre, les « invasions » de propriétés par les paysans sans terre, le néo-latifundisme...
2. Le projet de loi agricole d'octobre 1980 prévoit certes d'enlever de la terre aux ganaderos dont les prés sont aptes aux cultures ; mais il légalise l'association en unités de production des « petits privés » avec les éjidatarios, ce qui va accélérer la dépossession de ces derniers. Et, surtout, il accentue la *bureaucratisation de l'agriculture.* De sorte que, nous dit la revue *Siempre* (novembre 1980), avec ces « agronomères non agronomes, le remède sera pire que le mal ».

les difficultés d'approvisionnement extérieur. Il a été réalisé sur le modèle nord-américain, sans tenir compte des différences fondamentales de situation. Dès 1968, le patronat mexicain, plus conscient que les pouvoirs officiels des obstacles opposés à son expansion par la pauvreté rurale, organisait un séminaire international sur l'agriculture. Il commençait à sentir les dangers d'un marché intérieur trop limité, conséquence et trait essentiel du *mal-développement*.

La première phase d'industrialisation visait surtout, suivant la doctrine élaborée par la CEPAL[1], « la substitution des importations ». En échangeant des denrées agricoles contre des produits fabriqués dans le modèle « agro-exportateur » traditionnel, on était pénalisé par un échange toujours très inégal. Mais pour ces fabrications, on devait encore importer un *équipement,* du *capital* et de la *technologie* étrangers, ce qui, finalement, n'améliorait guère les disponibilités en devises étrangères. Les privilégiés, en effet, en adoptant l'*american way of life,* se mirent à surconsommer, à *gaspiller* de plus en plus, exigeant pour cela des importations dangereusement croissantes. Fortement protégée par des subsides et des mesures douanières, cette industrie a pu se contenter de basses productivités[2].

En août 1976, le gouvernement Echeverria, acculé par un manque total de devises, dut signer un accord avec le Fonds monétaire international (FMI), et accepter pour cela, tout comme les pays les plus déshérités, ses conditions draconiennes : absence de contrôle des changes, réduction des dépenses publiques, des déficits du budget et de la balance des comptes, limitation de l'endettement du secteur public. « Le programme d'austérité financière supposait une pression sur les

---

1. Commission économique pour l'Amérique latine des Nations unies, alors dirigée par Raul Prebisch.
2. Dans les petits pays, le marché intérieur est trop étroit et les monétaristes peuvent alors montrer qu'il serait plus économique d'importer.

salaires et l'appel aux investissements étrangers... d'où croissance de ces investissements de 14 et de 18 % en 1977 et 1978, contre 8 % dans le secteur public[1]. » On voit à quel point cette soumission au FMI compromettait une politique qui aurait dû viser une réelle indépendance économique, base de l'indépendance politique.

Celle-ci fut bientôt confortée par le trésor pétrolier[2], dont l'ampleur fut reconnue peu après. Aussi les États-Unis, quand ils poussèrent, en 1979, le Mexique à adhérer au GATT[3] pour abaisser les barrières douanières qui s'opposaient à l'entrée de leurs produits dans le pays, se heurtèrent-ils à un refus. Auparavant, de longues discussions avaient eu lieu à travers le pays. Pour la CONACINTRA représentant les industriels, l'adhésion « signifiait la faillite massive de la petite et moyenne industrie nationale... limiterait notre capacité de légiférer sur notre développement industriel ». Adopter le nouveau code de conduite du GATT, défini à Tokyo après de très longues négociations (1973-1979), « remettait en cause la planification économique, et d'abord le Plan de développement industriel, qui repose sur une politique de subventions, qu'interdit le GATT ».

Ce refus d'accentuer l'intégration de l'économie mexicaine dans le marché mondial est un premier effort *pour sortir du mal-développement*. Il ne pourrait cependant réussir que si l'on réduisait vite et fort toutes les consommations somptuai-

---

1. *Comercio Exterior*, avril 1980. Cité par *Problèmes d'Amérique latine*, juillet 1980.
2. Un million de barils-jour exportés en 1981. Cela fait 35 à 40 millions de dollars quotidiens. Mais 13 millions de tonnes de grain, importées dans l'année, à 250 dollars la tonne rendue sur place en moyenne, cela fait 3 milliards de dollars : soit près du quart de la manne pétrolière, autour de 13 milliards de dollars. Et le rapport de prix grain/pétrole reste susceptible d'augmentation, si la disette mondiale s'aggrave (sécheresse aux USA et en URSS ?).
3. General Agreement on Tariffs and Trade, réalisé en 1945, qui a facilité une rapide expansion du commerce mondial, *surtout entre pays développés*.

res, donc les inégalités sociales, surtout celles qui creusent le fossé entre la ville et la campagne. Il faudrait également élaborer un plan général visant non seulement l'autosuffisance alimentaire, mais aussi l'accès possible au *travail productif de l'ensemble de la population active,* en vue de produire, surtout à partir des ressources locales, la grande majorité des biens destinés à satisfaire *les nécessités primordiales de toute la population.* Cela ne signifie pas un simple changement de politique économique, mais *de politique tout court.* Il faudrait une réelle participation de la grande majorité de la population aux décisions qui la concernent. Pourrait-on l'appeler une réelle démocratie ? En Amérique latine, ce serait là une grande nouveauté. Mais faut-il désespérer de l'avenir de ce sous-continent ?

A propos du SAM, qui cherche à remettre l'agriculture à sa place, des dirigeants mexicains lucides nous ont dit : « Ce sera difficile, mais nous sommes au bout de la route (*al fin del camino*) ; le SAM *doit* réussir, nous ne pouvons plus nous permettre d'échouer. » Lorsqu'il nous a reçus, le président Echeverria a conclu par une phrase déjà entendue ailleurs : « Nous sommes assis sur une bombe, nous ne savons pas quand elle explosera. »

Le Mexique, toutefois, bien que mal-développé, se distingue des autres pays que nous allons voir (et de ceux que nous ne verrons pas) par une liberté plus grande et une répression moindre : Révolution oblige. Malgré tout ce que les paysans et les opprimés doivent endurer ici, soulignons qu'il y a, dans la bourgeoisie mexicaine (qui arrive à contrôler l'État sans avoir besoin de l'armée), une préoccupation sociale. Il y a aussi, chez ces bourgeois, une certaine volonté d'améliorer le sort du peuple tout en conservant leurs privilèges. Dans ce but, ils poussent à une modernisation à la « yankee », ce qui est contradictoire [1].

1. On a signalé, en 1981, au président Portillo que les réfugiés salvadoriens sont dépouillés en arrivant à la frontière mexicaine par les policiers et

Laissons le dernier mot à deux anti-héros d'Oscar Lewis, car ce peuple sacrifié au « développement » a droit de temps en temps à être écouté. Marta Sanchez, vingt-cinq ans, née et grandie dans un taudis du centre de Mexico, victime résignée de la culture de la pauvreté : « Nous sommes libres de faire ce que nous voulons et nous ne mourons pas exactement de faim, mais c'est comme si nous étions dans une mare d'eau stagnante... Il n'y a pas moyen d'en sortir, on ne peut pas avancer. »

Pedro Martinez, vieux paysan du Morelos, déçu par la Révolution, ancien zapatiste et dirigeant politique dans son village : « Je remarque que plus nous faisons appel à la science, plus le besoin et les malheurs se font sentir. Besoins chez les pauvres s'entend, pas chez les riches. La preuve, c'est que tout ce que produisent les pauvres et les paysans est vendu à bas prix, alors que tout ce qui sort des usines et de la science est cher. C'est pourquoi je me rends compte que nous allons tout droit à la faillite. Le peuple ne compte que pour du beurre... En ville et ici aussi, il y a des tas de gens qui n'ont rien à manger du tout. Donc, *plus l'ordre règne, plus on a faim...* Aujourd'hui, nous sommes très libres, mais à quoi nous sert cette liberté ? Quand on demande justice, on nous la refuse ; et qu'est-ce que c'est que la liberté, quand on n'est pas libre de manger à sa faim ?... »

Un quart de siècle après ces témoignages, rien n'a changé, si ce n'est que les marginalisés ont de moins en moins d'espoir de s'en sortir.

---

les douaniers. Et celui-ci a répondu : « Je voudrais bien supprimer de tels abus, mais je ne peux y arriver. »

# DEUXIÈME PARTIE

# COLOMBIE « DÉMOCRATIQUE »

Mafias, misère, désordre et répression[1].

---

1. Devise de la Colombie : « Ordre et liberté. »

## 1. L'Eldorado ou Macondo revisité

Valledupar, paraît-il, est un monde à part, mais dans un pays si contrasté et divers, chaque région est un monde à part. Il y a tant de Colombies...

Valledupar donc, capitale de la province du Cesar, quelque part dans la plaine de la côte atlantique, entre la Sierra Nevada et la frontière du Venezuela, a l'air de n'être nulle part : ville sans passé, sans visage non plus. Style frontière, maisons banales, deux hôtels lugubres et des boutiques qui ne vendent que de la contrebande. Les cigarettes américaines coûtent encore moins cher qu'à Bogota où, pourtant, elles viennent aussi en contrebande ; comme whisky, on ne connaît que le Chivas. La vie n'y est pas chère et la seule distraction est la télé de Caracas. A part ça, rien à faire sauf de l'argent. De l'argent, il en passe à Valledupar et qui n'a pas d'odeur. La ville n'est pas aussi lugubre que Tunja (la plus triste cité de Colombie, blottie là-bas sur les hauts plateaux), mais elle est morne quand même, malgré la chaleur et le soleil. L'aéroport est animé : les avions de Medellin, la ville industrielle, amènent les clients qui vont s'approvisionner à Macaio, le poste frontière, et reviennent chargés de téléviseurs et chaînes hi-fi. Les trafiquants de drogue sont plus discrets, mais leur fief est là, tout près, dans cette péninsule de la Guajira où l'on ne peut même plus circuler de jour sans être attaqué, à moins d'avoir des appuis. Les affaires sont si prospères que l'on déboise toutes les basses pentes de la Sierra — ce qui assèche les rivières — pour cultiver la marijuana. Elle érode vite les sols et « entretient les vices des gringos ».

Mais Valledupar et sa région sont d'abord le fief historique des grands ganaderos extensifs. L'aristocratie du bétail. On n'y connaît pas la petite exploitation, seulement la concentration des terres, entre les propriétaires héréditaires et les nouveaux, ceux qui ont fait fortune dans la drogue ou la contrebande, peu importe, ce qui compte c'est la respectabilité de l'argent et du pouvoir. Tous ont adopté le même style : l'élevage à l'antique, la grande extension des pacages sur des terres pourtant cultivables. Leur orgueil, ils ne le mettent pas dans l'intensification de la production, mais dans les clôtures, signes de puissance : des troncs entiers et si rapprochés qu'on dirait des palissades, sur des kilomètres. Si, d'aventure, un petit agriculteur se trouvait pris à l'intérieur des clôtures, il ne resterait pas longtemps. Aujourd'hui, le bois se fait rare et on se résigne à couper les troncs en deux, en quatre. Autre caractéristique de la région, l'*absentéisme* : 95 % des propriétaires ne vont jamais sur leur ferme, pas même une fois par mois, ils ont d'autres activités en ville. Souvent le majordome n'est pas là non plus. Les bêtes à moitié sauvages sont lâchées dans la nature ; on ne les rassemble dans le corral que pour les vacciner ou les marquer au fer rouge (ici le vol de bétail est puni de mort). Les employés ? On se soucie d'abord du bétail ; après, vaguement, des gens. De toute façon, ils sont plutôt noirs. On leur donne une cabane miséreuse et ils doivent se ravitailler dans une boutique qui vend deux fois plus cher qu'ailleurs. Ni dispensaire ni école. Le propriétaire qui leur accorde ainsi le minimum, sans assumer la moindre responsabilité, attend d'eux le maximum. Alors, quand viennent « ces messieurs de la montagne » — les trafiquants —, les ouvriers n'hésitent pas : l'herbe magique paie bien, 500 pesos[1] par jour, quand le salaire moyen est de 140. Le cœur brisé et pour garder leurs péones, les ganaderos sont donc obligés de les payer 200 pesos, mais ça ne suffit pas toujours. Les temps sont difficiles et ils ont de plus en plus de mal à recruter de la main-d'œuvre.

Le jeune homme grassouillet qui nous reçoit en polo rouge, chaînes d'or au cou et diamants aux doigts, est le fils de don Carlos, grand propriétaire qui « vient de la frontière » où il a fait fortune. Pour « laver son argent » — la grande préoccupation —, il rachète peu à peu les meilleures terres. Il en est à 15 000 hectares, mais au moins il connaît son affaire. C'est l'un des rares propriétaires dynamiques et présents sur leurs terres. L'héritier, satisfait, étale sa fortune avec fierté : « Tout ça est à moi ! » 15 000 têtes de bétail et du meilleur, des champs de riz superbes « qu'on sème tôt pour récolter avant tout le monde, et vendre plus cher ». Il se vante : « Ici, on ne paie jamais les employés plus que le minimum. » Nous faisons un calcul rapide : le riz rapporte beaucoup plus à l'hectare que la viande. Le jeune homme s'esclaffe ingénument : « Vous ne vous rendez pas compte, tout l'argent que mon père gagne avec ce bétail ! Des fortunes... » Il est sans complexes, pourquoi en aurait-il ? Il jette à son comparse : « Va dire à la négresse de faire du café ! » et s'excuse : « Si seulement j'avais su que vous veniez, on aurait fait une grande fête. » Très hospitalier. La négresse apporte de l'excellent café de la Sierra et le jeune homme se plaint. Ils ont un canal privé de 8 kilomètres (construit par le gouvernement), une eau qu'ils paient un prix dérisoire, parce qu'ils ont des appuis politiques et sans doute glissent quelques billets à l'employé de l'INDERENA[2]. Mais voilà que les paysans sans

1. 11 pesos colombiens valent 1 franc, en été 1980, date de l'étude.
2. Institut des ressources naturelles renouvelables et de l'environnement, aussi chargé de l'irrigation.

eau se mettent à voler celle du canal. Une vraie honte ; il faut monter la garde, les punir. Il n'y a plus de moralité. Et puis ces salaires qu'il faut payer pour garder le personnel, un vrai crève-cœur. La marijuana a gâté les ouvriers.

« C'est vrai, les temps ont changé », se lamentent les représentants de l'Association des ganaderos qui, plus tard, nous reçoivent à Valledupar, gris, aussi sombres que les gens de Bogota. « Il n'y a pas de politique définie, disent-ils, ni agricole ni de commercialisation. La terre perd de sa valeur. Même les trafiquants n'achètent plus, vous vous rendez compte. » Des chiffres de production, ils n'en ont pas. Le vétérinaire qui nous accompagne nous souffle, dégoûté : « Ces gens n'ont aucune donnée économique, des ganaderos de bureau ! » Ils s'expliquent : l'insécurité dans les campagnes est telle qu'ils ont peur de dormir dans leur ferme, ce qui les dispense d'y aller. Leur problème, c'est le marché, la commercialisation : « Avant, nous vendions au Venezuela, notre marché normal. Mais voilà, la frontière est fermée. A cause de la drogue. » Une pause. « D'ailleurs, le plus gros de nos affaires, c'était la contrebande. » A quoi nous rétorquons, en toute logique : « Qu'est-ce qui vous empêche de continuer la contrebande ? » Le ganadero nous regarde, l'œil noir, et d'une voix accablée : « Vous ne vous rendez pas compte, *même la contrebande est devenue illégale.* » Tous acquiescent, dégoûtés. Il semble que le nouveau ministre de l'Agriculture vénézuélien, étant lui-même un grand ganadero, s'efforce de défendre les intérêts de ses pairs. Ce qui ruine les petites combines du passé, sauf dans quelques fermes à cheval sur la frontière où le bétail est élevé côté colombien et revendu côté vénézuélien.

Autrefois, ces ganaderos faisaient aussi du coton, mais ils ont perdu trop de récoltes. « On dirait que le gouvernement fait tout pour empêcher le coton. Deux années de suite, on nous a livré un insecticide inefficace. Et le gouvernement a refusé de nous dédommager, sous prétexte que nous sommes tous des trafiquants. C'est la marijuana qui a tout gâché. »

Côté multinationales, ça ne va pas non plus : « Même nos ouvriers ont été corrompus par l'ambiance de la région », se plaignent devant nous les directeurs de CICOLAC[1] qui reste l'unique usine de Valledupar, après avoir éliminé une fabrique nationale qui s'apprêtait, dit-on, à faire du fromage pour la contrebande vers le Venezuela où il est très prisé. « Ils ont des revendications exorbitantes. L'argent facile les a gâtés et ils refusent même de travailler pour un bon salaire et avec tous les avantages sociaux qu'ils ont déjà obtenus. » Les aristocrates du bleu de travail, sortes de privilégiés d'un îlot de prospérité, ont en effet des revendications qui semblent excessives comparées au reste de la population, ouvriers agricoles en particulier. « Ils ont trop lu Marx et l'ont mal interprété », paraît-il. Il semble que le président du syndicat ait été torturé juste au moment de la négociation de la convention collective... Inexplicable, inexpliqué. L'ambiance, peut-être...

Les anciens travailleurs du coton, venus en masse d'autres parties du pays, ont dû s'exiler au Venezuela, où la majorité des ouvriers sont d'origine colombienne, et de ce fait plus mal payés. Les autres se sont retirés à l'intérieur des terres où ils se spécialisent dans le rapt du bétail et rançonnent les agriculteurs isolés. Des « bandits » qui font régner l'insécurité et n'ont rien à voir avec la guérilla, comme celle du Medio Magdalena, pas très loin, qui, elle, a des revendications politiques et, malgré une répression acharnée, dure depuis des années. Les « bandits », eux, ne semblent pas avoir de revendication particulière, si ce n'est la survie dans un pays qui, depuis l'arrivée des Espagnols, n'a connu que la violence. On ne compte même plus les vols et les assassinats. En un an, des camions de bétail et cinq camions de lait en poudre se sont

---

1. Filiale colombienne de Nestlé.

volatilisés. La guérilla ou les bandits ? On ne sait pas, on hausse les épaules...

Là-bas, dans la Guajira, les affaires prospèrent pourvu qu'on soit du bon côté. On cultive, on vend, on achète. Les cours de la marijuana sont établis chaque semaine et le dollar est moins cher au marché noir qu'au change officiel. Il paraît que la police fait des efforts... Les estafettes des trafiquants devancent les convois de marijuana. Si la route est libre, tout va bien. Sinon, on négocie avec le policier. Si, d'aventure, il est honnête ou récalcitrant et que le convoi soit pressé, celui-ci passe quand même, et le policier avec...

Macondo ! Comment ne pas évoquer le village mythique de Garcia Marquez[1] ? Macondo, d'ailleurs, n'est pas très loin, au pied de la Sierra déboisée et près de Santa Marta sur la mer, le fief des mafiosi. Dans la Sierra, des aventuriers continuent à profaner les tombes des Indiens, cherchant les bijoux d'or enterrés : l'Eldorado...

A Macondo, dans les plantations abandonnées tragiquement par l'United Fruit, on fait toujours de la banane, mais l'exploitation est devenue privée, locale. La Standard Fruit, trop soucieuse de ses intérêts pour courir le moindre risque, n'assure que la commercialisation. Ce qui paie. Tandis que des garçons déguenillés traînent les régimes, les filles et les femmes souffreteuses coupent les « mains » des bananes, les lavent et, d'un geste mécanique, collent la petite étiquette rouge de l'impérialisme yankee. Elles les rangent soigneusement dans des boîtes. Les mêmes étiquettes, les mêmes boîtes que nous avons vues si souvent dans les supermarchés d'Amérique du Nord.

Macondo, toujours, ou l'horrible logique de l'incohérence... La lutte stérile entre les libéraux et les conservateurs se poursuit, implacable, sans autre projet que le pouvoir et les élections. La répression aussi. « Élection, répression. » Joli

_____
1. *Cent Ans de solitude*, Paris, Le Seuil, 1968.

slogan. De quoi susciter l'enthousiasme des foules. La grande originalité de la Colombie est de se vouloir démocratique. Elle tient à cette façade qui la distingue de ces « barbares » du cône sud. Le pouvoir, la terre, la loi, les banques et l'armée du bon côté, celui des minorités de toujours, et de l'autre, démagogique, le droit de vote, symbole de la démocratie. Mais, après tant d'années, les foules se sont lassées, elles ne sont pas dupes. Aux dernières élections, on arrivait avec difficulté à 25 % de votants (à Bogota, 4 % des jeunes de moins de vingt-cinq ans). Selon l'expression fameuse de Garcia Marquez, « les conservateurs sont ceux qui vont à la messe de 9 heures, les libéraux vont à l'église à 11 heures ». Fatalistes et sans humour, les Colombiens ordinaires vous diront : « Nous avons un des plus beaux pays du monde ; c'est sans doute pourquoi nous avons des gouvernements si épouvantables. C'est le revers de la médaille, le prix à payer. Nous avons sûrement aussi le meilleur tempérament du monde... pour les supporter ! »

Démocratie donc. Mais la majorité de la population n'a pas les moyens de l'exercer[1]. Son seul droit : être exploitée et avoir faim. En dépit d'une croissance spectaculaire et, en grande partie, d'origine douteuse (contrebande, drogue, etc.) dans une société qui laisse à l'écart toute une partie de la population, la seule chose qui n'ait pas changé — si ce n'est pour empirer — est la malnutrition. Près de la moitié des Colombiens ne mangent pas à leur faim et 80 % de cette malnutrition vient du chômage. L'économie colombienne est incapable de créer assez d'emplois. « Que le peuple crève de faim, le gouvernement s'en fout, ce qui l'intéresse, ce sont les votes », commente l'homme de la rue. « Le Congrès national, c'est le cancer national. Non seulement les députés s'en mettent plein les poches, ils ne paient pas d'impôts, mais en

---

1. Beaucoup d'habitants semi-analphabètes ne savent même pas pour qui ils votent.

plus ils gèrent le budget à leur guise. Ils sont la cause principale du retard et du sous-développement de la Colombie. Quant à la fameuse réforme agraire, une imposture : sur 233 élus, 110 sont latifundiaires. Pourquoi agiraient-ils contre leurs intérêts ?... »

« Dans ce pays de malnutrition ravageuse, dit-on aussi, les curés et les politiciens sont toujours gras. Les évêques maigres n'existent pas non plus. Mais les curés sont en perte de vitesse. Ici, les gens ne croient plus aux politiciens, pour qui ils ont le plus profond mépris, ni aux curés. Pour le peuple, la seule chose qui marche, c'est la loterie. » A en juger par le nombre de vendeurs sur les trottoirs des villes, ça a l'air de vraiment bien marcher. Le peuple a été si exploité, tellement abruti par la violence et la répression, qu'il se réfugie dans cette mentalité de loterie version modernisée (et commercialisée) du « s'il plaît à Dieu ! ». Dieu semble toujours du même côté : celui de tous ces politicards sinistres, blanchis sous le harnais, qui depuis tant d'années tirent les ficelles d'une société « féodale » versant aujourd'hui sans transition dans le capitalisme. Des politicards dont, comme Conrad Detrez[1] à propos des vieux renards brésiliens, on a envie de dire : « Ils ne font plus l'histoire, ils l'encombrent. »

Dans ce désordre établi et contrôlé, un fait nouveau pourtant : la vieille garde du conservatisme — libéral ou conservateur — est dépassée par l'évolution des temps. Ces descendants de soudards espagnols qui violaient les Indiennes ont pillé le pays avec une discrétion relative, sans trop d'ostentation, en restant soucieux d'élégance aristocratique. Alors ils acceptent mal d'être concurrencés par les jeunes loups, la « classe émergente », comme on dit, des trafiquants de tout poil. Sans raffinement aucun, clinquants, tape-à-l'œil, très nouveaux riches, couverts d'or et arrogants, ceux-ci « lavent » un argent dont ils ne savent que faire, achètent les

1. Conrad Detrez, *Les Noms de la tribu*, Paris, Le Seuil, 1980.

maisons au double de leur prix, les meilleures terres aussi, sans prendre la peine de les voir. Ils spéculent, perturbent un ordre qui semblait établi pour des siècles. La marijuana peut rapporter plus que le café, pourtant en plein essor, puis viennent toutes sortes de contrebandes et le trafic de cocaïne, dont la Colombie est la plaque tournante et le premier raffineur. Tout cela participe de ce qu'on appelle ouvertement l'*économie souterraine,* la moitié de l'économie colombienne au moins. Le grand journal de Bogota, l'*Espectador,* publiait en juillet 1980, en première page et en couleur, la carte de la coca et de la marijuana — la « tache verte » : les zones de culture et les routes du trafic vers le marché international. Le grand débat est de savoir si on doit légaliser ou non la marijuana.

Quand vous leur parlez du mythique Macondo, bien des élites vous répondent, méprisantes : « De la fiction... » D'autres admettent : « Ici, nous vivons dans la fiction. Nous sommes sous-développés, mais nous sommes folkloriques. » Air sombre et résigné bien propre à la Colombie des hauts plateaux. Quant à l'homme du peuple, il est sans illusions : « Nous sommes dans un pays de mafias, et à tous les niveaux. Du politicien au trafiquant, ça ne fait pas de différence... »

Colombie, beau pays, si divers, si varié. Sa moitié orientale, très vaste plateau bien arrosé penchant vers l'est, écoule ses eaux, vers l'Atlantique, à travers tout le continent. Par l'Orénoque au nord, où dominent les savanes. Et par l'Amazone au sud, zone plus humide, dernier rameau occidental de la grande forêt amazonienne. La moitié occidentale est généralement assez arrosée, à la différence du Mexique, qui est en grande partie aride ou semi-aride. Ici aussi, pourtant, la montagne et les collines à forte pente dominent sur les plaines et les vallées. Cette moitié occidentale, la seule valorisée et peuplée, est divisée, d'est en ouest, par trois cordillères orientées à peu près nord-sud : l'orientale (la plus haute), la centrale et l'occidentale. Les vallées qui les séparent sont parcourues de rivières, les plus connues étant la Magdalena, navigable, qui fut voie de pénétration, et son riche affluent, le Cauca. Elles aboutissent au nord sur la côte atlantique, dans une grande plaine au climat plus tropical, où la différence est plus tranchée entre saison sèche et saison pluvieuse. Le long du Pacifique, la plaine est plus étroite et reçoit jusqu'à 10 mètres de pluie par an. L'agriculture de subsistance, avec un peu de cacao, y est pratiquée par une population qui descend des esclaves africains, plus ou moins métissés d'Indiens. On y exploite des mines et, dans ces forêts tropicales, aux mains de grandes compagnies souvent au capital étranger, l'exploitation forestière est très lucrative. Elle provoque de véritables ravages écologiques. Les petits agriculteurs, indiens ou métis, s'opposent sans cesse aux grandes coupes de bois, qui ruinent la région, alors même que l'INDERENA leur interdit souvent de pratiquer l'agriculture sur brûlis.

La Colombie se présente plutôt comme un pays socialement métis. Physiquement, l'origine indienne semble dominer, mais seulement 2 % de la population se reconnaît indienne. Si beaucoup de Mexicains se vantent de leur origine partiellement indienne (il y est préférable d'être métis pour faire une carrière politique), on la renie volontiers ici dès que l'on a quelque culture, un emploi régulier, un revenu même modeste : alors, l'habit permet de vous classer « blanc ». De Gaulle a horriblement vexé les Colombiens quand, débarquant à Bogota, il y a salué « ce grand peuple indien... »

L'altitude si variée détermine les cultures, et on dit les terres *chaudes* en dessous de 1 000 mètres, avec prédominance de plantes tropicales, *tempérées* de 1 000 à 2 000 mètres, et *froides* au-delà de 2 000 mètres, où le blé, l'orge et la pomme de terre se joignent aux prairies fraîches, et encore au maïs. Au-delà de 3 000 mètres, sur les *paramos,* on ne trouve plus guère de cultures, mais de mauvais pacages, souvent trop acides, trop humides, que l'on peut encore reboiser en pins. Mais pour ce qui regarde l'économie rurale, *la structure socio-économique domine largement sur les conditions naturelles.*

### 2. L'élevage extensif, « calamité historique » pour la paysannerie et pour le pays...

... nous dit Salomon Kalmanovitz, dans sa remarquable étude *Développement de l'agriculture en Colombie*[1]. Il ajoute : « Le petit nombre de grands propriétaires éleveurs interdit aux paysans l'accès aux terres fertiles et bien situées, leur disputant chaque pouce de vallée ou de terre plane, et reléguant ainsi l'économie parcellaire sur les pentes des Cordillères ; ce processus se poursuit encore à ce jour dans les zones de frontière agricole, de colonisation. L'économie propriétaire (*terrateniente*) n'a pas permis de voir prospérer une économie paysanne qui recèle un grand potentiel de production d'agriculture et d'élevage, avec des techniques d'utilisation de la terre beaucoup plus intensives que celles qu'ont développées, en désordre et irrationnellement, les grands propriétaires terriens, généralement absentéistes. »

C'est une condamnation sans appel. J'avais déjà été alerté par les énormes dégâts de l'érosion qui s'accentuent chaque jour sur les pentes des Cordillères des Andes en Équateur[2]. Dès le premier atterrissage en 1956, un rapide aperçu aérien sur la savane de Bogota nous montrait les pentes labourées, donc érodées, tandis que le vaste plateau bien plat était couvert de prairies, alors extensives. Une étude fort savante sur l'érosion des terres en Colombie, réalisée avec la partici-

1. Bogota, Ed. La Carreta, 1978.
2. René Dumont, *Paysans écrasés, Terres massacrées*, Paris, Robert Laffont, 1978.

pation de géographes français, décrit en détail tous ses aspects, toutes ses causes physiques. Mais la conclusion ne propose que des mesures de conservation des sols, et « la *conscience* à tous les niveaux, jusqu'au politique ». Ne soyons pas trop méchant ; le responsable qui nous reçoit en 1980 finit par admettre : « Le problème est simple : les grands propriétaires possèdent presque toutes les plaines et ne les cultivent généralement pas ; les paysans, qui n'ont guère que les pentes, sont bien obligés de les labourer pour survivre. »

Ces latifundiaires, non seulement sous-utilisent la plus riche fraction du patrimoine national, mais poussent inéluctablement à la destruction de l'autre secteur, les pentes. Les prés et la forêt, s'ils étaient installés sur les pentes, pourraient tout à la fois les faire produire, les protéger et les conserver. Il faudrait pour cela que les paysans puissent établir leurs labours sur les plus riches terres des vallées et des plaines, comme celles du Nord atlantique, peuplées de longue date, mais le plus souvent laissées en prairies fort extensives alors qu'elles sont généralement aptes aux cultures. Labourées, elles pourraient nourrir très largement, à elles seules, plus que les 26 millions de Colombiens de 1980[1].

A. Reyes-Posada[2] nous montre, quant à lui, comment, dans une province de ce secteur atlantique — le Sucre —, les conquérants ont commencé par « torturer par le feu les Indiens pour savoir où était caché l'or enterré dans les tombeaux. Bientôt ils décimèrent la population autochtone : morts au combat, torture et exécution des prisonniers, incendie des villages et des cultures indigènes, vol de récoltes,

---

1. Le taux de croissance démographique, qui approchait de 4 % en 1960, serait tombé très vite en dessous de 2 %. Malgré le Concordat, unique en son genre, qui suppose en principe une obéissance totale à Rome !
2. *Latifundio y poder politico, la hacienda ganadera en Sucre,* Bogota, CINEP, 1978. Le CINEP (Centre d'information et d'éducation populaire), animé par les jésuites, joue un rôle fort utile en diffusant une information qui n'est pas au service des grands intérêts.

fuite des sédentaires en forêt où ils manquèrent de vivres, et même capture d'indigènes vendus comme esclaves dans les Caraïbes ».

Les survivants furent assignés au travail forcé dans les *encomiendas* et domaines concédés par le pouvoir royal ou régional. Certains d'entre eux atteignaient de 63 000 à 76 000 hectares. Manquant de main-d'œuvre, les propriétaires introduisirent les esclaves noirs, signalés dès le XVIe siècle ; mais l'étroitesse du marché de la viande rendit vite peu rentables ces fermes d'élevage exploitées à l'aide d'esclaves. Cependant, les latifundiaires n'ont pas cessé de monopoliser la terre, surtout dans le but de se procurer une main-d'œuvre bon marché. Qui contrôlait la terre contrôlait les hommes : cette concentration ne laissait à la population rurale, en l'absence d'activités non agricoles, d'autre choix que de travailler pour le propriétaire. Le paysan pauvre ne pouvait guère s'installer à son compte loin des centres de consommation (les terres proches étant accaparées), avec des moyens de communication trop coûteux ou même inexistants. Ainsi, le latifundium extensif, nous dit Reyes-Posada, « fut plus efficace pour assujettir la main-d'œuvre paysanne que les systèmes antérieurs de travail forcé ».

Au XIXe siècle, la demande de viande augmentant, ces latifundiaires s'approprièrent plus ou moins légalement les friches et les terres communales. Après 1870, le fil de fer barbelé leur permit de clôturer à leur gré, englobant au besoin des terres paysannes, utilisant à leur profit l'imprécision des limites, en l'absence de cadastre. Les paysans furent associés à l'extension des prés, dans des conditions d'exploitation plus marquées encore. Les *précaristes* non propriétaires étaient autorisés à défricher la forêt (à leur sueur) pour y cultiver leurs vivres, manioc, maïs et haricot, un an ou deux ; avec l'obligation de semer ensuite la terre en prairies artificielles et d'aller défricher plus loin.

*Ainsi fut empêchée toute évolution vers l'implantation d'un vrai paysannat productif et prospère.* Ces précaristes ne pouvaient faire des plantations, construire de vraies maisons — puisque leurs cultures ne cessaient de se déplacer — ni accumuler un troupeau, forme d'épargne traditionnelle, puisque l'énorme tâche de défrichement ne leur permettait guère de dégager des surplus, en vue de les investir. Certes, les paysans ont toujours cherché à lutter contre cette situation, et les multiples sursauts de guérillas, qui n'ont jamais cessé, ont été une des formes de réaction contre cet assujettissement permanent. Même si, aujourd'hui, ce dernier s'est « modernisé », il persiste et s'aggrave. Quant à la production du bétail, « avec 26 millions de bovins, la Colombie produit autant de viande que la Pologne, qui en compte 6 millions ». Et nous soulignons pourtant les insuffisances de l'agriculture polonaise !

### 3. « Violencia » et sabotage de la réforme agraire

Les conquérants espagnols vinrent en Colombie alors qu'ils recherchaient le Pérou. Dans ce qui devint le nouveau royaume de Grenade, « ils trouvèrent des provinces très heureuses et... en abondance de l'or et des émeraudes », selon Las Casas, qui précise : « Beaucoup d'hommes iniques et cruels qui accoururent de toutes parts étaient des bouchers célèbres qui versaient le sang humain, coutumiers et experts des grands péchés commis dans beaucoup de régions des Indes. Leurs actions ont surpassé les nombreuses cruautés, et même toutes les cruautés commises par les autres, et par eux-mêmes, dans les autres provinces... La tyrannie cruelle et pestilentielle de ces misérables a été si dure, si diabolique, que depuis la découverte de ce royaume, soit en deux ou trois ans, ils l'ont anéanti et dépeuplé. » La violence exceptionnelle de cette conquête explique peut-être bien des choses, car si l'histoire commença mal, la suite ne fut pas mieux ! Né de la conquête contre laquelle les « indigènes », les esclaves noirs ct leurs divers métis n'ont cessé de se révolter, ce pays a fort peu connu la paix, surtout depuis son « Indépendance » — indépendance pour les seuls riches.

De 1828 à 1900, il y eut dix-huit guerres civiles dans le pays, et la dernière se termina en 1902, après « mille jours » de combat et 150 000 morts[1]. Les conservateurs dominèrent le pouvoir jusqu'en 1930 ; seul l'effondrement des prix du café (seule base de l'économie, après l'épuisement de l'or au milieu du XIXe siècle, suivi d'une brève fièvre du tabac) permit une courte apparition au pouvoir du parti libéral. Celui-ci développa l'instruction, aida les petits planteurs de café... Dès qu'il parla d'exproprier les latifundia, les conservateurs reprirent le pouvoir, aidés par ceux des libéraux qui ne l'étaient que de nom. « En 1948, la Colombie retomba sous une double tutelle. Celle — ancienne — du Vatican, qui donne à Rome plus que la colonie ne livrait à Grenade. Celle — nouvelle — des États-Unis, par l'Organisation des États américains, qui siège à Washington », nous dit Aprile-Gniset.

Cette année-là surgit un leader populaire, Jorge Gaetan, qui parla de la « reconquête du pouvoir ». Son assassinat, le 9 avril 1948, déclencha une véritable émeute à Bogota, férocement réprimée par l'armée. Le parti conservateur, avec sa milice armée (la Chulavita) aidée de la police, déclencha dans tout le pays un massacre méthodique (généralement guidé par les curés) de tout ce qui se disait libéral. Ce massacre fut bientôt baptisé *Violencia* et les bourgeoises de Bogota ne pouvaient prononcer ce mot sans se signer. « La violence, nous dit Kalmanovitz, fut une politique agencée par les deux partis traditionnels, surtout le conservateur, contre le mouve-

1. Jacques Aprile-Gniset, *Colombie*, Paris, Le Seuil, coll. « Petite Planète », 1975.

119

ment démocratique qui exigeait des réformes à la campagne et dans la vie politique nationale... Des bandes armées par les propriétaires et le gouvernement tuèrent et *dépouillèrent* des centaines de milliers de paysans. » En somme, une incarnation sud-américaine du fascisme — en plus sanguinaire. De nombreuses parcelles paysannes ont été ainsi intégrées de force par des voisins « koulaks » conservateurs, ou, plus souvent, par les grandes haciendas. 200 000 à 300 000 morts, suivant les estimations, et un exode rural massif, 3 millions de paysans arrachés à la terre, surtout du fait de l'insécurité, qui accéléra ainsi une urbanisation déjà trop rapide. Fin 1958, la crainte provoquée par la révolution cubaine incita les deux partis à conclure un pacte. Les libéraux, sauf exceptions, n'étaient pas révolutionnaires ; ils ne voulaient pas remettre en cause une société basée sur une *exploitation* forcenée. Un Front national, qui durera de 1958 à 1974, scella entre les deux partis un accord pour continuer celle-ci en partageant le pouvoir, donc l' « assiette au beurre », entre les deux équipes. Les « 24 familles » continuent donc à dominer le pays, et s'associent de plus en plus aux multinationales.

Cherchant à échapper aux massacres, les paysans se sont alors organisés en républiques d'autodéfense, dont la plus connue est Marquetelia. Avec l'aide des États-Unis, l'armée n'en viendra à bout qu'en 1965. En 1980, on évoque ici et là, devant nous, l'existence de guérillas ou de ce qu'on préfère appeler officiellement, d'un mot trop simpliste, le *banditisme.*

Jusque-là, la Colombie n'avait pas connu de réforme agraire. Lors d'une conférence que je donnai à Bogota à la mi-décembre 1956, je fus averti que, si je prononçais le seul mot de « réforme agraire », je serais de suite remis dans l'avion. Cependant, dès 1961, sur la suggestion des « patrons » nord-américains (de leur part, c'était un ordre [1]),

---

1. Un bataillon colombien, le seul en Amérique du Sud, ira se battre en Corée (1951-1953).

une loi de réforme agraire fut votée pour « aménager » les désordres causés par la violence rurale dans l'utilisation des terres — la surface cultivée ne dépassait pas celle de 1930, pour une population qui avait doublé — et ramener, quand c'était possible, ceux qui le désiraient sur leurs anciennes propriétés. Cette réforme agraire comportait des aspects positifs : les formes les plus archaïques d'exploitation des paysans, comme la rente du sol payée en travail[1], allaient disparaître ; les colons qui s'installaient sur des terres non exploitées auparavant n'avaient plus à payer de loyer. Certains d'entre eux ont ainsi défriché forêts et savanes, souvent en terres domaniales : en tout 6 millions d'hectares, de 1962 à 1970. Mais elle comportait aussi des aspects négatifs : les grands propriétaires ont expulsé massivement leurs petits métayers et fermiers, car ils auraient pu exiger la possession de leurs lopins de terre. Cette réforme a donc augmenté en grande proportion le nombre des paysans sans terre.

La vraie réforme agraire — l'acquisition, par expropriation, des latifundia dépassant une certaine surface, des pacages non cultivés ou fortement sous-utilisés avec accession des fermiers et des métayers à la propriété — prévue par la loi n'atteindra pas 1 % des terres agricoles du pays. Les latifundiaires n'ont pas cessé de *dominer le pouvoir,* même s'ils doivent le partager avec les financiers, souvent issus de leur groupe, et avec les multinationales.

Cependant les propriétaires, sentant une menace peser sur eux, se mirent à cultiver davantage les zones fertiles, ou à les louer, ou à améliorer les prés, sur les domaines qu'ils avaient négligés jusque-là ; tout cela pour être plus sûrs de les garder. Dans la vallée de la moyenne Magdalena, il y eut tellement de production que la baisse des prix agricoles incita des propriétaires à vendre leurs terres à bas prix. Bientôt, l'Institut de réforme agraire fut, comme nous le verrons au Brésil,

1. Que je dénonçais dans *Terres vivantes,* Paris, Plon, 1961, p. 2-6.

transformé en INCORA (Institut de colonisation et de réforme agraire), dont les crédits furent diminués et le rôle limité surtout à la colonisation de terres neuves et aux grands travaux, principalement d'irrigation et de drainage. Ceux-ci, hélas, n'ont jamais profité aux paysans, les propriétaires restent trop puissants. Souvent même, « les propriétaires ont refusé de se servir de ces travaux d'irrigation, voire, comme dans Bolivar et Cordoba, *détruit ces canaux*. Dans le Valle, s'ils s'en servent, ils refusent d'en acquitter non seulement le coût de construction (ce qui était prévu par la loi), mais encore les frais d'entretien[1] ». Il est assez curieux d'entendre ces propriétaires dire ensuite qu'ils ont combattu la réforme agraire par seul souci de l'intérêt général et du développement de la production. Ceux des plaines du Nord ont préféré maintenir le pré extensif, avec quelques enclaves modernes de riz et de coton.

La « réforme agraire », en faisant peser sur la grande propriété non productive la menace de l'expropriation (surtout à l'époque de Lleras Restrepo) et en donnant par ailleurs les moyens financiers et techniques de la modernisation (crédit, etc.), accéléra la conversion du grand domaine traditionnel en exploitation capitaliste. A la fin des années 1980, le recensement agraire montre que la concentration du sol, au lieu d'avoir diminué, a, au contraire, augmenté. On parle réforme agraire et on facilite un processus de type « junker » (passage direct du domaine « féodal » au capitalisme).

En Algérie, des colons français s'opposèrent de la même façon, en 1942, à l'extension de l'irrigation dans la vallée du Chelif, préférant garder leurs céréales extensives mécanisées plutôt que de favoriser une intensification qui les eût obligés à accroître leur main-d'œuvre autochtone ou à favoriser un

1. Pierre Gilhodès, *Problèmes d'Amérique latine,* La Documentation française, 9 décembre 1974.

paysannat musulman. En janvier 1962, les mêmes me demandaient de les défendre auprès du président Ben Bella : un peu tard [1]...

## 4. Modernisation agricole, surtout pour l'exportation : ruine du minifundium vivrier

Il faut cependant reconnaître que l'agriculture colombienne s'est rapidement modernisée dans des secteurs limités, depuis 1950, avec nombre de tracteurs (22 000 en 1974) et machines modernes (jusqu'à des avions pour la rizière et le coton), un large emploi des engrais, des pesticides, et parfois une haute technicité. Malheureusement, cette modernisation n'a touché que quelques plaines et vallées très fertiles et n'a surtout concerné que les cultures d'exportation et celles qui se mécanisent le plus aisément ou se destinent à l'industrie. Bananes, coton, sucre, sorgho, soja et riz irrigué-mécanisé, qui représentaient 8 % de la valeur de la production agricole en 1950, en représentent 28 % en 1970 et ont progressé depuis. Ces cultures n'ont cessé d'être favorisées par les autorités, d'abord par toute une série de crédits fort avantageux, gérés en liaison avec les toutes-puissantes associations de producteurs, les *gremios,* qui ont beaucoup plus de pouvoir réel que le ministère de l'Agriculture.

Le plus bel exemple de cette modernisation est la vallée du Cauca qui, jusqu'en 1950, était une zone d'élevage semi-intensif. Nestlé y alimentait sa laiterie de Bugalagrande. A 1 000 mètres d'altitude, avec possibilité d'irrigation, les sols

1. En 1938, en mission officielle en Afrique du Nord, j'avais élaboré un schéma de réforme agraire que je remis — pour rien — au gouverneur général de l'époque.

très fertiles de cette vallée méritaient beaucoup plus... et ils l'ont obtenu, aux dépens des possibilités d'expansion paysanne. Les sucreries modernes de sucre blanc (concurrentes des *trapiches* artisanaux de sucre brut) ont, par l'achat ou la location, accaparé toutes les terres et installé un capitalisme agraire dynamique. Ces sucreries obtiennent des rendements fort élevés, plus de 100 tonnes de canne à l'hectare, avec les techniques les plus modernes, y compris le contrôle biologique des insectes « mineurs » de la tige, plus économiques (et plus écologiques) que les pesticides. Sous ce climat équatorial, on peut récolter — donc faire tourner les usines si coûteuses — toute l'année, alors que sous climat tropical elles ne marchent que cinq à six mois.

Cette vallée privilégiée ne pouvait qu'attirer le capitalisme local. De l'*ingenio* traditionnel à la sucrerie moderne, les terres se sont concentrées. Cette concentration horizontale s'accompagna d'une concentration verticale, car l'usine contrôle souvent la distribution, les refrescos, les bonbons et autres sucreries dont les Colombiens sont friands. La consommation de sucre par tête est, en Colombie, de 54 kilos par an, une des plus fortes du monde. Ainsi M. Ardila Lule, un des hommes les plus riches du pays, après une irrésistible ascension qui lui a assuré le quasi-monopole des refrescos, est-il actionnaire dans diverses sucreries. Face à un tel pouvoir, qui n'est pas seulement économique, les petits propriétaires sont obligés de céder ; le coût de la terre est de plus en plus élevé : 300 000 pesos colombiens en 1980 l'hectare (soit 27 000 francs).

La Manuelita est la plus grande sucrerie de Colombie. L'une des plus anciennes aussi. Elle date de 1864. Un garde, pistolet au poing, nous conduit au directeur. Celui-ci vit dans le meilleur des mondes. « Nous nous sommes adaptés au

changement : de la *tienda* espagnole au supermarché. » Pas
un mot sur les employés. La Manuelita s'est adaptée en effet.
Pour maintenir les bas salaires et lutter contre les syndicats,
elle a trouvé une parade, déjà pratiquée dans les plantations
de bananes. Pour les travaux qui requièrent le plus de main-
d'œuvre (plantation, binage et récolte des cannes), elle
recrute les ouvriers à forfait, pour vingt-huit jours. Dans ces
contrats, la sucrerie paternaliste n'apparaît pas : ils sont
négociés par des métis qui agissent au titre d'entrepreneurs de
travaux, recrutent la main-d'œuvre et serviront de boucs
émissaires en cas de difficultés. Ainsi, la sucrerie ne connaît
pas de grèves dirigées contre elle et se dispense des charges
sociales qu'elle ne paie que pour un nombre limité de
travailleurs permanents (conducteurs d'engins, irrigants...).
Dans les bureaux climatisés, tout le monde est blanc (sauf les
gardes). L'ingénieur qui nous conduit en Land-Rover à
travers les plantations est blanc lui aussi. Dans les champs, par
contre, les ouvriers sont noirs ou indiens ; le contremaître, à
cheval, est mulâtre. Comme au bon vieux temps.

Le sucre du Cauca est encore un cas de « développement »
incontestable en stricts termes économiques, mais qui profite
toujours aux mêmes. C'est, selon Orlando Fals Borda, « une
tragédie nationale : les sucreries ont détruit la petite exploitation et prolétarisé les petits villages. C'est la guerre entre les
paysans qui veulent semer pour manger et les sucriers qui
veulent exporter et nourrir l'usine. Tout le système est
abusif ».

De 1952 à 1970, nous dit Gilhodès, les prix réels du riz et du
coton ont été multipliés par deux, tandis que, toujours en
termes constants, le prix de la pomme de terre s'effondre dès
qu'il y a surproduction. Celui du blé baisse d'un tiers, le
pouvoir choisissant de l'importer ; et celui des haricots d'un
quart. Comme nous l'avons vu au Mexique, comme nous le
verrons au Brésil (et comme nous l'avons vu en Afrique), le
pouvoir favorise d'abord *l'industrie et les villes, puis les*

*cultures d'exportation.* Il ne reste pas toujours de miettes pour les minifundiaires, pourvoyeurs essentiels des cultures vivrières. Ils sont en situation d'autant plus difficile que la majorité d'entre eux n'a guère accès, en fait de crédits, qu'aux usuriers. Ce sont ces derniers qui écoulent aussi leurs maigres surplus ; les commerçants, caciques du village, abusent de leurs pouvoirs.

La structure agraire n'a donc pas été sensiblement modifiée par les mesures prises depuis 1961, si l'on met à part la colonisation de l'Oriente. Selon le dernier recensement connu, celui de 1970, 822 000 « exploitants » de moins de 10 hectares cultivent 2,2 millions d'hectares, 420 000 d'entre eux, avec moins de 2 hectares, exploitent au total 350 000 hectares. En moyenne, chacun dispose donc de moins d'un hectare. Les 8 200 latifundiaires de plus de 500 hectares, au contraire, exploitent (ne disons plus cultivent, les mauvais prés y dominant) 15,7 millions d'hectares, ce qui représente sept fois plus de surface en tout que celle dont disposent les petits, qui sont cent fois plus nombreux. En moyenne, chaque grand dispose donc de sept cents fois plus de surface que chaque petit. Cet écart peut être plus prodigieux encore si l'on considère que le millier d'exploitations dépassant 2 500 hectares dispose d'une moyenne de 6 000 hectares, soit sept mille fois plus par tête que les minifundiaires de moins de 2 hectares. Précisons enfin que tous ces chiffres sont officiels. La réalité est souvent pire : bien des propriétaires possèdent en fait plusieurs domaines et s'ingénient à dissimuler l'extension de leurs propriétés — il leur faut bien se prémunir contre de nouvelles tentatives de « vraie » réforme agraire.

Les petites exploitations sont en majorité andines, sur les pentes des cordillères ou en quelques plateaux ondulés plus ou moins érodés (voir le désert qui entoure Villa de Leyva), et parfois semi-arides. Fals Borda en décrit l'*érosion* constante, avec le temps, dans son beau livre désormais classique, *l'Homme et la Terre en Boyaca*[1]. Dans les communes revisitées par lui seize ans après les premières études, « la moyenne des fermettes a baissé. A Sutatenza, elle est tombée à moins d'une fanegada (deux tiers d'hectare). Les minifundistes de Boyaca ont donc vécu une diminution progressive de leurs propriétés ! ». Quant aux journaliers agricoles, dont le nombre augmente rapidement (alors que la mécanisation réduit le volume de l'emploi), « les voici acculés à la longue à un douloureux dilemme : *survivre par la force ou le délit, ou mourir de faim* ». Certes, une horticulture irriguée permettrait de vivre sur une petite surface, mais « en Boyaca, l'eau reste une ressource rare, ou monopolisée par les propriétaires ». Il existe pourtant ici, beaucoup plus qu'au Mexique, d'énormes possibilités d'irrigation assez économique, qui pourraient accroître la production et réduire le chômage. Mais il faudrait, pour bien l'utiliser, partager une partie au moins des latifundia. Alors...

### 5. La Banque mondiale et le « développement rural intégré » (DRI)

Vers 1960, les autorités ont pensé résoudre le problème en favorisant l'exode massif de ces trop petits paysans ; lesquels devaient, disait-on, retrouver du travail en ville, surtout grâce au développement de la construction. C'est ce qu'affirmait, en tout cas, un expert d'origine canadienne, Lauchlin Currie, ancien membre de l'équipe Roosevelt. Il pensait créer ainsi 500 000 emplois, ce qui aurait permis d'occuper 20 % de la population active agricole d'alors. En développant, en paral-

---

1. Bogota, Ed. Punta de Lanza, 1957, revu en 1979. Boyaca est un département situé dans les Andes au nord et au nord-ouest de Bogota.

lèle, l'agriculture commerciale et les exportations, il se faisait fort, en 1961, « de doubler le niveau de vie en dix ans ».

Vingt ans après, pour la majorité de la population rurale et urbaine, le niveau de vie *a diminué*. Nous ne savons pas si Currie voulait lui faire « bouffer des briques », mais dès cette époque il eût été facile de prévoir l'échec d'un tel projet[1]. Il aurait suffi de reconnaître le caractère tout à fait distinct de l'évolution économique et sociale du Tiers-Monde, par rapport à celle des pays déjà développés. J'ai pu évoquer cette nécessaire distinction dès 1962 à propos de l'Afrique, où l'on a fini par admettre, en 1980, que j'avais quelque peu raison. Le gouvernement colombien reconnaît, un peu tard lui aussi, en 1974, qu'il serait bon, notamment au point de vue politique, de freiner l'exode rural. Il admet qu' « établir un migrant en ville coûte plus cher qu'améliorer ses conditions de vie à la campagne ; que l'agriculture familiale a une capacité de créer des emplois supérieure à celle de l'agriculture commerciale[2] ».

Certes, on pousse toujours l'agriculture capitaliste et plus spécialement celle qui vise l'exportation, car les « gros » tiennent ici le pouvoir d'une façon moins déguisée qu'ailleurs. Le gouvernement colombien, toujours soucieux d'offrir au monde une *façade démocratique,* cherche à dégager un peu la paysannerie de l'impasse, ou plutôt à faire croire qu'il s'y emploie. Il se garde bien pourtant d'agir sur le problème essentiel : *la répartition des terres,* que le pouvoir veut faire oublier en l'escamotant. Ceux qui détiennent les terres savent toujours qu'elles sont la base de leur pouvoir. Dans son plan « pour combler le fossé[3] », ce gouvernement institue le

1. Comme celui du rapport de la Banque mondiale pour la Tanzanie qui, en 1961, proposait simplement d' « américaniser » l'agriculture de ce pays.
2. Ch. Gros et Y. Le Bot, « Sauver la paysannerie du Tiers-Monde ? La politique de la Banque mondiale à l'égard de la petite agriculture : le cas colombien », *Problèmes d'Amérique latine,* LVI, 17-4-80.
3. *Para corrar la brecha,* plan officieux de 1974.

Développement rural intégré (DRI), suivant une formule qui est désormais promue partout dans le Tiers-Monde par la Banque mondiale si soucieuse du « rural pauvre », mais qui n'est nulle part arrivée à améliorer sa situation.

Le DRI a calculé que l'implantation des paysans en zone de colonisation coûte bien plus cher en infrastructure que l'amélioration de leur sort dans les régions déjà équipées. Sur ce point, il n'a pas tort. Mieux vaut donc valoriser les zones occupées surtout par les minifundia en y apportant le fameux « paquet technologique », assez analogue à celui de la « révolution verte » en Inde, dont chacun reconnaissait déjà, en 1974, qu'elle avait enrichi les riches et appauvri les pauvres, et risquait fort de « tourner au rouge ». Nous avons vu qu'il en fut de même au Mexique. Et pourtant on persévère dans cette erreur.

Le DRI colombien se situe un peu dans la ligne du SAM mexicain. Il a débuté plus tôt, mais ne touche qu'un nombre limité de régions et surtout de paysans. Le projet initial voulait atteindre 83 000 exploitations en 1979, mais, en 1980, ses crédits n'ont pas même touché 30 000 exploitants et encore d'une façon très insuffisante. Les premiers « paquets technologiques », liés à l'obtention des crédits, trop technocratiques, ne furent pas souvent rentables. On associe désormais les paysans pilotes à leur élaboration, ce qui constitue un progrès — très limité. Dans le fond, ce DRI est un faux-semblant, de la poudre aux yeux pour experts de la Banque mondiale, que l'on espère ne pas voir sur le terrain, car celui-ci est trop boueux ou trop poussiéreux suivant les saisons. Ce DRI laisse de côté tous les paysans pauvres et d'abord les « moins de 3 hectares », ceux dont la situation est la plus difficile et qui sont les plus nombreux. Il laisse aussi de côté les journaliers agricoles plus ou moins chômeurs, les prolétaires (ou sous-prolétaires) ruraux, les Indiens, etc. Tous ces petits paysans pourraient devenir prospères — ils sont courageux — si on leur donnait à labourer 10 à 20 hectares de riches plaines du

Nord et des grandes vallées actuellement livrées à la prairie. Avec la traction animale et la fumure organique, ils pourraient produire autant que les « commerciaux », car ils utiliseraient enfin à plein leur force de travail, tellement sous-employée, et cela avec beaucoup moins de matériel et de produits chimiques, donc en économisant des devises. Cependant, le problème n'est pas aussi aigu ici qu'au Brésil où, nous le verrons, il prend un tour dramatique. En réalité, ces petits sont de plus en plus relégués sur les terres les plus pauvres, en fortes pentes, où les « techniques modernes » ne sont pas rentables car les tracteurs et machines de récolte n'y peuvent évoluer. Par ailleurs, leurs enfants n'ont pas d'école proche et convenable, ou guère la possibilité d'y aller. Quant aux soins médicaux...

Évoquons aussi un aspect essentiel, celui de la commercialisation, la plaie de la Colombie [1], qui est négligé par le DRI. Certes, celui-ci a créé, dès 1977, quelques dizaines de précoopératives de commercialisation. Mais quand leurs produits arrivent au marché de gros de Bogota, ils y rencontrent de puissantes mafias, qui y font la loi. Pour chaque grand produit, de la pomme de terre à l'oignon, au chou, à la banane, à l'orange, à la papaye, à l'ananas et aux autres légumes et fruits, règne un « roi », qui fixe à son gré le niveau des arrivages, les accepte ou les refuse, et manipule les prix à son profit. Il serait physiquement dangereux de s'y attaquer : la *violencia* reste la règle courante, et à Bogota la vie ne vaut pas cher.

La recherche agronomique colombienne a eu de gros moyens, mais les résultats — importants — de ces travaux n'ont guère été diffusés : la vulgarisation reste le point le plus faible de toute l'agriculture colombienne [2]. La recherche nationale ne reçoit plus guère de crédits, tandis que les

1. Faute de débouchés, 40 % des fruits sont perdus.
2. Et même sud-américaine.

ressources affluent au Centre international de l'agriculture tropicale, le CIAT de Palmira, près de Cali, où dominent les financements nord-américains. Un chercheur colombien y a soutenu devant nous une bien curieuse thèse officielle du Centre : « Nous accordons, disait-il, la priorité à la viande de bœuf, qui est la protéine du peuple, la plus économique. » A part ces techniciens du CIAT, chacun sait qu'elle est beaucoup plus chère que toutes les autres protéines animales, comme les œufs, la volaille, le porc, le lait et les poissons. Les recherches sur le manioc cuit avec apport d'azote minéral, que les bactéries transforment en protéines, permettent de produire un aliment économique destiné aux porcs. Bien d'autres travaux, sur le riz irrigué notamment, seraient plus utiles s'ils étaient également dirigés vers le milieu paysan, où domine le riz pluvial, non irrigué. Les résultats de quarante ans de recherches dorment encore — sauf au profit d'un secteur limité d'agriculture capitaliste.

### 6. La savane de Bogota minée par l' « économie souterraine », les mafias des stupéfiants

On dit les pays tropicaux spécialement défavorisés pour la production laitière, qui, effectivement, ne s'y est guère développée. Dans les basses plaines, le climat très chaud et plus encore les maladies tropicales constituent de sérieux obstacles pour les races à haute productivité, comme la Holstein (ou hollandaise), et y accroissent les difficultés et les coûts de production. Mais tout cela recule ou disparaît dans les zones d'altitude, qui ne font point défaut à l'Amérique latine. Dans la savane de Bogota, à 2 700 mètres d'altitude, nous avons vu des exploitations où le prix de revient du lait pourrait être *l'un des plus bas du monde.*

Un climat constamment tempéré, souvent arrosé, avec une très courte saison sèche, favorise toute l'année la pousse d'une herbe très fournie, assez riche en protéines. Elle permet de se passer des aliments concentrés, si onéreux, à condition de ne pas chercher les plus hauts rendements, qui ne sont pas toujours les plus économiques. Les réserves de foin et d'ensilage que l'on doit faire en pays nordiques pour l'hiver, ou ailleurs pour la saison sèche, doublent le coût de l'alimentation par rapport à l'herbe broutée directement. Elles ne sont pas nécessaires, et jamais pratiquées ici. L'absence d'hiver et de trop chaud soleil permet enfin de se dispenser des bâtiments mettant les bêtes à l'abri, bâtiments où l'apport d'aliments à l'auge exige beaucoup de travail. Sur la ferme que nous avons visitée, un léger abri pour la traite des vaches, édifié sur un traîneau que le tracteur déplace d'un pré à l'autre lors de la rotation de pâturage du bétail, représente une dépense infiniment plus modeste.

Et pourtant, le propriétaire, accouru de Bogota pour guider notre visite, se plaint de ses dépenses trop élevées en engrais, produits vétérinaires (vendus plus cher que les mêmes médicaments pour l'homme), fils de clôture, tracteurs et camions dont les prix, à la différence de ceux du lait, ne sont pas contrôlés car ils profitent aux multinationales. Il se plaint curieusement de la hausse trop rapide du prix de la terre : le capital qu'elle représente désormais lui rapporterait beaucoup plus dans l'industrie, plus encore dans le commerce (des produits vétérinaires et du matériel agricole, par exemple), et surtout dans la spéculation immobilière urbaine. Il peut ainsi nous répéter une phrase bien souvent entendue en France : l'agriculteur « doit vivre pauvre pour mourir riche », avec son capital foncier surévalué. Ses prés rendent 8 000 litres de lait à l'hectare, avec un peu plus de deux vaches sur cette surface, une très modeste fumure phosphatée et azotée, pas d'aliments concentrés et des salaires bien peu élevés. Il s'y ajoute une production notable d'eucalyptus, plantés en carrés autour des herbages, en brise-vent. Ils sont fort appréciés car leur recette n'est pas comptée dans le revenu imposable.

Le prix de ces prés, comme celui de toutes les terres, de toutes les villas et appartements, subit depuis quelques années des hausses absolument folles : en été 1980, l'hectare se vendait 800 000 pesos, soit 73 000 francs : quatre fois plus que la moyenne des prés français. Or l'impôt est basé sur la valeur de l'exploitation, de sorte qu'il augmente — mais moins vite — avec la valeur de la terre. Un impôt rationnel, qui se fixerait pour but de stimuler la production, devrait être proportionnel au *potentiel*[1] de production de la terre, donc être exigé même si ce potentiel n'est pas réalisé, ce qui obligerait le propriétaire à y tendre ou à céder la terre. Il serait fortement majoré en cas de sous-utilisation marquée de ce potentiel. Ce serait le moyen de réaliser une *réforme agraire non violente*[2]. Encore faudrait-il d'abord enlever le pouvoir politique aux latifundiaires, qui s'y opposent farouchement.

On estime à 2 ou 3 milliards de dollars par an[3] l'argent gagné dans le trafic des stupéfiants, marijuana et cocaïne ; soit davantage que le café, avec beaucoup moins de travail. Ces bénéfices permettent aux mafiosi d'acheter les terres qui leur plaisent ; ils ne vont guère chercher à les faire produire, car ils gagnent plus facilement leur argent ailleurs. Dans une riche vallée qui se lançait dans la production d'ananas pour la conserve, près du Valle de Cauca, les achats d'un mafioso ont bloqué cette intéressante possibilité de développement. Il préférait les prés naturels, dont il n'a guère à se soucier.

En ville, le fonctionnaire moyen ne peut plus espérer acheter son appartement, car les prix s'élèvent trop rapidement, trois fois plus vite que le taux de l'inflation. Les investissements productifs, spécialement en agriculture, sont

1. Comme en Russie tsariste, qui a, pour l'établir, financé les premières recherches de science du sol, dès 1880.
2. Analogue à celle du Japon après 1880.
3. Sinon plus ?

dévalorisés, donc freinés. Rien ne vaut la marijuana, sinon, peut-être, la fabrication de la cocaïne à partir de la pâte tirée des feuilles en Bolivie[1]. La coca cultivée traditionnellement par les Indiens se développe aussi en Colombie, dans les zones forestières, surtout les montagnes du Sud. Notre propriétaire de la savane, découragé par la production laitière, conclut : « Si ça continue, et que viennent ces messieurs les mafiosi, je n'hésiterai pas, je ferai comme les autres, je vendrai. »

## 7. Bogota

Bogota de la violence ou Bogota du printemps éternel ? A chacun ses goûts, ou ses clichés... Le printemps serait plutôt frais et gris ; quant à la violence, on ne la voit pas, on la sent. Partout. Influence peut-être d'une certaine littérature, mais dans les rues du centre chacun semble à l'affût. Quelques touristes s'accrochent désespérément à leur sac ou à leur appareil photo, l'œil aux aguets... tandis que leur montre se volatilise. On la retrouvera plus loin, sur le trottoir entre la belle église San Francisco où les cierges brûlent sans désemparer et l'imposant siège des *cafeteiros* (producteurs de café). C'est un trottoir bien ordinaire mais où nul profane n'ose se risquer ; la foule y est dense, par petits groupes, chacun sort de la poche son morceau de papier blanc, examine les émeraudes — un autre grand trafic de la Colombie —, discute ; d'autres revendent des montres en or. En toute impunité, en toute tranquillité. Personne n'aime recevoir un couteau dans le dos. Après tout, tant qu'il ne s'agit pas de subversion politique...

1. Le coup d'État de 1980, interrompant une fois de plus une fragile tentative démocratique dans ce pays, a donné le pouvoir aux militaires liés à la mafia de la cocaïne, nous dit Washington.

A 5 heures de l'après-midi, sur l'avenue Septima, la foule est compacte, équivoque. Les policiers ont le doigt sur la détente, prêts à tirer au moindre mouvement suspect. Des gamins dépenaillés au visage et aux pieds noircis regardent avec extase à la télévision, dans les vitrines, des bandes dessinées américaines. D'autres, plus dégourdis, suivent les passants, l'air effronté. Le malaise est constant. « Nous sommes victimes d'une publicité exagérée et des plus néfastes », gémissent les gens bien de Bogota. « Cette histoire de gamins, c'est très surfait... » Pour sauver la face, on a essayé de les disséminer à travers le pays, ce qui n'a fait qu'étendre le problème, sans résoudre celui de Bogota. La force de reproduction de la misère semble plus grande que la force policière. Des gamins, il y en a partout : le matin, tout transis, recroquevillés dans les cartons qui jonchent les trottoirs ou poussant des planches à roulettes sur lesquelles ils transportent Dieu sait quoi, planches qui parfois leur servent à dévaler les rues en pente dans un réflexe d'enfance retrouvée.

A peine monté dans sa voiture, le Bogotano — l'habitant de Bogota — recommande sans sourire de fermer la vitre en vitesse, « sinon ils vont passer la main ». L'histoire désormais classique des montres volées aux conducteurs continue. Pour éviter le vol, ceux-ci la portent désormais au poignet droit. Les gamins on trouvé la parade : avec une cigarette, ils brûlent le bras gauche du conducteur. Gifle instantanée du droit et... la montre disparaît. Ces gamins sont diaboliques. L'instinct de survie est si fort ! Les filles ont plus de chance, la prostitution est plus sûre dans ce pays de Concordat, de machisme et d'hypocrisie, où les mauvais penchants se satisfont ailleurs. Mais petits gamins deviendront grands et leur avenir est tout tracé. Dès lors, plus d'attendrissement, ils ne seront plus que de vulgaires bandits dans cette ville sans joie. « De nos jours, les gens ne veulent plus travailler, ils veulent de l'argent facile », persiflent les bourgeois, qui, eux, ne semblent pas l'avoir eu trop difficile non plus, mais il faut distinguer... L'économie ne crée guère d'emplois[1]. Quand bien même ! Des gamins marginalisés dès le plus jeune âge et obligés de se débrouiller sont-ils récupérables ? Ils risquent de ne pas se contenter d'un salaire de famine. Rien ne les a dressés à être les esclaves du système...

En haut de la Candelaria, quartier historique de Bogota mais qui se bidonvillise, des gamins essaient de m'étrangler[2], pour une stupide chaînette en or, gardée par hasard. Pourquoi pas, après tout ?... On tue bien les gens pour 20 pesos et des étrangers impudents n'ont pas à s'égarer dans ces quartiers. Une vieille se scandalise pourtant : « Une honte, en plein jour et au milieu de tant de gens ! » Une brave femme me recueille, navrée : « De nos jours, on voit des choses terribles. Ah ! ce quartier a bien changé. » Elle fait du café, dans sa maison en pleine décrépitude et qui a dû connaître des jours meilleurs. Elle m'offre l'unique chaise. « Mon père avait beaucoup d'argent, bien des maisons... » Le frère arrive, tout vieux, tout luisant dans son costume noir qui a vu tant de dimanches. Très courtois : « Nous n'avons pas d'argent, mais nous avons de l'éducation. Les frères maristes, à côté... Il reste encore des gens convenables par ici, des gens de notre temps. Et puis, nous allons au musée... »

Ce quartier sert de tampon entre les deux pôles de la ville longiligne et manichéenne. Plus on va au nord, plus on est riche. Plus on s'enfonce vers le sud, plus on est pauvre. Les frontières reculent de plus en plus, de chaque côté : la classe moyenne aspire à aller vers le nord, les riches veulent s'isoler, et les autres sont rejetés toujours plus loin.

---

1. 500 000 emplois dans l'industrie pour une population active évaluée entre 7 et 8 millions. Mais cette évaluation inclut-elle les femmes et les vieux ? En tout cas, elle ne compte pas les enfants, qui, sous-payés, forment une catégorie recherchée des employeurs : dès cinq ans, ils font des briques, dur travail.

2. Le « je », ici, désigne Marie-France Mottin.

Côté nord, les villas luxueuses et un centre d'achat qui se voudrait le plus grand de l'Amérique latine. Tout est net, lisse, fleuri et ordonné. A l'autre bout, les *tugurios,* les ceinturons de misère qui s'empilent sur les collines, toits percés sous la pluie diluvienne, constructions de fortune dans le froid. Plus rien n'est ordonné, sauf une grisaille implacable. 30 % des habitants de Bogota vivent dans ces bidonvilles ou s'entassent dans les masures du centre. Les enfants font la corvée d'eau. « Ici, on est pauvre, si pauvre », constate le gamin qui a une superbe montre à quartz. N'insistons pas. Sa sœur explique que la mère est toute seule, avec cinq enfants. Eux deux vont à l'école, pour le moment. Elle a douze ans, son frère quatorze et l'air d'en avoir quatre de moins. En souriant, elle s'excuse : « Nous, ici, on est vraiment petits... » Ils savent déjà.

Plus loin, le bas de l'échelle : les cabanes bâties sur les tas d'ordures publics. En plein milieu des détritus. On a dit à leurs occupants de déménager, que ce n'était pas « hygiénique », mais ils persistent. Dans l'odeur compacte et le chaud soleil du dimanche matin, une femme en pull rouge peigne ses longs cheveux noirs devant un bout de miroir cassé. C'est ce qu'on appelle s'accommoder de la misère, paraît-il. Au loin, les tours modernes se détachent sur la montagne. On y brasse fébrilement les affaires qui feront monter les taux de croissance...

Bogota n'a pas le monopole des taudis ni de l'urbanisation sauvage. Un tiers de sa population se compose de minifundistes du Boyaca, mais les paysans se sont aussi réfugiés à Cali, Medellin, Baranquilla, etc. Résultat : 68 % d'urbains en Colombie. D'un bout à l'autre du pays grandissent les zones d' « urbanisation spontanée », tugurios plus ou moins tristes selon le soleil, plus ou moins supportables selon l'altitude. Ceux de Baranquilla se blottissent sous les énormes araignées formées par les fils branchés à la sauvette sur l'installation électrique. Ceux de Pereira, grand centre du café, ressemblent étrangement, sur leurs pentes si abruptes, aux pires favelas de Rio...

Le chômage ? Les chiffres officiels l'évaluent à 11 %. En admettant qu'ils soient exacts — ce qui est fort douteux —, qu'est-ce que cela signifie ? Même avec un salaire minimal, il y a juste de quoi ne pas mourir. Une étude de l'ANIF (Association nationale des institutions financières, peu susceptible d'arrière-pensées révolutionnaires) estime que, dans une famille, pour pouvoir acheter ce qu'on appelle élégamment le « panier de base », il faudrait autant de salaires minimaux que de personnes dans la famille. « Cette situation est grave, estime l'ANIF, si l'on tient compte que tous les membres ne sont pas en mesure de travailler et que les mineurs ne reçoivent généralement pas le salaire minimal. De plus, il faut considérer que la législation du salaire minimal ne touche que 43 % des personnes employées à Bogota[1]. »

Restent donc le sous-salaire, le sous-emploi et l'inévitable « secteur informel ». L'horrible expression qui recouvre tout ce qui n'est pas dans les normes prend à Bogota un sens très large. Il englobe, par exemple, ces petites entreprises artisanales des bidonvilles qui surexploitent la main-d'œuvre : « Les contrats d'embauche se font verbalement. Il n'y a ni sécurité ni organisation syndicale. En l'absence de normes de santé, d'hygiène, de sécurité, les accidents du travail sont nombreux, les journées et les semaines de travail sont extensibles au gré de la pression du patron et des clients, sans recours possible à un arbitrage extérieur[2]. » Il englobe aussi ceux qui vivent de violence, marijuana ou émeraudes, en passant par les innombrables revendeurs des trottoirs. Des billets de loterie aux cigarettes, ils seraient officiellement 110 000 réguliers pour le seul Bogota, sans compter les occasionnels. Ni les enfants, tout petits, tout seuls, installés

1. Séminaire sur *Marginalité et Pauvreté,* Bogota, Ed. Sol y Luna, 1978.
2. Bernard Granotier, *La Planète des bidonvilles,* Paris, Le Seuil, 1980.

devant un éventaire de misère et dont on se demande s'ils savent déjà compter. Ce 11 % de chômage, qu'est-ce que ça veut dire ? Car voilà que ceux qui n'avaient jamais travaillé se mettent à chercher un emploi. Les femmes par exemple, jusque-là reléguées dans les foyers, et les vieux, sans pension, sans enfants, du moins capables de les assister. Une demande fantastique à laquelle ne répond aucune offre. Mais le coût de la vie n'arrête pas de monter... Selon l'ANIF toujours, le revenu moyen par habitant dans les quartiers riches est de 61 000 pesos[1]. Dans les bidonvilles, de 2 500 pesos. On s'explique que d'aucuns se spécialisent dans la délinquance, mode de redistribution non officielle, mais garantie. Selon la même source, voilà que « la classe moyenne se prolétarise ». Stagnante dans ses petits salaires, elle ne peut suivre l'évolution des temps : la spéculation fait monter les prix des loyers, l'économie souterraine sape l'économie officielle.

Les habitants des bidonvilles spontanés, les paysans chassés des campagnes par la « violence » ou simplement par la misère, échoués par hasard dans la capitale qui draine les ressources du pays et monopolise les services, souffrent différemment de cette inflation. Les spécialistes estiment que, pour eux, *la malnutrition augmente*. Selon le Bienestar[2], « dans les hôpitaux les carences multiples sont la cause de 50 % des admissions et au moins 90 % des enfants admis présentent des signes de dénutrition, quelle que soit la cause de leur admission ». A cela s'ajoute la sous-nutrition chronique de l'adulte : « Près de 50 % des familles ont une consommation de calories, protéines et autres aliments au-dessous de la recommandation nationale. » Le Plan national d'alimentation et nutrition (PAN) évalue à 60 % les enfants de moins de cinq ans qui présentent quelque degré de

1. Tout le monde n'est pas riche dans ces quartiers (les domestiques par exemple), donc le revenu moyen des vrais riches est beaucoup plus élevé ; d'autant plus qu'ils ne déclarent pas tout leur revenu.
2. Institut de bien-être familial, étude d'Eberth Bétancourt, 1977.

dénutrition et à 50 % la proportion de la population adulte qui est affectée par une sous-nutrition chronique, plus ou moins accentuée. Avec toutes les conséquences que cela entraîne : baisse de la productivité et de la capacité de travail, absentéisme et prolifération de maladies infectieuses. Le PAN conclut : « Un de nos problèmes majeurs est la malnutrition. » Depuis 1974 seulement, le gouvernement s'est alarmé. Mais les nutritionnistes semblent incapables de résoudre le problème qui a tant d'implications socio-économiques. Le vrai problème, c'est l'absence de revenus, et la spéculation ne crée pas d'emplois... A défaut de solution, le gouvernement veut donner au peuple l'impression qu'il fait quelque chose. Il lance le PAN, hautement démagogique, le frère du DRI : on fabrique des aliments pour pauvres, que lesdits pauvres — « identifiés » par le gouvernement — peuvent acheter dans des boutiques pour pauvres, avec un ticket. Déjà marginalisés par toute une structure économique et sociale, ceux-ci se voient donc condamnés aux aliments tristes, eux qui rêvent des jolis emballages des multinationales. Le paternalisme oublie toujours que, même dans les taudis infâmes, subsiste une certaine dignité... De toute façon, ce programme ne concerne qu'une partie minimale des groupes « vulnérables ». Les quelques produits offerts ne correspondent pas aux besoins nutritionnels réels et risquent de perturber la croissance des bébés et des jeunes enfants. On prépare une couche de sous-développés intellectuels, facile à manipuler politiquement.

Tant de misère accumulée entraîne-t-elle un risque de révolte ? Comme à Mexico, il semble que les revendications soient au niveau des services ; comme au Brésil, les habitants des bidonvilles sont en lutte constante avec le gouvernement pour la propriété du terrain où ils ont édifié leurs baraques. Mais, nous disait un membre du parti communiste colombien, « il n'y a aucune organisation des chômeurs et des informels, ceux qui sont le plus exploités. Les gens qui manipulent les masses sont des caciques ou des gourous locaux, telle cette voyante qui mobilise les foules en faisant des lévitations[1]. Le peuple s'enthousiasme beaucoup pour les manifestations spectaculaires, comme la prise d'ambassade par le M 19[2]. On aime les exploits qui narguent le gouvernement ». Jusqu'où cela peut-il aller ? Difficile à dire. Pris dans le cercle vicieux de la pauvreté, les laissés-pour-compte n'ont guère de loisirs pour les aspirations politiques. La « conscientisation » des masses miséreuses n'est d'ailleurs pas encouragée. Des groupes de l'Université s'étaient formés pour les aider, ils ont été vite dispersés. Toute « conscientisation » peut tourner à la subversion. Quand l'insatisfaction devient revendication formulée, organisée (et non plus organique), intervient la répression. L'ordre public prime. Ordre et liberté toujours.

Pour ceux qui ne se résignent pas, il reste la violence, la criminalité, seules formes possibles d'expression. Mais, après tout, peut-être est-ce là un nouveau mode de revendication politique, quand la situation a trop dégénéré et depuis trop longtemps. Quelques-uns rejoindront l'un des divers groupes de guérilla qui existent dans plusieurs régions du pays.

## 8. Café de Colombie : la « bonanza » n'est pas pour tous

Dans le public européen, grâce à la forte publicité des cafeteiros, c'est bien le café qui est l'image de la Colombie. Cette production y est ancienne, on la signale au début du XIXe siècle dans le Santander, où un prêtre ordonnait, comme pénitence au confessionnal, d'en planter quelques pieds. De

---

1. Cela rappelle étrangement le curé de Macondo qui convertissait les populations en faisant des lévitations après avoir bu une tasse de chocolat...
2. Groupe de guérilla urbaine.

cette zone au nord de la capitale, le café se déplacera à partir de 1850 vers d'autres régions du pays, mais surtout en Antioquia (où le chemin de fer de 1893 réduit le coût des transports), puis en Cauca, Tolima, Caldas et Quindio, véritable « royaume » où le café trouvera les meilleures conditions possibles en ce monde. La culture ne s'étend vraiment qu'à la fin du XIXᵉ siècle, avec un bon demi-siècle de retard sur le Brésil, et longtemps la production colombienne restera très inférieure.

En vingt-cinq ans, de 1950 à 1975, elle est passée de 238 000 à 534 000 tonnes, le rendement moyen progressant lentement, lui aussi, de 500 à 580 kilos à l'hectare. Dans les cinq années suivantes, le progrès s'accélère et la production dépasse 720 000 tonnes dès 1979. Comme au Brésil et en Afrique aujourd'hui, un risque de surproduction, d'effondrement des cours du café se profile à nouveau ; à moins que les pays dits socialistes ne haussent leur faible niveau de consommation, ce qui rendrait grand service à tous les producteurs.

Cependant, depuis 1950, la *violencia* a dépouillé beaucoup de petits caficulteurs, totalement vidé certains cantons d'un paysannat qui redoute les assassins et dont beaucoup de ses membres ont dû vendre leurs parcelles à vil prix. La concentration en plus grandes exploitations, de taille plus économique, mieux conduites et surtout mieux financées, esquissée lors de la *violencia,* n'a pas cessé depuis cette date.

Près d'Armenia, le caficulteur que nous rencontrons, Juan, est une exception. Son exploitation de 6 hectares est entourée de domaines de 50 à 100 hectares. Sa famille vivait près de Sevilla, ancienne capitale du café. « Au temps de la violence, dit-il, les grands propriétaires nous ont terrorisés. Il a fallu leur vendre pour 25 000 pesos une terre qui en vaut aujourd'hui 6 millions[1]. On est allés faire de l'élevage dans l'Antioquia, mais comme on était habitués au café, on est

---

1. Ce ne sont pas les mêmes pesos, mais il a beaucoup perdu.

revenus ici. Mon père a d'abord travaillé comme métayer. Le vieux propriétaire n'était pas trop mal, mais quand il est mort, tout s'est gâté. Ses héritiers étaient des gens sans cœur, âpres au gain. Alors les métayers se sont révoltés. On a demandé l'appui de l'Institut de réforme agraire chargé de la redistribution des terres. Les autres se sont lassés de tant de batailles, de difficultés, ils ont fini par s'en aller, mais mon père a tenu bon. Pendant onze ans, il a résisté et, finalement, on lui a donné ces 6 hectares dont je m'occupe aujourd'hui. Ce n'est pas beaucoup, comparé aux voisins, des propriétaires arrogants. Avec toute la famille (celle de son frère et la sienne, au total vingt et une personnes, ce qui est fort économique en période de récolte, mais coûte cher le reste de l'année), on se débrouille, mais il faut travailler dur. »

Une sorte de « révolution verte » du café, qui débute à la fin des années 60, s'accélère vertigineusement ces dernières années et renforce la concentration. Dès 1950, on sélectionne au Brésil des cafés nains, les *cattura*[1], qui entrent en production à dix-huit mois (et non à quatre ans, comme les arabica et bourbon traditionnels) ; ces cafés nains se plantent beaucoup plus serrés, 5 000 à 10 000 pieds à l'hectare[2], rendent beaucoup plus, de 2 à 5 et même jusqu'à 12 tonnes à l'hectare, et ne nécessitent plus — au contraire — de bananiers en ombrage, à la condition d'y mettre beaucoup plus d'engrais.

Rien que des avantages à première vue, même engouement que pour les blés et riz de la révolution verte à ses débuts, au Mexique et en Inde. Sur les sols recouverts de cendres volcaniques, entre 1 200 et 1 800 mètres d'altitude, le café trouve, sur les pentes occidentales de la Cordillère centrale de Colombie, son vrai climat, son meilleur milieu d'élection. Mais les fortes pentes et les sols de cendres sont tous deux très

1. Et *mundo novo,* moins répandu.
2. Suivant que l'on plante à 2 mètres sur 1, ou 1 sur 1.

favorables à l'érosion. Les arbres et les bananiers d'ombrage y paraient, jusqu'ici, très largement ; mais le cattura n'en veut plus. On le replante plus souvent, plus serré, et tout cela favorise une très forte érosion, qui *détruit les sols à vive allure*. Les mesures de conservation du sol, que recommandent justement les techniciens, sont hélas fort peu suivies.

La replantation plus serrée coûte beaucoup plus cher, et il y faut beaucoup d'engrais. Poussé dans cette voie par les agronomes des cafeteiros, le petit paysan est vite endetté. Celui qui ne s'en sort pas, souvent le plus petit, fait faillite et doit vendre. Le bananier d'ombrage, en le nourrissant, lui donnait une solide base, une assurance alimentaire ; mais le voilà qui disparaît et, de ce fait, la malnutrition augmente.

Au Centre de recherche du café, l'économiste commence par nous réciter la litanie officielle : « La grande majorité des caficulteurs sont de petits producteurs. » Quand nous lui demandons la répartition non plus du nombre de producteurs, mais de la surface cultivée, alors la situation réelle reçoit un nouvel éclairage, que l'on cherche à dissimuler. Les 230 000 producteurs de moins de 4 hectares en ferme « familiales » ou plus souvent « sous-familiales » sont certes la grande majorité, mais ils ne cultivent pas 30 % de la surface, soit un peu plus de 300 000 hectares. Les 7 000 producteurs dépassant 20 hectares, en revanche, cultivent le quart de la surface, et font environ le tiers de la production. Le reste est en fermes moyennes, 5 à 20 hectares. Cette concentration ne cesse de s'accentuer : même avec le riche café, *la ruine du paysannat*, du petit cultivateur, condamné par les puissants à se prolétariser, *s'accélère dans toute l'Amérique latine. Ruine des hommes et destruction des sols, menées en parallèle*[1].

Alors le tableau s'éclaire. Celui qui possède 10 hectares de café ne vit plus sur sa terre, mais en ville, laissant sur place son

---

1. Rappelons un titre : *Paysans écrasés, Terres massacrées*, René Dumont, Paris, Robert Laffont, 1978.

régisseur. Les urbains achètent de plus en plus les plantations paysannes. Mais celui qui possède moins de 3 hectares, qui de plus n'a que peu ou même pas de cattura, ne peut généralement pas vivre de sa seule plantation. Il doit chercher un complément de revenu en salaire et le voici semi-prolétaire, sur la pente descendante. Le fameux « pouvoir irrigateur du café », en fait, irrigue toujours les mêmes.

De 1975 à 1977, c'est la « danse des millions » chez les gros producteurs. La guerre en Angola et surtout les gels de juin 1975 au Brésil font monter les cours, qui culminent, en 1977, jusqu'à 3,30 dollars la livre anglaise[1]. Cette *bonanza cafetera* va surtout profiter aux gros producteurs et à la Fédération des Cafeteiros qu'ils dirigent, ce qui accroît son poids politique. Elle enrichit aussi les exportateurs privés, qui vendent surtout vers les États-Unis en période de hauts cours, mais passent volontiers la main à la Fédération quand ceux-ci baissent.

Cette Fédération domine de larges pans de l'économie colombienne, en soutenant la Caisse de crédit agraire, la Compagnie de navigation fluviale et surtout la Flotte marchande grancolombienne, avec ses vingt-huit navires et ses dix-neuf lignes de navigation « qui touchent presque tous les ports du monde ». Puis, elle crée ou soutient une compagnie d'assurances et d'investissement, une industrie d'engrais, des installations de stockage ; et, enfin, une banque qui lui appartient en propre, le Banco Cafeteiro. Avant les éleveurs, les cafeteiros sont donc les « vrais maîtres » des campagnes colombiennes. Mais nous retrouverons en ville de plus grands maîtres encore.

Dans la grande région du café, sur les pentes de la Cordillère centrale qui descendent vers la vallée du Cauca, la Fédération a réalisé un gros travail d'assistance technique et

1. 454 grammes.

145

poussé à la diversification de l'agriculture[1], pour éviter que des montagnes de café ne provoquent l'effondrement des cours, descendus autour de 1,20 dollar (et c'est un dollar de moindre valeur) la livre à l'été 1980 et jusqu'en 1981. Ce royaume du café, il est vrai, est quadrillé de plus nombreuses routes, adductions d'eau, écoles et dispensaires que le reste du pays.

Est-ce à dire que les ouvriers en ont profité ? Les permanents sont rares, on préfère les équipes qui se paient à la journée : 180 pesos par jour, soit 1 100 pesos par semaine (100 francs). Quant aux régisseurs en charge de la propriété, quelle que soit la récolte ils ne reçoivent que leur salaire (environ 1 800 pesos par semaine). Même leurs enfants ont le masque de la malnutrition. Facile de faire de l'argent en Colombie : bonnes terres (qui se valorisent), récoltes superbes, on ne paie guère les employés responsables de tout, l'Eldorado. Les salaires cependant sont moins misérables dans la zone du café que dans le reste du pays et permettent de manger à une faim... relative. Le grand moment, et le plus cher, pour le patron est celui de la récolte, assez bien payée mais de courte durée. Les plants sont petits et très chargés, mais ils sont très serrés et sur des pentes extrêmement abruptes, rendues très glissantes par de fréquentes pluies. A cette époque de récolte accourent les sous-employés venus des quatre coins du pays.

On raconte que certaines familles (qui ont beaucoup d'enfants) peuvent gagner assez en deux mois pour vivoter le reste de l'année ; que certains qui ont un emploi « honorable » n'hésitent pas à arrondir ainsi leur budget médiocre, profitant de l'incognito du foulard rouge que les récolteurs se mettent sur le bas du visage. Mais la majorité d'entre eux est formée d'équipes volantes. « Une calamité », se plaignent les

---

1. Vers les fruits, les légumes, les cultures vivrières ; on conseille même le ver à soie, ce qui me laisse hésitant.

gens des hauts plateaux. « Les équipes de la côte nous arrivent avec tous leurs vices, boivent à outrance, se droguent, violent les filles, amènent des maladies honteuses dans les villages honnêtes et vertueux[1]. » Les gens des hauts plateaux, froids et austères, n'aiment guère ceux de la côte, plus expansifs et débraillés. Toutefois, mis à part le chauvinisme et l'hypocrisie vertueuse, la récolte pose de grands problèmes. Une plantation de plus de 100 hectares qui emploie 200 ouvriers permanents doit en recruter 2 000 temporairement, les loger, les nourrir. Ce qui limite la taille des exploitations. C'est le revers de la médaille...

Nous avons parcouru le royaume du café, de Pereira à Manizales, d'Armenia à Chinchina, des plantations luxuriantes aux bidonvilles boueux. A Chinchina, nouvelle capitale du meilleur café du monde, les « gamins » faméliques essayent de cirer les chaussures, dans le restaurant populaire, tout en lorgnant les assiettes pour se précipiter y manger les restes. Mais ils ont des écoles, paraît-il. Le pouvoir irrigateur du café.

### 9. Florenzia : capitale du Caqueta pré-amazonien

Pour le paysan sans terre et sans argent qui ne veut ni échouer dans les ceinturons de misère ni s'exiler au Venezuela, il reste une solution : la colonisation. Fortement encouragée par l'Institut de la réforme agraire comme moyen d'éviter une véritable réforme : on repousse la frontière agricole. La nouvelle frontière, la plus importante, c'est le Caqueta, la plus méridionale des provinces au-delà de la

1. Au XVIIᵉ siècle, les cultivateurs de notre Champagne disaient déjà : « Avec putains et larrons nous faut faire nos moissons. » On pense aussi aux vendanges languedociennes, mais la machine à vendanger va accroître notre chômage.

Cordillère occidentale, dont les vastes plaines font partie du grand ensemble amazonien, que nous retrouverons au nord du Brésil. Le principe est le même : sur la défriche de la forêt, on établit d'immenses prairies naturelles, qui se révèlent vite d'une pauvreté extrême.

Après avoir franchi deux cordillères, descendu une route abrupte et dangereuse, on arrive à Florenzia, capitale du nouveau Far West colombien. La vie est dure pour les colons, mais, à la différence du Brésil, la violence n'est pas la règle. On ne les tue pas — pas encore du moins — pour s'approprier la terre qu'ils ont défrichée, à la sueur de leur front. Le Caqueta n'a pas encore été pénétré par le capitalisme, seulement par les latifundiaires. Ils s'empressent de racheter les terres gagnées sur la forêt par des colons qui, la défriche réalisée, n'ont pas toujours de quoi susbsister. Ils doivent alors vendre et s'enfoncer plus loin — loin des routes, des services, loin de tout — pour défricher à nouveau : une vie de galérien, que la famille doit partager.

Ici la violence est d'une autre nature : le Caqueta est un foyer de guérilla. A notre arrivée sur l'aéroport de fortune, nous avons été accueillis par les commandos de répression, mitraillette au poing, et le lendemain réveillés aux aurores par la fanfare militaire qui, sans doute, essaie de stimuler le patriotisme des foules. Depuis le temps que cela dure, celles-ci n'y prêtent guère attention. Guérilla et répression sont devenues routines. Nous verrons arriver les renforts — Land-Rover et camions flambant neufs — et entendrons les commentaires blasés : « Tiens, la répression nous arrive ; pour ça on trouve toujours de l'argent[1], pour l'agriculture, c'est une autre affaire. Ça n'intéresse pas le gouvernement. » Le chiffre des forces en présence est inconnu : on parle de 25 000 militaires qui ne peuvent venir à bout des 2 000 ou

---

1. Le budget répression (armée-polices) dépasse ceux réunis de l'éducation, de la santé et de l'agriculture.

3 000 guérilleros du FARC[1] (ce ne sont que des évaluations). Ceux-ci sont en majorité des ruraux que rejoignent parfois les paysans marginalisés, désespérant de s'en sortir par un travail même acharné... Pour pouvoir vivre en paix, la plupart des colons consentent à leur verser une dîme régulière.

Les sols sont pauvres dans le Caqueta, les conditions de travail difficiles et les transports très coûteux. Il fallait couramment 10 hectares, et parfois 20, pour mal nourrir un bovin, notamment du fait d'une carence quasi totale des sols en phosphate (et aussi en calcium, zinc, cuivre, manganèse ; excès par contre en fer, aluminium et magnésium : bien des problèmes). Il tombe plus de 2 mètres de pluie par an, et la sécheresse ne dure pas plus de trois à quatre mois, ce qui augmente le lessivage, l'appauvrissement des sols. Pour amener si loin, en franchissant une ou deux cordillères, des engrais déjà si coûteux à la porte des usines, ce ne serait pas rentable.

L'INCORA a cependant facilité, après 1965, l'implantation de quelques fermes moyennes. Mais cette colonisation n'aurait pu peupler le pays avec la si faible densité d'une bête pour 10 hectares, et souvent un travailleur pour 300 à 500 bêtes, soit un travailleur pour 30 à 50 kilomètres carrés. Une plantation INCORA de palmiers à huile a été établie : elle ne donne que de faibles rendements, car il n'y a guère que 1 200 heures de soleil par an, et cet *Elaeis* ne rend vraiment qu'avec 1 800 heures. Ici et là, les colons ont planté de petites parcelles de cacao : peu de chose. Sur les pacages, le manque de phosphate réduit le rendement laitier et le taux de reproduction : avec 100 vaches, on obtient à peine 45 veaux par an, donc 45 lactations. Si l'apport d'aliments concentrés aux vaches et celui de phosphate aux prairies sont bien trop coûteux si loin de tout, les techniciens de l'usine laitière ont

1. Forces armées révolutionnaires colombiennes : c'est le « bras armé » du parti communiste.

appris aux éleveurs à mélanger au sel, déjà distribué au bétail, un poids égal de phosphate bicalcique qui est ainsi ingéré directement par les vaches. En supprimant une carence aussi vitale, le taux de reproduction est remonté à 70 %. Sur les prairies à flore de graminées grossières, on leur a appris à implanter, à 3 mètres de distance au carré, des boutures de *Brachiaria decumbens*[1] qui, en quelques mois, couvrent tout le terrain et rendent beaucoup plus : on passe alors à une bête pour 3 hectares.

Le paysan descendu des Andes surpeuplées manque de capital. Une fois qu'il a défriché la forêt qu'il s'est attribuée ou qui lui est allotie, il n'a pas d'argent pour garnir ses prairies. Il prend alors du bétail « à moitié », le croît du troupeau étant partagé avec celui qui fournit le cheptel. Mais ce dernier veut de beaux veaux et n'est nullement intéressé à la production laitière dont il ne pourrait contrôler le rendement jour après jour, tandis que les *novillos* se vendent une fois l'an et sont marqués au fer rouge. Marque déposée auprès des autorités. Étant propriétaire du cheptel, il interdit donc la traite des vaches.

Ici encore intervient l'INCORA, qui attribue des crédits du Fonds d'élevage et ne prend comme part pour rembourser le prêt en quinze ans que 35 % du croît, alors que le capitaliste privé prélève 50 %. Mais ce Fonds interdit également la traite des vaches, qui est pourtant le grand facteur d'intensification, car elle accroît l'emploi et la production, et permet de vivre sur une surface beaucoup plus petite, donc de peupler le pays. Mais tous ces capitalistes, privés ou d'État, ne se sont pas dégagés des préjugés du ganadero : ils ne croient qu'à la viande.

Leur attitude n'est nullement conforme à l'intérêt national ou social. Elle a pour résultat, une fois de plus, de freiner la croissance de la production, en défavorisant l'intensification

---

1. Certains agronomes préfèrent *Andropogon gayanus,* plus rustique.

par le lait. Cela oblige la Colombie à importer des quantités croissantes de lait en poudre. Une fois encore, cette soi-disant « politique agricole », du reste mal définie, *accentue le mal-développement*. Elle condamne à la misère et au chômage les paysans en surnombre des Andes surpeuplées qui pourraient s'installer en plus grand nombre ici. Seule une multinationale a compris l'intérêt du lait, pour accroître la matière première alimentant ses usines. Mais elle cherche d'abord à y réaliser le maximum de valeur ajoutée, en transformant ce lait en produits chers, hors de la portée des bourses modestes et donc incapables de réduire la malnutrition populaire.

Certains de ces paysans, manquant de terre sur leurs trop petits minifundia andins ou même totalement dépourvus de terre, ont, pour éviter la prolétarisation urbaine, défriché les pentes abruptes de la Cordillère occidentale, là où la forêt recouvre de riches sols. On peut y cultiver maïs, manioc et bananes. Près des rares routes transversales, il est même permis de vendre quelques surplus ; ailleurs, on peut juste arriver à survivre. Pentes abruptes, très fortes pluies, l'érosion est vite déclenchée. On voudrait bien interdire une culture qui détruit le sol en quelques années et provoque des avalanches de terre barrant les routes, mais, pour ceux qui la pratiquent, c'est tout simplement *une question de vie ou de mort*. La seule alternative serait une réforme agraire, d'une ampleur autre que les timides essais de l'INCORA : elle ne craindrait pas de reprendre aux ganaderos les prés aptes aux cultures qu'ils sous-utilisent.

## 10. Industrie mal-développée : concentration, donc répression accrue

Nous venons d'esquisser quelques aspects d'un véritable drame rural, trop souvent effroyable — et que l'on retrouve dans toute l'Amérique latine, avec des nuances notables, mais les mêmes traits généraux. Les ganaderos colombiens refusent l'accès aux terres labourables du Nord aux fils de paysans andins, trop à l'étroit sur les minifundia de terres froides où leurs pères, moins nombreux, survivaient tout juste, parfois en mettant à la culture du tabac leurs enfants dès l'âge de cinq ans. L'agriculture capitaliste du sucre, du riz, de la banane et du coton ruine et élimine les ex-métayers, les petits paysans et les Indiens des terres les plus fertiles, celles des vallées et des plaines. Si le café occupe encore bien des petits producteurs, les voici menacés à leur tour et chassés un par un par la « révolution verte » du cattura. Tous n'ont pas l'héroïsme de s'attaquer à grand-peine (et à grand-faim et maladie pour la famille) à la forêt amazonienne.

Le problème industriel revêt ainsi pour ce pays une importance essentielle, bien plus grande que pour l'Afrique tropicale, puisque le taux d'urbanisation est ici beaucoup plus élevé. Julio Silvia Colmenares[1] nous montre qu'il y eut en Colombie un fort mouvement artisanal, au début de la seconde moitié du XIXe siècle, mouvement « qui prétendait répéter les processus de l'étape initiale du capitalisme... Notre incorporation au marché mondial, poursuit-il, où nous occupions la position d'une colonie, nous empêcha de convertir

---

1. *Les Vrais Maîtres du pays. Oligarchie et monopoles en Colombie* (en espagnol), Bogota, Fondo Editorial Suramerica. La 5e édition (4 000 ex.) est parue en mars 1980.

nos ateliers en usines. Les commerçants et latifundiaires, la classe alors dominante, s'unirent contre le protectionnisme que réclamaient les artisans. Le libre-échange triomphant nous amena à l'*échange inégal* de matières premières contre des produits manufacturés, vendus à des prix fixés dans la lointaine métropole ».

Les économistes de la CEPAL[1], Raul Prebisch en tête, soulignent que le marché mondial est incapable de développer la périphérie. On conseilla donc, dès 1950, une politique de « substitution des importations » par la fabrication locale des biens de consommation. Mais ce soi-disant développement autonome « dépendait totalement des équipements, de la technique et parfois des matières premières étrangères ». La production industrielle se développa donc horizontalement, dans de multiples secteurs, mais non verticalement, vers la fabrique locale des équipements, des biens de production. Elle a favorisé ainsi et favorise encore chez les riches les excès et gaspillages de la société de consommation du trop célèbre *american way of life,* le paradis sur terre ! Les monopoles locaux, dont certains se constituent dès la fin du XIXe siècle, sont alors renforcés par les multinationales qui viennent souvent s'allier à eux et, en tout cas, ne cherchent pas à les ruiner par une concurrence dont le consommateur aurait pu bénéficier.

Devant l'insuffisance des résultats de cette substitution des importations, on donne alors, à partir de 1970-1973, la préférence au « développement des exportations », avec des multinationales qui courent après la main-d'œuvre bon marché, le *cheap labour* dont se vantaient alors les autorités du Québec. Cette stratégie échoue à son tour à donner du travail productif à la grande majorité de la population « parce qu'elle se développe dans le même cadre qui avait bloqué la stratégie capaliste : *dépendance, monopole* et *latifundisme.* Le secteur

1. Commission économique pour l'Amérique latine des Nations unies.

153

monopoliste, qui continue à retarder un vrai développement, donne des profits excessifs qui sont partagés entre l'oligarchie locale et le capital multinational ».

Colmenares fait alors de ces « vrais maîtres du pays » un tableau très complet, d'où il se dégage que « la monopolisation gagne du terrain et accentue sa domination sur l'économie ». Cependant « survivent des milliers de petits et moyens capitalistes, placés dans les pires conditions de productivité et de concurrence... et qui sont obligés d'intensifier l'exploitation de leurs travailleurs pour payer leur tribut aux requins financiers ». Et il conclut en soulignant les relations entre les bénéfices élevés des monopoles, les mécanismes de fixation des prix et de financement des entreprises, la diminution du salaire réel et la cherté de la vie. Sans oublier « l'union personnelle entre les représentants du grand capital et les hautes charges de l'État ». Quand la loi obligea à « colombianiser » les banques étrangères, les nouveaux actionnaires colombiens étaient d'anciens ministres ou de très hauts fonctionnaires. Tout cela aboutit à un chômage accru, à de l'inflation et même à un endettement croissant, malgré l'afflux des « dollars noirs » de la fenêtre gauche des banques, ceux de la marijuana, de la cocaïne et de la contrebande.

Avec cette concentration, chaque jour accrue, de la terre, de l'industrie, de la finance, une plus grande richesse échoit entre les mains d'un plus petit nombre de privilégiés plus abusifs, plus scandaleux. Misère d'un nombre croissant de paysans sans terre, d'Indiens chassés de leurs réserves et de bidonvillois sans travail. Un tel « désordre institutionnalisé » ne peut se maintenir que par une répression féroce.

Un nouvel exemple nous en est signalé [1] dans la région d'El Pato, à cheval sur les provinces de Huila et de Caqueta, où les

1. *Bulletin* n° 652, 23 octobre 1980, du DIAL (Diffusion de l'information sur l'Amérique latine), 170, bd du Montparnasse, Paris XIVe, qui traduit surtout les documents exprimant les difficultés des opprimés (père Ch. Antoine).

paysans font l'objet d'un harcèlement continuel car les autorités classent la région comme une « zone de guerre ». Les forces armées y interdisent les prêtres, traités de communistes dès qu'ils défendent les paysans. Depuis 1954, les militaires ont incendié leurs cases, ravagé les cultures, violé les femmes et même assassiné des enfants de huit ans. De telles opérations avaient repris à la mi-août 1980. Dès le 24 août, à la suite d'une « opération de nettoyage » contre la guérilla puis de bombardements aveugles sur El Pato, les paysans se sont résolus à fuir en abandonnant cases, bétail et récoltes, donc leurs moyens et raisons de vivre. Une des colonnes, comptant 2 000 paysans, avec femmes et enfants[1], a parcouru en neuf jours 200 kilomètres à pied pour gagner Neiva, capitale du Huila. Le général Rodriguez Boliva, commandant la 9e brigade, a interdit l'approche des voitures et des personnes venues apporter de l'aide, les militaires traitant les paysans d'auxiliaires de la guérilla ou de *va-nu-pieds* !

Le rapport de la commission d'enquête d'Amnesty International, venue en Colombie en janvier 1980, souligne « le contrôle rigoureux de la vie privée et sociale des habitants des zones sous contrôle militaire, les châtiments inhumains et dégradants, le climat de menace permanente et de *terreur,* les tensions, les tortures et l'arbitraire avec lequel les procès sont conduits... Ceux qui ne résistent pas au climat de terreur abandonnent leur terre, seule source de subsistance, ou la vendent à bas prix ». On retrouve ici l'un des traits essentiels de la *violencia* rurale de 1948-1956, qui fut aussi une forme de lutte pour la terre.

Le groupe de chrétiens et de prêtres de Bogota et de Cundimarca qui proteste contre la répression militaire d'El Pato ajoute : « La répression légalisée méconnaît la valeur de

---

1. Avec les autres exodes, il y eut au moins 8 000 « déplacés volontaires », fuyant la répression militaire.

la personne humaine et les droits des humbles... Au nom de la
" sécurité " dont a besoin la classe dirigeante pour orienter
l'économie dans le sens des intérêts du capital étranger, la
Colombie s'est transformée en une dictature de droite, un
régime de force totalitaire, un système d'abus de pouvoir et de
violation des droits du peuple, sur le modèle de l'idéologie
étrangère de la " démocratie limitée de la sécurité nationale[1] ". » La Colombie n'a-t-elle pas pour devise : « Ordre et
liberté » ? A force d'ordre, il ne reste plus grand espace pour
la liberté.

Quel chemin parcouru par une fraction croissante des
chrétiens et du clergé, depuis les premières années de la
*violencia,* en 1948 ! « Quand sont arrivés les hommes de main
et l'armée tuant pour le compte des conservateurs, nous dit
Aprile-Gniset, c'est le curé qui a remis à l'officier la liste des
libéraux » — à tuer, évidemment... « A Tunja[2], on a vu le
padre Millan prendre la tête d'un groupe de détenus de droit
commun, attaquer la maison d'un libéral où il tuera de sa
main la vieille servante et blessera deux fillettes. » Certes,
nous avons encore entendu en Boyaca un curé tonner en
chaire contre Satan, ses pompes et ses œuvres, et prêcher la
résignation, donc l'acceptation d'injustices hurlantes. Mais il y
a curés-chocolat et curés-guérilla. Si beaucoup persistent à
passer leur temps en chocolats mondains, chez les riches,
certains s'en vont rejoindre la guérilla. A l'exemple du martyr
Camillo Torres (qui a sa rue à Bogota, quelle hypocrisie !).

Et pourtant, les mouvements d'opposition, les partis de
gauche, recueillent fort peu de voix aux élections, ne dépassant 10 % que dans une seule circonscription aux législatives
de 1978, et plafonnant à 2 % et 0,5 % pour les deux candidats
aux présidentielles. Les opposants sont divisés entre les divers

1. En 1968, l'URSS invoque, pour la Tchécoslovaquie, la « souveraineté
limitée » des pays du camp socialiste.
2. Fief du conservatisme le plus rétrograde.

partis communistes et leurs alliés, qui n'ont jamais su se réunir, les maoïstes faisant toujours bande à part. Les meilleurs militants aident les guérillas.

Alors intervient, surtout en ville, une autre forme de lutte, celle du M 19, qui s'est rendu célèbre le 27 février 1980, par la prise en otage, dans l'ambassade de la République dominicaine à Bogota, des ambassadeurs et chargés d'affaires de vingt-trois pays, qui furent finalement échangés contre une forte rançon et la libération de nombreux prisonniers politiques, lesquels avaient tous été torturés dans les prisons colombiennes.

Il est intéressant de souligner que ce M 19 propose une *démocratie économique,* le soutien aux petites et moyennes entreprises, industrielles et commerciales, aux paysans petits et moyens, même assez grands. Sans jamais parler de *collectivisation* des moyens de production, ni finalement de marxisme-léninisme. Ses chances de succès total nous apparaissent fort minimes en 1981 (alors que son état-major vient d'être décimé). Cependant, toutes ses actions ont eu un grand retentissement dans une opinion publique excédée par les méthodes actuelles d'un gouvernement qui réussit à faire l'unanimité contre lui.

## 11. A propos de terrorisme

Mais quel espoir y a-t-il pour le M 19 et les autres guérillas ? Depuis 1966, la FARC procommuniste tient le maquis et, en dépit des succès et des appuis divers, la situation paraît stagnante. Toute tentative d'émancipation a toujours été réprimée, ou récupérée. Comme dans bien des pays d'Amérique latine, la grande revendication est surtout le droit à respirer et à manger. Mais, selon le président Reagan, « la lutte contre le terrorisme doit passer avant celle pour les droits de l'homme ». Concept ambigu, car enfin, en Amérique latine, de quel côté se situe le vrai terrorisme ?

Prenons le cas de la Colombie qui, depuis la *violencia*, a plus ou moins vécu en état de siège. Après diverses interruptions, celui-ci a été rétabli en février 1971 « avec, cette fois, comme élément nouveau la volonté manifeste de briser la vague de revendications populaires qui s'étendait à travers le pays », écrit Willy Muri[1]. Ce ne sont plus seulement les agissements de quelques centaines de maquisards et de leurs sympathisants des villes qui sont visés par les cours martiales, mais l'ensemble de l'activité revendicative des syndicats ouvriers, des paysans et des étudiants, ainsi que les brusques mouvements de masse qui traduisent le mécontentement de vastes secteurs de la population à l'égard du régime. Les grévistes et les manifestants populaires ou universitaires[2] se verront dorénavant d'autant plus facilement accusés de participer à des « réunions tumultueuses et non autorisées » que leurs grèves ou manifestations sont systématiquement interdites et réprimées par la force, sous prétexte de l'état de siège, et que la police commence à appliquer les techniques de provocation apprises au cours de stages aux États-Unis[3]. On assiste donc à une escalade de la violence, la répression ne résolvant rien à moyen terme, mais entraînant des mesures de plus en plus sévères. Willy Muri constate que, « dans leur

1. « Démocratie et justice militaire : le cas de la Colombie », *Amérique latine,* n° 5, CETRAL.
2. Dans ce pays où l'Université nationale est fermée régulièrement par l'armée, M^me Falsborda, sociologue estimée et respectée, a été emprisonnée quatorze mois puis relâchée, faute de preuves et sans excuses. Mesure d'intimidation contre son mari — que l'on n'a pas osé garder plus de quelques mois — considéré comme chef de file des intellectuels. La sociologie est fort subversive, surtout si elle est rurale.
3. Depuis 1969, l'US Border Patrol Academy, de Los Fresnos (Texas), enseigne aux policiers du Tiers-Monde les techniques terroristes et de guérilla urbaine. C'est la Colombie qui y a envoyé le plus grand nombre de stagiaires entre 1969 et 1973.

rage répressive, le régime et sa machine judiciaire ne se limitent plus désormais à juger les gens sur leurs actes ». Un décret de 1976 autorise l'arrestation de quiconque sur la base de ses mœurs et habitudes, ou de situations qui « font craindre que l'on puisse commettre un délit » ou qui « permettent de soupçonner que des infractions vont être commises ».

Pour renforcer l'état de siège, dès son investiture, le président Turbay Ayala a institué le « statut de sécurité » (décret de septembre 1978), véritable code de la répression. Face à une telle machine (et machination), on s'explique facilement qu'un Latino-Américain opte pour une position radicale et que commence l'escalade de la violence. Effet de spirale qui prend des caractères propres à chaque pays, mais qui a ses racines dans la même idée fixe : maintenir au pouvoir une classe dirigeante qui voit dans toute redistribution son arrêt de mort.

Champion des mesures efficaces, le général Videla s'adressait ainsi à la Vierge [1] : « Toi, la Bienveillante, accepte notre supplication : veille toujours sur notre patrie et sur toutes les familles argentines pour qu'en leur sein l'ordre établi par Dieu soit respecté et vénéré en nous délivrant de sa dissolution et de ses fruits amers. Protège-nous aussi de la désagrégation qui commence par le manque de foi et qui se poursuit par le manque de respect envers la vie, don du créateur. Délivre-nous du fléau de la violence et de la haine sous toutes leurs formes, afin que les jeunes générations puissent se former dans la rectitude, conformément aux vertus humaines les plus nobles et aux caractéristiques spirituelles de nos racines argentines. »

A cette envolée lyrique, nous opposerons prosaïquement le chiffre record des disparitions, la torture dont l'Argentine est

---

1. Pour la clôture du Congrès marial national, 12 octobre 1980, cité dans le *Bulletin* du DIAL, n° 658.

le grand spécialiste (au point d'exporter ses « experts »). Quant à l'ordre établi par Dieu... Il semblerait que, quatre cent cinquante ans après, dans toute l'Amérique latine, l'esprit de la conquête soit toujours vivace.

En *Bolivie,* la mafia des stupéfiants au pouvoir a fait assassiner des centaines de gens, sans parler des « disparitions » et des emprisonnements arbitraires. Au *Guatemala,* l'hécatombe est devenue quotidienne et règne la terreur d'une droite si extrémiste que tout ce qui ne lui ressemble pas est jugé subversif. C'est cette même droite qui a martyrisé le pauvre *Salvador,* et assassine indifféremment gens de gauche, missionnaires, défenseurs des droits de l'homme, paysans, femmes et enfants en proclamant qu'il faudrait exterminer 100 000 personnes de plus pour avoir la paix. Au rythme où elle va, elle risque d'y arriver. En *Argentine,* les militaires ont déclaré que l'attribution du prix Nobel à Perez Esquivel était « une offense inacceptable envers la dignité du pays ». Il n'y a pas si longtemps, on tolérait un Somoza, grand pourfendeur de « terroristes » et dont la milice spéciale avait pour mot d'ordre : « Nous sommes des tigres et nous nous abreuvons du sang du peuple[1]. » Tout ce beau monde en défense de l'Occident chrétien. Quant à ceux qui, piégés dans ce manichéisme, regardent automatiquement du côté de Cuba ou du Nicaragua, ils seront traités de « communistes ». M. Reagan trouvera sûrement des affinités en cette partie du monde, et une grande identité de vues. Aussi a-t-il choisi une politique de droits de l'homme « flexible » !...

Fini le temps de ce pauvre Carter qui osa critiquer le non-respect des droits de l'homme en Amérique latine. Son successeur est cohérent dans le manichéisme : il ne parlera que des droits de l'homme en Union soviétique. Depuis le

1. Le premier geste du gouvernement Reagan a été de couper l'aide aux sandinistes pour accroître les fournitures militaires et l'aide économique au Salvador où dominent toujours les « quatorze familles » qui ont eu vite fait de saboter la réforme agraire.

21 janvier 1981 — entrée en fonctions de Reagan —, le monde est redevenu simple et clair, ce qu'il n'aurait jamais dû cesser d'être, et l'homme des westerns nous a rendus à la simplicité du bon et du méchant, du Blanc héroïque contre l'affreux Indien, qui avait l'impudence de défendre sa terre, son mode de vie et — ô dérision — sa liberté.

« Tout cela va éclater, exploser, nous disait un intellectuel colombien. Personne ne sait quand, ni surtout comment, mais j'essaierai de finir mon travail avant. Puis je m'en irai mourir en Europe, parce qu'ici ils ne me laisseront pas mourir. »

# TROISIÈME PARTIE

# BRÉSIL

**Développement sauvage
et fascisme ordinaire.**

# 1. L'esclavage modernisé

Le senhor Francisco, air débonnaire, moustache de séduc-
teur et feutre mou sur l'œil, est un grand *fazendeiro*[1] de sucre,
dans ce Pernambouc qui vit de la canne depuis quatre siècles,
cette plante mangeuse d'hommes, la « canne anthropophage » de Josué de Castro. Depuis quatre cents ans, sa
famille a gardé entière la terre concédée à ses ancêtres par la
couronne portugaise. Le senhor Francisco en est fier :
« Même si je suis avocat à Recife, dit-il, je vais à la *fazenda*
une fois par semaine et mon fils y réside. Pas comme les
voisins qui viennent de temps en temps y faire du tourisme. »
Il ne veut pas qu'on le confonde avec les autres fazendeiros.
Dans cette région de latifundisme pourrissant qui n'a jamais
connu que l'esclavage, le servage ou l'exploitation systématique, il se veut l'exception, le grand propriétaire humaniste :
« Vous comprenez, les ouvriers, ce sont mes frères. » Il
fournit tout, l'école, le dispensaire et même la boutique,
« pour éviter qu'ils ne soient exploités par un intermédiaire,
comme dans les autres fazendas ». Il paie même un peu plus
qu'à Recife, la capitale de l'État, 3 900 cruzeiros par mois[2].

1. *Fazendeiro* : gros agriculteur. *Fazenda* : la grande ferme.
2. En août 1980, 58 cruzeiros font 1 dollar, 14 cruzeiros valent 1 franc.

Contrairement aux autres propriétaires, il a donné aux employés-frères le droit de cultiver autour de leur maison, mais, constate-t-il, « ils achètent tout, ils n'aiment pas planter, ces gens préfèrent les loisirs ». Quand ils se sont échinés toute la journée dans les champs de canne où tout le travail se fait à la main... « Et la fin de semaine, ils boivent horriblement », se plaint-il. Mais qu'ont-ils d'autre à faire, ils n'ont nulle part où aller ! Le senhor Francisco ne déteste pas un petit coup non plus, mais ces ouvriers, quand même...

Nous partons dans la plantation. Hommes et femmes plantent les boutures de canne dans un sillon ouvert à la houe. Plus loin, un homme sans âge coupe des tiges de canne pour faire les boutures. Son petit garçon l'aide à la machette, sans âge non plus. Dans son regard mort, il y a soudain quatre siècles de malnutrition et d'asservissement. Sans mot dire, ils nous tendent un morceau de canne à mâcher. Ils ne nous ont pas vus, la distance est trop grande.

Le majordome mulâtre arrive à cheval, pour faire ses dévotions au maître. Il porte un pistolet au côté : « Ça fait plus homme », dit-il à travers un sourire édenté. « Moi aussi, j'ai toujours une arme », renchérit Francisco, bonasse. « Ici on aime bien... »

Plus loin, nous croisons quelques habitants de ce paradis, les somnambules de la canne. Pas un ne saluera le « frère » ni même ne le regardera ; et lui, tout content, à la sortie : « Vous avez sûrement remarqué l'air particulièrement heureux de tous ces gens. Ils vivent sans problèmes. »

Grand mythe de la convivialité, cher aux Brésiliens, qui continuent à vivre sur un passé inventé. Le célèbre abolitionniste Joaquim Nabuco écrivait déjà au XIXᵉ siècle : « L'esclavage est partout le même. Ce ne sont pas les maîtres qui sont bons, mais les esclaves qui finissent par se résigner et abdiquer toute personnalité. » Mais nous sommes en août 1980 et, depuis le 13 mai 1888, il est bien connu que l'esclavage a été aboli au Brésil. Avec le « progrès », le « miracle » et le reste, les notions d'esclavage et de misère se sont modernisées. On parle désormais de « prolétarisation », « marginalisation », façon élégante de désigner une réalité qui se dégrade de plus en plus. Car, au fond, l'esclave était comparativement un bienheureux : il représentait un capital et le patron le nourrissait certainement aussi bien que ses vaches[1]. Aujourd'hui, le Nordestin n'a plus de valeur marchande. Pour un qui craque, il y en aura cent, affamés, avides d'un salaire de misère, qui s'en iront vendre leurs bras.

Le Nordeste s'est modernisé : les serfs ne résident plus sur la plantation, ils sont maintenant libres. Libres de s'entasser dans les *favelas* rurales (bidonvilles) qui surgissent autour des petites villes de l'intérieur (les campagnes se favellisent, signe de modernisation) ; libres de se vendre comme « clandestins » à la journée, à la semaine ou au mois à quelque *gato* (« chat » : intermédiaire avec camion) cupide qui écume la région et ira les « revendre » plus loin. En ces temps de capitalisme sauvage, le Nordeste est plus que jamais l'énorme réservoir de main-d'œuvre, « l'armée de réserve du travail » des miséreux, dont la seule chance de survie est d'accepter leur rôle de parias du développement.

Ces Nordestins braves et travailleurs, mais conditionnés physiquement et intellectuellement par une faim chronique, nous les retrouverons partout : agglutinés autour de Sao Paulo, ils seront *boias frias* (les gamelles froides), ouvriers agricoles salariés à résidence urbaine (entendez qu'ils végètent dans un bidonville insalubre). C'est encore leurs visages couverts de poussière que nous croiserons, femmes et enfants surtout (car on les paie moins), entassés dans les camions des plantations de canne autour d'Araras (État de Sao Paulo). Ce

1. Robert Linhart, dans *le Sucre et la Faim* (Paris, Minuit, 1980), une description exemplaire de la faim du Nordeste, rapporte qu'un esclave portait un sac de 80 kilos de sucre. Le poids fut ensuite réduit à 60 kilos. On vient de l'abaisser à 50, les nouveaux « esclaves » n'ayant plus la force des anciens.

sont eux qui, devenus *volante,* s'empilent dans les *pau de arara* (perchoir à perroquet) qui sillonnent, brinquebalants, tout le pays, en quête d'une récolte à faire. Ils finissent parfois dans les fossés. Ce sont eux enfin qui s'enfoncent dans l'Amazonie pour défricher une terre que leur prendra un grand propriétaire, et s'en vont mourir de malaria au cœur de la forêt faute d'assistance médicale. Le Brésil n'a jamais regardé au coût humain.

« Ça, c'est le deuxième Brésil », vous diront avec dégoût les gens de Sao Paulo, les faiseurs d'argent, les fanatiques de la croissance qui n'aiment guère que des étrangers leur parlent du Nordeste, le parent pauvre, l'idiot honteux qu'on cache dans le placard, et qu'on déteste dès qu'il se montre. De quoi vous gâcher le miracle ! Mais ce fameux miracle brésilien qui a fait rêver le Tiers-Monde, les Nordestins ne s'en sont jamais aperçus, sauf de loin, quand ils se sont aventurés dans Sao Paulo, l'Amazonie de béton, le vampire monstrueux qui draine toutes les énergies du pays. Cela ne les concerne pas, ne sera jamais pour eux qui, comme 80 millions de Brésiliens, ont fait les frais du miracle. Brésil 1980 : 118 millions d'habitants, dont 40 millions de consommateurs, selon un rapport rédigé pour le compte des multinationales. Les autres ? Ils sont autorisés à stagner dans leur malnutrition, leur analphabétisme, enlisés dans la culture de leur misère, vivant — ou survivant — en fonction du lendemain. « Manque d'éducation », se plaignent hypocritement les élites et autres « miraculés ». Répétés depuis tant d'années, ces clichés ont fini par devenir réalité. Comme cette légende des deux Brésils, si commode pour la bonne conscience. Il est confortable de ne pas voir le lien entre la richesse des uns et la pauvreté des autres...

« Nous allons vers une génération de nains[1] », constate le professeur Nelson Chaves à la fin d'une longue carrière à

---

1. Cité par Robert Linhart, *ibid.*

l'Institut de nutrition de Recife. Tant de misère entretenue, tant de faim accumulée sur des générations ont fini par rapetisser les Nordestins, dont le cerveau lui-même ne se développe pas normalement. Sous-hommes fabriqués par la faim et la cupidité. Tandis que les élites de Sao Paulo ou de Brasilia se gonflent de la faim et de l'exploitation des autres, de même que les « développés » vivent de la faim du Tiers-Monde. Le Nordeste est le Tiers-Monde du Brésil. Son sous-développement n'est pas une stagnation persistante, mais le produit de ce que d'aucuns appellent « développement » et qui n'est qu'une croissance inégalitaire [1].

« Le Pernambouc, comme tout le Nordeste, se trouve vis-à-vis du sud du Brésil dans la même position qu'un pays du Tiers-Monde face à un pays industrialisé, affirme un économiste de Recife. Il est envahi par les produits manufacturés qui l'empêchent de développer son industrie. Son agriculture traditionnelle est étouffée par une agriculture plus moderne et " technifiée ". Il n'a que sa main-d'œuvre à bas prix, qu'il exporte massivement. Il y a cependant une différence fondamentale : c'est qu'un pays peut élever des barrières douanières, une région ne le peut pas. A moins, bien sûr, de penser en termes d' " économie planifiée ". Mais c'est là, depuis quinze ans, une expression considérée comme subversive au Brésil [2]. »

---

1. Nous verrons plus loin que les projets de développement du Nordeste profitent d'abord aux privilégiés de Sao Paulo et ne font que prolétariser un peu plus la grande majorité des Nordestins.
2. Cité par Thierry Maliniak dans *le Monde* du 15 octobre 1980. En fait, l'économie est planifiée, mais par le capital et dans son intérêt.

## 2. Le mal-développement commence tôt :
sucre, or, café, caoutchouc... et automobiles

Les conquérants portugais du xvi^e siècle n'ont pas trouvé au Brésil une civilisation indienne (donc une résistance) comparable à celle du Mexique et du Pérou, mais des tribus dispersées, vivant presque au néolithique (un peu de culture, associée à la cueillette, la chasse et la pêche). Ces sociétés étaient et restent si égalitaires que les « civilisés » jugeant cet égalitarisme comme un signe de sauvagerie ne les admettront pas tant qu'ils ne nous imiteront pas. Ce qui constitue, nous disent Robert Jaulin et Pierre Clastres, un véritable *ethnocide*, qui est souvent aussi un génocide.

Du 8 au 14 octobre 1974, des représentants de onze « nations indigènes » (Indiens) du Brésil, de l'Argentine, de Bolivie, du Paraguay et du Venezuela, se réunirent au Paraguay. De leurs conclusions, nous extrayons cette déclaration : « Quand ils débarquèrent en Amérique, les colonisateurs trouvèrent des terres fertiles, des hauteurs riches en bois et en peaux animales de valeur, des mines immensément riches en or, argent et autres minerais précieux... Nous cultivions nos terres et travaillions en communauté. Aujourd'hui, nous travaillons dans nos terres à nous, mais pour les autres : patrons, missionnaires, organismes publics. Ce sont les patrons qui emportent le résultat de notre travail... Si le chef ou le patron se lève du pied gauche, il nous renvoie. Il n'a pas intérêt à voir l'Indien s'instruire ou se cultiver ; on dirait que l'Indien *n'a pas le droit d'être humain.* »

Les envahisseurs européens vinrent d'abord écrémer les forêts, exploitant le seul *pau-Brésil,* un bois précieux donnant une belle teinture rouge. Ce pillage (pour teindre nos calicots et nos œufs de Pâques !) était déjà tout le contraire d'une

« mise en valeur ». La Couronne, pour fixer une agriculture, attribua d'énormes concessions foncières, *capitanias* et *sesmarias,* créant ainsi une économie latifundiaire orientée vers l'exportation du *sucre,* déjà très recherché. *Elle établit, dès le départ, une société totalement différente du modèle indien et foncièrement inégalitaire.* On eut pourtant l'audace d'appeler « civilisation » cet ethnocide et même de parler d'évangélisation ! Nous venons de voir que les inégalités persistent et s'accroissent, et nul ne sait quand cela prendra fin.

La main-d'œuvre locale, esclavagisée, n'aimait guère ce travail forcé. Elle vivait bien mieux et à son gré en économie à dominante de cueillette, avec, certes, des aléas de la nature, mais pas d'exploitation. On fit alors venir d'Afrique l'esclave noir, pour produire plus de sucre : enrichie par l'or espagnol, l'Europe en réclamait des quantités croissantes.

Dans *les Noms de la tribu*[1], Conrad Detrez rappelle une histoire que les Brésiliens ont minimisée : « Dès 1590, peu de temps après leur déportation, des groupes d'Africains déjà se révoltent, fuient les plantations et gagnent la forêt... La république de Palmares, qui compte 30 000 habitants répartis sur un territoire égal à celui de la Belgique, aux confins des actuels États d'Alagoas et de Pernambouc, résista pendant près de cent ans aux assauts des troupes de la colonie... L'histoire officielle jette le voile sur la cruauté des expéditions punitives. » Cruauté qu'oubliera de rappeler Gilberto Freyre, qui veut faire croire à l'accord harmonieux des races en l'absence de conflits sociaux.

Dès le XVII<sup>e</sup> siècle, la Hollande occupe quelque temps (1629-1654) une moitié des fazendas sucrières. Les Antilles anglo-franco-hollandaises prennent alors la tête de cette production. Au même moment, le Portugal, redevenu indépendant de l'Espagne avec l'aide de l'Angleterre, concède à celle-ci des avantages économiques croissants, qui culmine-

1. Paris, Le Seuil, 1981.

ront avec le traité de Methuen (1703). Pour vendre son porto, le Portugal s'interdit à peu près toute industrie concurrente avec l'Angleterre, sous la dépendance de qui il s'est placé.

Colonie d'une quasi-colonie, le Nordeste s'enfonce dès le xvii<sup>e</sup> siècle dans une *décadence* dont il ne s'est *jamais relevé*; malgré quelques timides retours de flamme, grâce aux guerres de Napoléon (riz-coton) et à la guerre de Sécession (coton), mais les esclaves et les pauvres n'en ont jamais profité.

Au xviii<sup>e</sup> siècle, c'est la fièvre de l'*or* qui relaie le sucre et enrichira quelque temps le Minas Gerais, surtout de 1740 à 1760. Une fois encore, cette « fièvre » se termine en décadence. L'or vite épuisé, le Minas va sombrer à son tour et les colons qui restent sur place sont vite réduits à une bien pauvre économie de subsistance. Dans le Nordeste en revanche, on prolonge aujourd'hui encore l'agonie de la canne. Ce sucre de Recife, capitale du Pernambouc, avait développé dans l'arrière-pays, agreste et *sertao,* un élevage de bétail bovin qui lui fournissait l'énergie des bœufs, la viande et la graisse. Le Minas avait grand besoin de mulets de transport. Voici donc que s'épanouit un autre grand responsable du *mal-développement rural,* du chômage et de la malnutrition persistante, que nous avons déjà rencontré au Mexique et en Colombie. Il s'appelle ici fazendeiro d'élevage extensif de viande bovine.

Le *café* déclenchera, à partir de 1820, un autre accès de fièvre, plus au sud, en remontant d'abord, de Rio vers Sao Paulo, la vallée du Paraïba. On y reconnaît encore l'emplacement des anciennes caféières à leur végétation rabougrie, sur des terres ruinées, érodées, dont il eût été pourtant aisé de maintenir et même d'accroître la fertilité. Le péon devenu planteur préfère l'agriculture « minière [1] » et va exploiter « à l'ouest » des terres « vierges ». Autour de Londrina, il trouvera les sols basaltiques — *terra rossa legitima* — d'une

1. Exploitant la fertilité originelle des terres comme on le fait d'une mine.

fertilité inouïe. J'ai déjà expliqué [1] qu'une plantation n'y coûte rien à son propriétaire. Il confie la forêt acquise à un entrepreneur de plantation, le *formador*, à qui il ne concédera que des avances remboursables. Celui-ci se rémunère de son travail par la vente du bois, puis le produit des cultures intercalaires pratiquées entre les jeunes cafés, enfin avec les premières récoltes dudit café, de la quatrième à la sixième année de plantation. Où trouver, ailleurs dans le monde, des plantations si coûteuses en travail, ainsi établies sans le moindre débours ? Quant aux paysans africains du café, à part les pentes des grands volcans, ils trouveront chez eux, au siècle suivant, des conditions naturelles bien plus difficiles.

L'économie domine toujours la technique. Le café atteint un maximum relatif au début de ce siècle. Vers 1920, le Brésil récolte les trois quarts de la production mondiale, mais la consommation ne suit pas. Dès 1900, le café restant un demi-luxe, la « surproduction » relative amène l'effondrement des cours ; celui-ci se reproduira de façon plus grave avec *la grande crise* (*1929-1938*). L'économie de marché, dont nous ne savons pas encore sortir, incite à la solution la plus stupide, la destruction de dizaines de millions de sacs (60 kilos) de café, jetés dans la mer ou brûlés dans des locomotives qui marchaient encore au bois. La dette extérieure augmente déjà la *dépendance* du pays à l'égard des banques étrangères, succédant à la donation de la métropole. Très marquée dès le XIXᵉ siècle, elle n'a jamais cessé depuis et ne semble nullement appelée à disparaître : ce n'est pas Delfim Netto, artisan du « miracle » brésilien, qui nous contredira ! Cette dette est une nouvelle forme de protectorat néo-colonial. Colonisé ou « indépendant », *jamais le Brésil n'a été le vrai maître de son économie.* Le capital étranger, britannique, puis nord-américain et maintenant multinational, domine toujours la situation. Peu avant 1964, Celso Furtado pensait, dans *le Brésil à*

1. *Terres vivantes,* Paris, Plon, 1961 et 1976, p. 65-69.

*l'heure du choix*[1], que le développement « avait permis le transfert, à l'intérieur de nos frontières, des principaux centres de décision de notre vie économique ». Le coup d'État militaire allait arrêter un tel transfert — si tant est qu'il eût été possible.

Entre-temps était survenu un autre accès de fièvre. A partir de 1880, les besoins mondiaux croissants de caoutchouc vont attirer dans la grande forêt amazonienne un demi-million de Nordestins. Ces *seringeiros* iront saigner les *hévéas spontanés*, très dispersés dans la forêt. Dépendant des commerçants-usuriers qui les ravitaillent à crédit, ils n'y feront jamais fortune ; beaucoup y laisseront leur vie. Mais les commerçants en gros et les exportateurs de ce précieux caoutchouc y font de rapides et grosses fortunes. Manaus et Belem vont, après tant d'autres, se *mal-développer* très vite, pour s'effondrer aussi rapidement — encore une décadence — quand les *plantations* de Malaisie, de Ceylan et de Sumatra (plus tard d'Indochine) produiront à bien meilleur marché.

Ici aussi, ici encore — on dirait que l'histoire se répète —, une fois la fièvre passée, les pauvres vont retomber dans une misère d'autant plus durement ressentie qu'ils en étaient parfois sortis — ou avaient eu l'illusion d'en sortir — durant quelque temps. Nous conclurons cet essai par l'histoire de la dernière « fièvre » amazonienne, qui nous paraît déjà inquiétante.

Les richesses, les plus-values du Brésil colonial étaient donc en bonne partie prélevées par la métropole portugaise, qui en faisait surtout profiter l'Angleterre. Ce qui y facilitera, avec le pillage de l'Inde et les progrès agricoles autochtones, la révolution industrielle (1780), qui a changé la face du monde ! Une autre partie de l'or se retrouve encore dans les dorures des églises d'Espagne et d'Amérique, du Mexique à Ouro

1. Paris, Plon, 1964.

Preto et à Salvador de Bahia au Brésil, où l'église de Sao Francisco évoque la caverne d'Ali Baba.

Le planteur laissait — laisse encore — ses esclaves ou ses travailleurs dans la misère. Il faisait tout venir d'Europe, incité à cela par la structure de l'économie mondiale qui le classait agro-exportateur. Ceci freinait le développement de l'industrie locale, laquelle démarra trop tard, donc bien plus difficilement. Seul le textile débute au XVIIIe siècle, mais vers 1820 arrivent dans le Sud les colons, surtout allemands, qui établiront enfin une sorte de paysannerie. Puis débarquent, après 1870, les Italiens du café qui seront d'abord fort mal traités. Cependant se dégageront parmi eux et plus tard parmi les Japonais des éléments plus dynamiques. L'argent des bonnes années du café aidera à développer l'industrie, qui bénéficiera ensuite de la Première Guerre mondiale réduisant ou supprimant les arrivages d'Europe. Sur quelles bases d'économie générale ?

Cette industrie surgit après cette série de fièvres passagères, suivies de retombées, de décadences, qui n'ont jamais réalisé un vrai développement agricole. La production d'aliments — les pauvres ne sont guère solvables — et de matières premières à usage local est restée très insuffisante. On a toujours, ici aussi, favorisé les cultures d'exportation : au sucre, café et caoutchouc, ajoutons cacao et coton, et plus récemment le boom du soja, dont une partie ravitaille les Japonais et le bétail français ; son expansion réduit la production des haricots noirs, la protéine de base des pauvres.

Cette structure de développement laisse toujours la plus grande partie de la société rurale dans la misère et le sous-emploi, donc insuffisamment pourvue de pouvoir d'achat pour inciter l'industrie à s'orienter largement vers les articles populaires. Elle satisfera d'abord l'exportation et la consommation somptuaire des riches et des classes moyennes, bien avant les besoins essentiels de l'ensemble de la population.

La mécanisation agricole ne cesse de réduire l'offre d'emplois pour les salariés qui, de permanents, sont trop souvent devenus occasionnels, les *boias frias*. Les petits paysans qui ne peuvent survivre sont trop souvent endettés, ruinés, puis prolétarisés. Ces ruraux sont bientôt en surnombre et n'ont plus ni travail ni espoir sur place. Les voici donc qui défrichent la forêt amazonienne ou partent *en ville*[1], en bataillons serrés. L'*urbanisation,* qui progressait si lentement jusqu'à la fin du XIXᵉ siècle, va s'accélérer de plus en plus, et même s'affoler : elle devient véritablement *délirante.* Le Brésil, qui comptait encore 69 % de ruraux en 1940, recense, quarante ans après, plus de 60 % d'urbains. Rien n'est prêt ni pour accueillir dignement ni pour occuper utilement un tel raz de marée.

Quand nous dénonçons la misère des favelas, le Français « brésilianisé » nous renvoie à Villermé, à la misère ouvrière dans la France de 1840[2], soulignant par là que cette misère est la rançon d'un développement qui finira par l'extirper. Cette fausse analogie est un non-sens total.

Les villes d'Europe occidentale, Grande-Bretagne incluse, se sont développées *après un notable progrès agricole,* suffisant pour éliminer les famines au début du XIXᵉ siècle (l'Irlande faisant exception). Ce progrès agricole permettait de bien ravitailler lesdites villes, plus riches parce que plus exploiteuses. Plus tard, au milieu et à la fin du siècle, la population urbaine en Europe a augmenté en assez bon parallèle avec le développement d'une *industrie* alors peu équipée, donc capable de donner un emploi productif important à la majorité des paysans chassés des villages par le développement d'un machinisme rural alors à traction animale, donc plus modeste.

Au Brésil, au contraire, le tracteur et la « combine » de la fin du XXᵉ siècle accroissent un sous-emploi existant aupara-

1. Et non plus aux États-Unis, comme au Mexique, ni au Venezuela, comme en Colombie.
2. La France vécut auparavant une révolution bourgeoise inconnue au Brésil.

vant sans toujours augmenter la production. Les rémunérations de la main-d'œuvre peu qualifiée restent toujours misérables, aux champs comme à la ville, même longtemps après le développement de l'industrie « moderne ». Celle-ci, très « moderne » dès le départ, ne crée que fort peu d'emplois, et le chômage — l'armée de réserve du travail — permet de maintenir des salaires trop bas et par là freine un vrai développement.

Le secteur tertiaire, dont la croissance est excessive — autre caractéristique du sous-développement — fournira plus de travail, mais jamais assez pour venir à bout du chômage. Ce travail, du reste, est bien plus parasitaire que directement productif ; tout cela ne permet jamais de satisfaire les besoins primaires du peuple.

Sao Paulo était devenue, depuis l'expansion du café, le centre d'une agriculture plus prospère, avec une canne à sucre à rendement double de celle du Nordeste, du coton, du soja, une production laitière notable, une horticulture florissante (souvent japonaise).

« La politique de soutien aux propriétaires terriens permit de *concentrer* dans leurs mains un immense pouvoir économique de type capitaliste... Le transfert, à l'intérieur du pays, du système de spécialisation des activités qui était à la base des relations commerciales avec l'étranger va diviser le Brésil en régions riches et régions pauvres... entraînant une *paupérisation croissante* des régions agricoles, celles du Nord et du Nord-Est surtout[1]. »

Dominant la plus riche agriculture, puis l'industrie, le commerce (avec le port de Santos, bientôt inclus dans la même agglomération) et plus encore la banque et les services, Sao Paulo[2] devint le *pôle de développement* principal du

1. Miguel Arraes, *Le Brésil, le Peuple et le Pouvoir,* Paris, Maspero, 1969.
2. « Sao Paulo ne s'arrête jamais », dit le slogan officiel.

Brésil : pôle qui dirige à son profit, *qui exploite* toute l'économie brésilienne.

Kubitschek, en 1956, décide de bâtir Brasilia, capitale pharaonique, encore plus bureaucratique, donc plus parasitaire et moins productive. La même année, il favorise la création d'une industrie automobile brésilienne, qui va rendre la voiture particulière accessible à un plus grand nombre de Brésiliens et va permettre de réaliser le vieux rêve colonial de Brasilia, capitale de l'auto : symbole par excellence du « développement », à laquelle toute une classe moyenne — flattée par les pouvoirs — aspire désormais. Cette dictature de l'auto ne fera qu'accentuer les inégalités, approfondir le mal-développement. Le fazendeiro colonial vivait très largement, certes, mais l'écart est encore plus grand entre le riche Pauliste (avec résidences multiples, avion privé, yacht, plusieurs Mercedes) et la masse des travailleurs — et plus encore des non-travailleurs permanents — des campagnes et des villes de 1981. Dans toute cette phase, avant comme après le coup d'État de 1964 et sauf quelque peu en 1960-1964, le peuple n'a jamais été consulté ; politiquement, *il n'existe pas.* « Au cours de notre histoire nationale, le peuple fut constamment tenu à l'écart » (Miguel Arraes). Même les rares gouvernements dits démocrates l'ignorent, et le populisme d'un Getulio Vargas (ou d'un Peron en Argentine) le méprise.

Nous voici en 1960 : Fidel Castro à Cuba inquiète déjà les États-Unis, sur le « premier territoire libre d'Amérique ». Aussi Kennedy lance-t-il l'Alliance pour le progrès (« progrès » que, jusqu'alors, l'exploitation yankee avait freiné, ou mal orienté). Il promet — mais ne les donnera pas ! — 20 milliards de dollars[1] à l'Amérique latine si les pays qui la composent cherchent à réduire leurs inégalités, notamment par des réformes fiscales et agraires. En 1962, couronnement des luttes menées par les paysans du Nordeste avec les Ligues

1. Des dollars de 1960, bien sûr.

paysannes de Francisco Juliao, Miguel Arraes, déjà maire de Recife, est élu gouverneur de l'État de Pernambouc. Dans son discours « Le fait d'investiture », il déclarera : « Le fait nouveau — l'apparition du peuple comme catégorie historique — explique que je me trouve ici, non pas au nom du peuple, non pas à la place du peuple, mais moi homme du peuple, le peuple, pour assurer le gouvernement de l'État. »

Le relèvement des salaires des ouvriers agricoles leur permet — pour la seule fois de leur vie — de vivre décemment. Pour Brasilia et Sao Paulo, le Pernambouc devient donc « foyer d'insécurité ». C'en est trop. Au début de 1964, le dernier gouvernement civil du Brésil proposera un projet de loi prévoyant d'indemniser les expropriations de terres en bons du Trésor, ce qui signifiait pour l'oligarchie la perte irrémédiable de son influence politique, nous dit Peter Ume Schlemann[1], et une timide réforme agraire sur les domaines bordant les grandes routes. Alors, les militaires décideront le coup d'État.

## 3. Du coup d'État (1964) au « miracle brésilien » (1967-1974)

Ces militaires, qui se disent (et se croient) nationalistes, proclament leur objectif : « Sécurité et développement ». La « sécurité » combat l'ennemi intérieur, concept qui s'élargira vite à tous ceux qui ne se soumettent pas ou qui mettent simplement en doute la sagesse de leur politique. Leur conception du développement est copiée sur le modèle nord-américain, mais dans un « milieu économique » où il ne peut absolument pas se réaliser, comme en pays développés, au profit de la majorité. Les multinationales disent la situation

1. *Problèmes d'Amérique latine,* La Documentation française, 10 mars 1980.

*euphorique* et vantent la stabilité politique que ce régime leur assure. La « sécurité » qu'il leur garantit est bien celle de leurs investissements et de leurs profits, basés surtout sur les bas salaires, la misère des travailleurs. Depuis les années 30, le Brésil sortait, progressivement, nous disent J.-P. Bertrand et Silvio Gomez de Almeida[1], du modèle agro-exportateur, où les grands propriétaires terriens étaient censés contrôler le secteur exportateur par une « *semi-industrialisation* qui *dépend* étroitement des conditions du marché mondial ».

La « sécurité » est donc indispensable à ce type de développement, qui ne tient aucun compte des aspirations de la majorité de la population. En décembre 1968, un « coup d'État dans le coup d'État » amène au pouvoir l'aile droite des militaires, qui fait adopter l'Acte constitutionnel n° 5, lequel renforce la répression « en vue du développement ». C'est le début de ce qu'on appellera le « miracle économique », on y croit encore à ce moment. Après trois ans de « nettoyage », le maréchal Castelo Branco invitait le milliardaire américain Daniel K. Ludwig à investir au Brésil : « Venez voir vous-même, monsieur Ludwig, maintenant le Brésil est un pays *sûr*. »

L'Église estime que le pays compte aujourd'hui 1 % de très riches, 9 % de riches, 40 % de classe moyenne et inférieure, avec des salaires réguliers, et 50 % de marginalisés : les ruraux, presque tous très pauvres, puis le secteur informel en ville. On a pu calculer que les 30 000 Brésiliens les plus riches du pays gagnaient à peu près autant que les 10 millions les plus pauvres[2].

Tous les privilégiés veulent des autos et des autoroutes. Les

---

1. « Les trois grands axes de la politique agricole brésilienne : modernisation de l'agriculture, développement du commerce extérieur et de l'agroindustrie », *Problèmes d'Amérique latine*, n° 4568, 17 avril 1980.

2. Soit un écart de 633 à 1. Récemment, Edmond Maire écrivait qu'en France les 200 000 riches gagnaient autant que les 6 millions de pauvres, soit un écart de 30 à 1.

multinationales veulent des gratte-ciel pour leurs bureaux. Les plus riches veulent des villas entourées de parcs, avec une nombreuse domesticité bien mal payée : ce qui leur assure, comme en Afrique du Sud, à revenu égal en dollars, un niveau de vie très supérieur à celui des États-Unis, où l'esclave moderne se fait bien payer. Ils auront bientôt tout cela. D'abord en poussant plus encore, outre le café, l'exportation de sucre, coton, cacao, et surtout du soja, qui a atteint 15 millions de tonnes en quelques années.

La rapidité de ces accroissements souligne *les énormes possibilités de progrès agricole*, dès que le marché existe. Il fait toujours défaut pour les cultures vivrières. Certes, la production agricole n'a guère cessé d'augmenter *plus vite que la population* : nous ne sommes pas ici en Afrique. Mais tandis que, au cours de la dernière décennie, la production du soja augmentait de 35 % par an, celle du manioc et du haricot, aliments de base du pauvre, diminuait de 2 %. Et les rendements moyens de ces deux cultures, tout comme celui du riz, baissent. Avec les énormes ressources de ce pays, il est *inadmissible qu'on ait faim au Brésil.* On ne se trouve ici ni en Afrique sahélienne ni au Bangladesh. Seul un système économique *totalement aberrant* en est responsable.

Cependant, la croissance de l'industrie et les progrès de l'économie brésilienne vont bientôt laisser pantois d'admiration les tenants de l'économie capitaliste. Cette croissance se base sur le pétrole, en grande majorité importé, et qui restait beaucoup trop bon marché jusqu'en 1973. Le Brésil exportait des quantités vite croissantes de produits industriels, chaussures et textiles, automobiles et machines-outils ; même des avions, et bientôt des armes. Le Brésil, vers 1960-1970, voulait surtout vendre aux pays développés, pour s'y procurer des devises fortes et arriver à les concurrencer. Il n'y a pas réussi et dut donc s'orienter vers les autres pays d'Amérique latine, les pays arabes, le Moyen-Orient et l'Afrique. Il eut un rapprochement politique avec l'Angola et le Mozambique « progressistes », mais parlant portugais.

Le taux de croissance dépassera 10 % l'an, de 1967 à 1974. Le *miracle brésilien* est alors cité en exemple à tous ceux qui contestent la possibilité de « développement » du Tiers-Monde en économie dépendante. La classe moyenne, surtout dans sa tranche supérieure, en profite largement. Les meilleurs ingénieurs et cadres touchent *alors* des salaires supérieurs à ceux de l'Europe, sinon des États-Unis. Les strates inférieures de cette « classe » voient grossir leurs rangs, notamment grâce aux cours du soir, si largement suivis[1].

En 1974, *la fête est finie.* « Ce miracle ne pouvait réussir, car il dépendait d'un saint étranger, du dieu " dollar " », nous explique dom Tomas Balduino, évêque de Goias. Il nécessitait des biens d'équipement et de technologie surtout importés, donc des emprunts élevés, contractés à des taux de plus en plus défavorables. Son échec résulte d'abord d'un *marché intérieur trop étroit,* de l'*exclusion des marginalisés,* à qui l'on refuse toute possibilité, d'un *travail productif,* donc d'un *revenu décent* : ce que les privilégiés refusent d'admettre. Ils ont obtenu des marges de profit telles avec le tiers aisé de la population qu'ils n'ont pas éprouvé le besoin d'élargir le marché : ils ont choisi, *délibérément,* de ne pas produire pour le peuple.

Le pétrole, qui accroît la dette, coûte désormais de plus en plus cher. Le prix de 100 dollars le baril n'est pas une hypothèse absurde : on a bien ri quand je l'annonçais en 1974. On ne rit plus. Les pays développés, touchés par une récession qui résulte plus de leur système économique, lui aussi inadapté, que du prix du pétrole, achètent moins. Les deux bases du miracle, pétrole bon marché et débouchés

---

1. L'enseignement public est très déficient, et l'enseignement privé trop cher : de 1 à 6 salaires minimaux pour une place d'externat primaire.

extérieurs élargis [1], s'écroulent donc en même temps. Delfim Netto, le père du miracle, est rappelé au Plan, où il cherche à éviter une plus forte récession [2], avec chômage accru et salaires encore plus bas : mesures que ne craindraient pas, dit-on, les « Chicago-boys », émules de Milton Friedman, champion du libéralisme exacerbé, qui les ont réalisées au Chili et en Argentine. Mais Delfim Netto préside désormais à un vrai *désastre,* en s'efforçant seulement de le camoufler. On le dit au bout de sa capacité de mensonge (pourtant fort développée), confronté à des créanciers de plus en plus inquiets, donc de plus en plus exigeants.

En mai 1980, parlant à l'élite du pays, à l'École supérieure de guerre [3], il reprend en gros les thèses de Raymond Barre : *austérité,* réduction de la consommation, sans préciser pour qui. Peut-il affamer encore un peu plus les plus pauvres des campagnes et des favelas ? Il ne le dit pas, mais toute sa politique, nous le verrons, y conduit. Comme Barre chez nous, il serait plus sérieux s'il précisait : « Austérité *pour les riches,* réduction immédiate de toutes les *consommations somptuaires.* » Il est peu probable qu'il y pense ; en tout cas, il n'ose pas le dire, sous peine de s'aliéner la classe dominante.

Industriels et latifundiaires, qui se combattirent longtemps, se sont mis d'accord ; ils sont désormais alliés avec les multinationales et la « mafia bureaucratique » de Brasilia. Ces groupes privilégiés gouvernent le pays dans leur intérêt particulier, sous la protection de l'armée, qui est à leur service, alors qu'elle prétend servir le pays, l'intérêt national. Le secteur public est, certes, très développé, mais au profit des seuls privilégiés. Il est vrai qu'il ne prétend nullement ici représenter une transition vers le socialisme ! Le vent dominant est tel que les sociétés d'État, elles aussi, ont adopté la

---

1. Les pays riches n'y achètent guère que les matières premières agricoles et minérales.
2. Aussi certains courants de l'opposition le défendent-ils sur ce point.
3. Couramment appelée « la Sorbonne » !

mentalité capitaliste du profit. La bureaucratie est tellement pénétrée par cette idéologie qu'elle trouve même normal de travailler pour les multinationales.

Ces multinationales[1], dont le secteur d'État limite les activités, prétendent qu'il ne leur laisse pas le champ d'activité qui — disent-elles — leur permettrait, s'il leur était concédé, de « redresser » l'économie brésilienne ! Au profit de qui, elles ne le précisent pas ; mais l'expérience du dernier demi-siècle nous permet de l'entrevoir. Dès 1962, Celso Furtado écrivait dans son livre déjà cité : « Il s'est instauré, sous couleur de développement, un système de subsides qui a favorisé des investissements superflus ou orientés selon une tendance monopolistique vers la concentration des richesses dans les mains de groupes privilégiés. » *Vingt ans après,* les contradictions signalées par Furtado ne cessent de s'aggraver.

Le Brésil de 1981 est en plein désastre, mais sa déroute est camouflée. Le taux d'inflation dépasse 120 % l'an ; les déficits du budget et de la balance des paiements atteignent des sommets vertigineux. Le Brésil est, avant le Mexique qui se classe second (malgré son pétrole), le pays le plus endetté du monde : 60 milliards de dollars de dettes. Les taux d'intérêt des emprunts — réalisés surtout pour payer les intérêts des dettes antérieures — ne cessent de s'élever[2]. Depuis 1980, les exportations ne permettent même plus de payer le pétrole et de régler les intérêts des dettes, donc, en principe, de *rien* pouvoir acheter d'autre. On calcule qu'en 1985 elles ne pourront que régler les dettes, sans permettre aucun achat : *le Brésil est en faillite.* Cet endettement représente la nouvelle situation de *dépendance* vis-à-vis du marché et de la finance

1. Celso Furtado souligne que, si elles possèdent au Brésil le tiers de l'économie moderne — la même proportion que dans les pays avancés —, leur poids politique est ici très supérieur : Ludwig était très écouté à Brasilia.
2. En avril 1981, le Brésil emprunte 1,5 milliard de dollars par mois à un taux d'intérêt de 2,25 % en dessus du *libort* (taux officiel des banques britanniques).

mondiale. Cependant, la croissance de la production se poursuit — tout comme celle des inégalités.

P.-U. Schliemann nous précise une raison essentielle de cette faillite : les investissements étrangers, les sociétés multinationales, auxquelles le régime militaire a fait « d'inutiles concessions... il s'est montré incapable de subordonner la recherche maximale du profit à laquelle se livrent les multinationales aux impératifs prioritaires de développement du pays, y compris le *développement social* ». Il est vrai que ces sociétés ont souvent des liens étroits avec les hommes politiques brésiliens, à qui Volkswagen, par exemple, accorde des postes fort avantageux de concessionnaires. Cette société a réussi en dix ans (1965-1975) à transférer en Allemagne presque le double du capital investi sous forme de redevances pour brevets et licences, et à éviter de payer l'impôt sur le revenu pendant la même période.

Le ministre Corsetti autorisa la Nippon Electrical Company à entrer sur le marché brésilien ; dès qu'il ne fut plus ministre, il en devint président-directeur général. Ce qui permit à cette société de gagner un marché de 100 millions de dollars aux dépens d'une entreprise d'État. Ainsi, conclut Schliemann, le concept de développement a été réduit au progrès technique et à la croissance économique, en accord avec les objectifs des compagnies étrangères. Elles prennent le contrôle des secteurs les plus dynamiques et les plus concentrés, d'où « diminution de la concurrence, dénationalisation croissante de l'économie, transfert vers l'extérieur des prises de décision fondamentales quant à l'avenir du pays ».

Cette faillite résulte donc d'abord de la *dépendance* du système capitaliste mondial. Mais le Brésil aurait peut-être pu s'en dégager, surtout si, comme le dit Celso Furtado, les termes de l'échange n'avaient joué trop souvent contre lui, l'empêchant de tirer profit du monopole du café pour accumuler le capital qui lui aurait permis de prendre en main sa destinée, *et s'il avait pratiqué une politique économique*

185

*nationale et sociale.* Dépendantes, *les élites au pouvoir* au Brésil ont pourtant voulu pour elles la même société de consommation que dans le nord du continent, mais sur la base d'une production insuffisante, en agriculture comme dans l'industrie, pour pouvoir la généraliser. Ces élites ont donc exclu des champs la majorité de leurs travailleurs incités à se ruer vers les deux villes délirantes, Rio d'abord puis Sao Paulo, et aussi vers les métropoles régionales : Recife, Bahia, Belo Horizonte, Belem, Porto Alegre, Manaus et ensuite Brasilia.

Ayant généralisé l'automobile particulière, ces villes embouteillées ont exigé que l'on bâtisse l'infrastructure si onéreuse de cette automobile. Elles se sont pour cela lourdement endettées et, bien qu'elles exploitent les campagnes, elles ont beaucoup de mal à rembourser leurs dettes. Il leur faut donc percevoir de plus en plus d'impôts ; pour cela attirer les industries et les commerces, qui sont le mieux capables de les payer. Tout pousse finalement à accroître des mégalopoles, ce qui les amènera bientôt à la situation mortelle que nous avons notée à Mexico.

Il faudrait laisser bien plus de paysans accéder à la possibilité de cultiver, donc avoir de la terre. Il faudrait développer l'industrie, aussi et d'abord pour le marché intérieur : ce qui permettrait de donner du travail à tous, et, avec des salaires décents, de réduire les inégalités. Il faudra forcer les puissants (et c'est aux Brésiliens de décider comment) à réduire bientôt, et drastiquement, leurs dépenses somptuaires, qui constituent une des causes essentielles du déficit commercial accru, donc de la faillite.

Au début de 1981, le régime militaire, embarrassé par une « ouverture » politique dont il ne domine plus toutes les conséquences, refuse formellement de relâcher ses liens avec l'économie mondiale, notamment par un renforcement du protectionnisme. Il lui faudrait pour cela changer tout le système économique, accorder la priorité aux exigences populaires. D'abord, grâce à une *réforme agraire* qui donnerait plus de travail aux ruraux, satisferait en priorité les besoins alimentaires du pays, donc réduirait sa dépendance vis-à-vis du marché mondial. Quand nous expliquions à l'état-major de Nestlé que le système économique favorisé par les multinationales avait réduit à la pauvreté et même à l'extrême misère la majorité de la population, M. Liotard-Vogt nous disait à Vevey que c'était aux gouvernements des pays d'Amérique latine de redistribuer les revenus par la voie fiscale.

Le problème ne peut être résolu ainsi : le Brésil manque d'abord de ce que pourraient aisément produire tous ceux à qui le « système » refuse l'accès à la terre et au travail. De telles réformes n'exigent nullement, à notre avis, la collectivisation des moyens de production, qui mène au socialisme autoritaire, sinon totalitaire. Mais elles requièrent que les travailleurs, ouvriers, techniciens, cadres et paysans, que les plus pauvres aussi, favelados ou boias frias, aient enfin voix *décisive* au chapitre. A eux d'étudier les réformes qui s'imposent, étape par étape, en tenant compte des rapports de force internes et externes. L'arrivée de Reagan au pouvoir aux États-Unis n'est certes pas un facteur favorable à la réalisation de ces réformes.

Non, le gouvernement actuel ne s'oriente nullement dans cette voie. Il n'aperçoit devant lui que le spectre de la faillite économique et cherche à le conjurer *dans le cadre du système*. *Il ne pense plus qu'à la dette* extérieure, aux échéances bancaires, et oriente toute l'économie, suivant sa vieille habitude, vers la recherche de devises, à n'importe quel prix. Moins que jamais les problèmes du marché interne, de la pauvreté et de la malnutrition ne sont pris en compte. Le Brésil est incapable, dans la ligne politico-économique actuelle, que la soi-disant « ouverture » ne modifie guère, de sortir du double guêpier de la misère pour beaucoup et de la dépendance économique (donc politique) vers laquelle ses

187

dirigeants l'ont conduit. Ils se disent nationalistes mais ne défendent que les privilégiés. Nombre de ceux-ci ont mis de gros capitaux aux États-Unis ou en Suisse et ne se disposent guère à les rapatrier, sauf pour des profits très élevés et très immédiats, mais nullement dans l'intérêt général, notion qui leur échappe totalement.

Comme l'Afrique tropicale, voici donc ce Brésil virtuellement *en état de cessation de paiement.* Mais cet état, il ne faut surtout pas le déclarer, l'officialiser. Les banques qui l'ont financé — City Corps en tête — risqueraient fort d'être alors entraînées dans cette faillite, les eurodollars et tout notre système financier en seraient ébranlés. Donc, comme en Afrique, on va prêter de quoi *faire semblant* de rembourser les dettes. Jusqu'à quand ?

Acculés, affolés, les gouvernants sont prêts à faire n'importe quoi, seulement conditionnés par le court terme. Qu'importe si les mesures ainsi improvisées entraînent des souffrances accrues pour le peuple, celui-ci a toujours souffert. « Même si le gouvernement choisissait la récession, ça ne fera pas grande différence pour le peuple », nous disait, résigné, un avocat de Rio membre du PMDB[1]. « Celui-ci a toujours connu le sous-emploi et le chômage, il a toujours eu faim. »

---

1. Parti du mouvement démocratique brésilien, représentant l'opposition modérée, surtout de la bourgeoisie urbaine.

## 4. Marginalisation d'un peuple

Qui sont donc ces « marginalisés » ? Les Nordestins ? Les Paulistes arrogants vous répondront négligemment que c'est un cas extrême : la sécheresse, l'ignorance, etc. Quant à Salvador de Bahia, « c'est l'Afrique ». Le jugement est sans appel. D'ailleurs, « depuis le temps qu'on leur donne de l'argent, ils ont compris le truc. Mentalité d'assistés, ils en profitent... » Il est bien connu que l'aide au Nordeste profite d'abord aux gens du Sud-Est et du Sud, ensuite aux gros propriétaires, mais n'insistons pas. Les Indiens ? Fort minoritaires, et puis, après tout, « ce n'est pas parce qu'on a des plumes au cul qu'on a le droit de monopoliser la terre ». On pourrait rétorquer que beaucoup la monopolisent sans avoir besoin de plumes ; seulement ils ont le visage pâle.

Les marginalisés, ce sont d'abord ceux qui sont nés du mauvais côté de la barrière et qui n'ont et n'auront jamais aucune chance de s'en sortir. Les parias. Et ceux-là ne sont pas minoritaires. Des dizaines de millions. Ils n'ont pas de couleur bien précise, bien qu'ils tirent plutôt sur le noir, le bistre, tout ce qui n'est pas très clair. Gens pacifiques d'ailleurs, la grande coexistence harmonieuse des races est plus facile quand chacun reste de son côté. Et puis « ces gens-là n'ont pas beaucoup d'aspirations » ; et si d'aventure ils en avaient, on s'arrangerait pour les leur faire passer.

Le vrai racisme [1] n'est pas tant celui de couleur que celui des « développés » vis-à-vis de ceux qui ne le sont pas, de ceux qui ont accès à tout envers ceux qui n'ont accès à rien, et qui, comme par hasard, ont la peau plus foncée. Un mépris qui,

---

1. Rappelons que le Brésil, fort raciste chez lui, a condamné l'apartheid en Afrique du Sud. Hypocrisie.

barbouillé d'un discours paternaliste, tourne souvent à la haine. Ces dizaines de millions de parias-là, le Brésil en a besoin, même s'il ne sait pas toujours qu'en faire. Seulement, ils sont l'ombre au tableau, le rappel constant du sous-développement dans un pays qui rêve de surdéveloppement, le petit rien qui dérange certains pour qui le Brésil ne peut être que grand. Intolérance de l'idéologie du développement pour tout ce qui ne lui ressemble pas.

La conférence nationale des évêques brésiliens (CNBB) résume la situation[1] : « La société brésilienne d'aujourd'hui, en termes réels et pour l'essentiel de sa structure, ne s'est pas beaucoup éloignée de la société esclavagiste où elle a pris naissance [...] Il existe d'un côté les seigneurs de machinerie entourés de la constellation des gérants technocrates, et de l'autre, l'immense majorité anonyme au service de la machine. Les seigneurs ont accès aux biens et aux services dont l'usage va des plus agréables aux plus scandaleux. Les serfs subsistent, c'est-à-dire qu'ils ont accès aux biens et aux services indispensables pour assurer leur survie et leur reproduction, sans quoi le système mourrait d'asphyxie [...] L'organisation de la société est centrée sur la satisfaction des intérêts des seigneurs. C'est au nom de ces intérêts que les serfs produisent des milliers d'automobiles avec lesquelles ils ne se déplaceront jamais, construisent des milliers d'appartements dans lesquels ils n'habiteront jamais, font sortir de terre des aéroports sophistiqués qu'ils n'utiliseront jamais... »

Dom Tomas Balduino, le courageux évêque de Goias, nous disait : « Le problème du peuple brésilien est chronique, il ne vient pas de la crise internationale, il a toujours existé. Toute l'histoire du Brésil contient des abus : colonisation, esclavage, etc. Le droit du peuple a toujours été ignoré. Le gouverne-

---

1. Août 1979 : *Contribution à l'élaboration d'une politique sociale.* Nous nous référons souvent aux documents de la CNBB, car ce sont eux qui défendent avec le plus d'ardeur les classes marginalisées à la ville comme à la campagne.

ment ne se soucie que d'œuvres pharaoniques : transamazonienne, barrage d'Itaïpu, énergie nucléaire, etc. Mais jamais il
n'y a eu de projet populaire pour répondre aux problèmes du
peuple. Aujourd'hui, le système a perdu l'habitude de parler
avec le peuple, il n'a plus aucun contact avec lui. La majorité
des partis d'opposition non plus. Ce sont les nouveaux
pharisiens. Pour le travailleur agricole, le miracle hier ou la
crise aujourd'hui n'ont pas changé grand-chose, il continue à
voir partir les grains tandis que ses enfants continuent à
mourir de faim. Ça a toujours été comme ça... »

Dans un pays qui a toujours confondu croissance et
développement, qui continue à afficher pompeusement son
taux de croissance tandis que la situation de la majorité ne fait
que se détériorer, le seul droit du peuple est de se tenir en
marge, regarder et se taire. Essayer de survivre aussi, mais
cela tient plus de l'instinct que du droit. La notion de chômage
en Amérique latine est un peu floue car, en fait, il y a, comme
en Colombie, le sous-emploi et le fameux secteur informel :
ceux qui « se débrouillent » et se contentent de peu, sans
jamais atteindre le salaire minimal. Est-ce assez pour survivre ? En 1935, Getulio Vargas avait calculé ce que devait être
le salaire minimal en produits de première nécessité. Or, en
1980, pour couvrir les besoins alors définis par Vargas, il
faudrait environ trois fois le salaire minimal. Au Brésil, plus
de la moitié (56 %) de la population vit avec un revenu
mensuel *familial* égal ou inférieur à deux salaires minimaux
et, dans les milieux pauvres, les bouches à nourrir sont
nombreuses (en moyenne, toute personne qui travaille en fait
vivre trois). Selon la FAO, 36 % des considérés comme actifs
gagnent *moins* qu'un salaire minimal (soit moins de 70 dollars
US par mois[1]).

Est-ce là un miracle ? Qu'ils survivent, certainement. Les

1. A la campagne, ceux qui n'ont pas d'emploi régulier ne peuvent même
pas arriver à un salaire minimal mensuel.

prêtres qui vivent quotidiennement dans les bidonvilles au milieu des marginalisés n'arrivent pas à comprendre comment ces derniers y arrivent. « C'est peut-être cela le miracle brésilien — nous a dit l'un d'eux —, que tous ces gens ne soient pas morts... » Dans le document de la CNBB cité ci-dessus : « Le revenu moyen des 5 % les plus riches qui, en 1960, était près de dix-sept fois plus grand que celui des 50 % les plus pauvres, l'est trente-trois fois en 1976. » *Le miracle a donc doublé la largeur du fossé* entre ceux qui en ont profité et ceux qui en ont fait les frais.

Mais au Brésil, comme dans toute l'Amérique latine « mal-développée », les inégalités — et la marginalisation — ne se mesurent pas seulement en termes de revenus. On a souvent dit que, dans ce pays, l'Inde côtoyait les États-Unis. Il y a les repus bedonnants, style Californie de luxe, et les ventres creux, style Bihar indien ; ceux qui ont leur *jet* privé et ceux qui n'ont pas de quoi payer l'autobus ; ceux qui disposent des banques et ceux qui devront se vendre avec leur dette qu'ils ne pourront jamais payer ; ceux qui ont la technologie la plus avancée et ceux qui triment avec leur houe ; ceux qui auront toujours la justice de leur côté et les éternels perdants, même dans leurs droits, parce qu'ils n'ont pas de quoi acheter le juge et ne bénéficient d'aucune relation ; ceux qui ont fait des études supérieures et ceux qui ont dû travailler à huit ans pour manger. Toutes ces différences non chiffrées entre ceux qui dévorent la vie — ou ce qu'ils croient être la vie — et ceux qui sont dévorés par elle. Bref, les seigneurs et les serfs. Les premiers disposant de tous les moyens « modernes » pour poursuivre leur croissance tout en continuant à utiliser les seconds selon leur bon vouloir.

Entre les deux, naturellement, existe une certaine classe moyenne que le système favorise, parce qu'il a besoin d'un soutien politique et d'un débouché pour les biens durables. Bien sûr, elle aspire à s'élever. Fort conservatrice, elle s'identifie donc à la classe dominante, bien qu'elle soit parfois plus proche du peuple, en termes de salaires. Grande bénéficiaire du boom économique, c'est elle qu'on a piégée dans la société de consommation[1]. Racolée par les divers produits des entreprises multinationales et nationales, elle sera plus tolérante pour les limitations de libertés. A défaut d'être libre, elle pourra toujours consommer. Ce qui d'ailleurs, en termes brésiliens, est une manière d'exister. La Volkswagen et les joies du supermarché, en échange de la démocratie. Mais, fait nouveau, cette classe moyenne dans ses couches les plus modestes commence, comme en Colombie, mais pour d'autres raisons, à se prolétariser.

Un exilé qui est rentré au pays après quatorze ans d'absence constate les effets du miracle sur deux familles moyennes : la sienne, « moyenne haute », et celle de sa femme, « moyenne basse ». Avant 1967, il n'y avait guère de différence entre les deux, même la famille à l'aise était obligée de compter. Aujourd'hui, elle vit dans le grand luxe, jette l'argent par les fenêtres, tandis que l'autre famille n'arrive jamais à joindre les deux bouts. Dans le quartier où elle habite, tous les jours se pose le problème de l'argent pour la nourriture quotidienne. Cela correspond exactement à un fait très nettement observé : « une baisse des salaires réels de base pour la grande majorité de la population active et une augmentation rapide du pouvoir d'achat de la classe moyenne supérieure[2] ». Le reste de la classe moyenne, qui voit son pouvoir d'achat diminuer et ses « aspirations » compromises, continuera-t-il à soutenir le régime ? Il y a là un risque politique qui peut inciter le gouvernement à s'intéresser à elle. Les marginalisés en revanche, qui voient se détériorer leurs conditions de vie, n'ont jamais intéressé personne, puisqu'ils sont laissés en marge de leur propre histoire (sauf l'Église

1. Notamment par la généralisation des ventes à crédit, même pour les robes ou les chaussures.
2. Données du DIAL : *Contribution à l'élaboration d'une politique sociale.*

récemment, les syndicats indépendants — ceux de l'opposition syndicale — et le parti des travailleurs de Lula).

## 5. Malnutrition et répression

La paix publique, l'harmonie, la passivité de cette population, tout cela participe du grand mythe brésilien. Alors, pourquoi la répression ? Officiellement, avec l' « ouverture », le Brésil ne torture plus. Plus exactement, il a abandonné la torture comme mode de gouvernement à la différence des voisins du cône sud. Seulement, l'appareil répressif n'a pas été démonté et, même en période dite démocratique, la répression n'a jamais été interrompue sur les couches sociales inférieures : les bidonvillois et les paysans pauvres, de façon à empêcher toute velléité de rébellion, toute possibilité d'organisation. Le seul fait d'une telle répression montre bien qu'on redoute un danger de mobilisation populaire, même si la peur est plus grande que le danger réel. Gouverner, c'est prévoir.

On oublie trop souvent que les victimes de la répression n'étaient pas seulement les intellectuels torturés et classés « politiques », mais l'énorme masse des petits, des banalement marginalisés. La persécution d'une petite bourgeoisie militante a toujours caché ce qui se passait derrière. Et qui continue. Le tristement célèbre « escadron de la mort » et autres paramilitaires sévissent toujours. Dans les quartiers populaires, on chasse le « bandit », le « délinquant » ou jugé tel[1]. A Rio, on retrouve toujours des corps torturés dans le grand bidonville Baixa Fluminense, refuge de la misère et du chômage. De janvier à octobre 1980, on a compté, dans cette seule banlieue, « six cent trente-sept morts victimes de la

1. La bourgeoisie conservatrice tremble tellement qu'elle accepte même les violences de l' « escadron de la mort » et autres groupes paramilitaires.

violence et on évalue à 20 % le nombre des habitants victimes des exactions de la police[1] ». On continue à « brûler les archives », ce qui, dans la langue imagée de Rio, équivaut à faire disparaître les témoins.

Dans les prisons, rien de plus normal que de torturer. Après tout, ce ne sont que des droit commun, donc peu dignes de l'intérêt de tous ces intellectuels qui crient si fort quand on torture leurs homologues. Définira-t-on jamais la limite à partir de laquelle un « droit commun » devient « politique » ? L'intellectuel est peut-être celui qui, de par son éducation, est capable d'analyser les forces qui l'oppressent, tandis que l'autre ne peut que les subir. Miguel Arraes nous disait : « Le mécanisme d'exploitation du pays est si perfectionné qu'il peut être perçu par des économistes, des sociologues, mais comment le traduire au niveau de la population pour qu'elle puisse comprendre sa situation ? Il n'y a pas de niveau de conscience suffisant. Comment[2] ? »

Alors, la fameuse « ouverture » ? Les interprétations et les explications sont nombreuses : vouloir se concilier une classe moyenne en perte de vitesse, consentir à des libertés individuelles à défaut de libertés politiques, réaffirmer des appuis que la dictature avait perdus, diviser l'opposition[3] en laissant rentrer les éléments « subversifs » du passé ; mouvement tactique pour préserver l'unité militaire, recul pour renouveler la possibilité d'une intervention forte, désir d'une partie du patronat de discuter avec des ouvriers organisés en syndicats réellement représentatifs, etc. Cette ouverture[4] ne semble d'ailleurs pas du goût de tout le monde.

1. Marcel Niedergang dans *le Monde* du 31 octobre 1980.
2. Nous verrons plus loin que l'Église militante essaie de répondre à cette question.
3. Beaucoup de militants de retour d'exil n'adhèrent pas aux partis politiques, les trouvant souvent trop bourgeois ou de structure trop stalinienne.
4. L'Église, l'ordre des avocats (traditionnellement réactionnaire), la majorité des intellectuels, surtout les étudiants et les scientifiques, se

En août 1980, on a « voté » une terrible loi contre les étrangers : le président, d'accord avec le ministre de la Justice, a le droit de renvoyer immédiatement et sans autre consultation tout étranger jugé non nécessaire au développement du pays. Ce texte viserait d'abord tous les membres « subversifs » du clergé, d'origine étrangère. A Sao Paulo, des paramilitaires — ou prétendus tels — mettaient le feu aux kiosques qui vendaient de la presse dite « alternative », c'est-à-dire d'opposition. A Rio, ils posaient des bombes à l'ordre des avocats, etc. Quelques jours plus tard à Brasilia, le sinistre général Videla arrivait d'Argentine, un mois après le pape, pour prêcher la grande croisade contre le terrorisme, qui est, comme chacun sait, « l'obstacle majeur au développement de cette partie du monde ». Sécurité et développement, toujours.

Superbe manichéisme des militaires simplistes, mais qui trouve un écho auprès de la société brésilienne répressive, et aussi en Europe chez ceux qu'obsède le péril rouge en Amérique latine. A noter que les revendications syndicales en Pologne et au Brésil présentent d'étranges parallélismes[1].

De toute façon, cette « ouverture » se situe uniquement sur le plan du jeu politique. Quelles qu'en soient les raisons, *elle n'a pas été décidée pour répondre à une aspiration populaire.* Ces nouvelles libertés représentent assurément un progrès, mais pour l'homme de la rue, toujours soumis aux mêmes iniquités, la différence est mince : il ne lit pas les journaux[2] et

---

mettent, à partir de 1976, à lutter pour l'amnistie intégrale, donc l' « ouverture ». Dans la brèche ainsi ouverte, avec une certaine liberté de la presse, les syndicats ouvriers se dégagent de la tutelle gouvernementale et organisent les grandes grèves de 1979 et 1980 (Sao Paulo, Pernambouc, etc.).

1. Le célèbre Lula n'est-il pas le Lech Walesa du Brésil ? Or sa visite à Paris en février 1981 est passée à peu près inaperçue de la grande presse.

2. On compte 3 millions de lecteurs pour tout le Brésil. Il est significatif de noter que la liberté d'expression ne s'étend pas à la télévision qui, elle, touche des millions de foyers et est très sévèrement contrôlée.

il ne mange pas plus qu'avant, sinon moins. Il continue à rester en marge.

Mais, les organismes officiels eux-mêmes s'alarment quelquefois — démagogie, mauvaise conscience ou inquiétude politique ? Le ministre de la Santé, lors d'une conférence en août 1980 à l'École supérieure de guerre, reconnaissait que 40 millions de Brésiliens n'avaient pas le moindre accès à quelque assistance médicale que ce soit et que 350 000 morts par an (en majorité des enfants) étaient évitables, que la mortalité infantile dans les populations pauvres du Nordeste était cinq fois plus élevée que dans les populations aisées du Sud-Est et du Sud, et que les Nordestins les plus pauvres ont une espérance de vie inférieure de vingt ans à celle de leurs compatriotes du Sud. Mais, comme disait un médecin de Sao Luis de Maranhao à l'infirmière qui lui faisait remarquer que les gens des bidonvilles n'avaient aucune assistance médicale : « Ces gens-là n'ont même pas le droit d'exister... » Quant à la LBA (Légion brésilienne d'assistance), elle estime que 80 % de la population préscolaire (soit 20 millions d'enfants jusqu'à six ans) n'a pas ses besoins essentiels satisfaits. Parmi ceux-là, 14 millions souffrent de dénutrition. Quel avenir attend ces sous-hommes que le Brésil est en train de fabriquer ?

Dans l'indifférence générale, Nelson Chaves lance des cris d'alarme depuis vingt ans : « La faim est la maladie la plus importante que nous ayons à soigner dans cet hôpital (de Recife). 70 % des enfants du Pernambouc souffrent de malnutrition. [...] La malnutrition pendant la vie embryonnaire et les dix-huit premiers mois de l'enfance entraîne la déficience mentale définitive : il manque aux enfants jusqu'à 60 % des neurones du cerveau et cette destruction est irrémédiable[1]. » La faim, la malnutrition chronique et la misère sont finalement les meilleures armes de ces gouverne-

1. Cité par Robert Linhart, *op. cit.*

ments « forts ». Cette lente dégradation physiologique d'une sous-humanité qui végète est encore plus efficace que la répression. Plus diabolique encore : miner une population qu'on voudrait voir exterminée.

Dans un bureau de l'INAN (Institut national d'alimentation et de nutrition) à Brasilia, un jeune homme nous explique les plans du gouvernement[1] : assistance alimentaire aux plus défavorisés, nourriture moins chère, déjeuners scolaires, etc. La goutte d'eau dans la mer : tous les programmes regroupés des différents organismes officiels arrivent à peine à toucher 2,5 millions de personnes, à des degrés très divers. Toujours la même histoire : on prive les gens de leurs moyens de production ou on leur donne des salaires de famine, ensuite il faut les assister. Ou du moins *avoir l'air* de faire quelque chose. Cette assistance ne peut toucher qu'une partie modeste des grandes concentrations urbaines. Que tout cela est monotone et vain !

Soudain le jeune homme comprend que nous savons ; il arrête de réciter ses manuels publicitaires et lâche : « De toute façon, le gouvernement n'accorde aucune priorité à la lutte contre la malnutrition. Pour lui, ce n'est pas important. Nous perdons notre temps et ne servons à rien. A quoi bon distribuer de la nourriture ? Le vrai problème est ailleurs, il est socio-économique. Même si on arrive à subventionner le prix des aliments de base de 20 %, avec l'inflation galopante, le consommateur est encore perdant. La situation est réellement dramatique. Nous n'avons pas beaucoup de données en dehors des chiffres officiels non publiés et beaucoup prétendent qu'ils ont été truqués[2]. Nous évaluons cependant à 70 % la population de Sao Paulo touchée par la malnutrition. Et, de partout, la situation nutritionnelle se détériore. Même dans le Sud. Nous avons comparé Porto Alegre et Recife entre la

---

1. Le gouvernement commence à donner dans la démagogie. L'opinion internationale est importante, surtout s'il s'agit de trouver des prêteurs.
2. Ceci nous a été confirmé de plusieurs sources. Les résultats de l'enquête auraient été jugés impubliables.

période 1963-1964 et 1979 ; dans les deux cas, il y a diminution de la consommation et, même dans le Sud, elle est proportionnellement plus grande. Mais la malnutrition de Recife est telle qu'il n'est pas possible d'aller plus loin. »

Le jeune homme est à la fois découragé et excédé : « Nous, ici, nous ne savons plus que faire. » Il nous montre une boîte de lait en poudre achetée à l'intérieur du pays : 163 cruzeiros pour 400 grammes. « Comment voulez-vous que les gens s'en sortent ? Avec un salaire minimal de 100 cruzeiros par jour, quand ils l'ont !... »

Les Paulistes et les bourgeois élevés dans le « Brésil-USA » constatent que le « Brésil-Inde » est incapable de saisir les soi-disant opportunités offertes avec condescendance par le système. Ils vous expliqueront que « ces gens » (fausse compassion noyée de mépris) refusent qu'on les aide, que leurs réactions sont irrationnelles. Ils ne comprennent pas que ces familles soient désagrégées par la misère, qu'un boia fria qui, à force de peine et de misère, a obtenu son salaire de famine ait peur de rentrer chez lui où l'attendent une femme épuisée et une marmaille affamée, et préfère aller boire sa *cachaça* (alcool de canne) ou même fuir à un autre bout du pays. Le fameux « ordre » tant prôné recouvre en fait le plus chaotique désordre social. Ils vous vanteront les possibilités d'éducation, qui profiteront seulement à une petite bourgeoisie avide d'imiter les maîtres et de servir le système, et citeront des chiffres impressionnants et faux : on compte les enfants inscrits en première année, oubliant que beaucoup n'iront guère plus loin.

Ceux des bidonvilles commencent jeunes à « se débrouiller » et, à la campagne, *plus de 20 % de la force de travail est constituée d'enfants qui ont treize ans au maximum*, soit 4,5 millions[1]. 2,5 millions d'entre eux sont rémunérés et les

1. José de Souza Martins, *Expropriaçao e violencia,* Sao Paulo, Editora Hucitec, 1980. Comme en Colombie, on met les hommes en chômage pour faire travailler les enfants, sous-payés.

deux tiers travaillent un minimum de quarante heures par semaine. A quoi bon leur parler d'éducation ? S'ils ne travaillent pas, ils ne mangeront pas et ils sont essentiels à la survie des familles à revenus modestes. Chez ceux qui sont allés à l'école, on constate de partout un processus de « désalphabétisation », faute de pratique. Et d'aucuns ont l'audace de parler d' « accommodation » à la misère[1] ! Quand on sait qu'au Brésil le gouvernement a toujours sapé toute possibilité d'organisation, que la société bourgeoise elle-même est répressive, la violence « institutionnelle » et que le système de développement choisi, tant à la ville qu'à la campagne, marginalise la plus grande partie de la population...

« L'histoire de notre peuple, écrivaient des évêques brésiliens, notre histoire est une histoire de marginalisation. Le peuple en grande majorité n'a jamais eu grand-chance de prendre part aux décisions. En rien. Ni en politique, ni en économie, ni même dans l'Église. Toujours il a dû écouter, faire ce que d'autres décidaient. La majeure accusation que les Brésiliens font aux Brésiliens et étrangers est une accusation sans paroles, mais c'est un cri suffoqué par la souffrance : " *Vous êtes inhumains, criminels, vous ne voulez pas que nous existions*[2]. " »

A tous ceux-là, il restera les Vierges miraculeuses, la dévotion superstitieuse, le Christ du Bonfim et ses rubans magiques qu'on vend un peu partout au mètre, la samba de l'oubli et le « futbol » du défoulement. « Des gens si gais »... Et si gentils, hélas ! Non qu'il faille mépriser la culture de la pauvreté et les valeurs humaines qu'elle représente. Mais que

---

1. J. K. Galbraith, *Théorie de la pauvreté de masse*, Paris, Gallimard, 1980.
2. *Marginalisation d'un peuple*, publié en 1973 par les évêques de Centre-Ouest.

ce ne soit pas pour conforter la bonne conscience des exploiteurs. Nous compris.

## 6. Les poubelles du miracle

Pour cette même raison, il est toujours délicat de parler des bidonvilles. Ainsi, pourquoi parler de « poubelles » plutôt que de « coulisses » ? Manque de respect vis-à-vis d'une réalité qui, pour beaucoup, est quotidienne, est un univers... Mais l'indignation l'emporte quand on pense au processus qui a provoqué cette réalité, à tout ce qu'elle suppose et à l'indifférence superbe des responsables. Seuls auraient vraiment droit d'en parler les habitants eux-mêmes (mais ils n'en parlent guère), ou les rares étrangers qui y ont vécu longuement [1].

« Cité perdue » à Mexico, *tugurio* à Bogota, le bidonville se brésilianise en *favela*. La réalité, elle, ne change pas, c'est là qu'échouent les oubliés du développement, les paysans chassés par la misère ou par les hommes de main des grands propriétaires, tous ceux qui sont venus tenter « leur chance » en ville, parce qu'ils n'ont guère d'autre choix ; c'est là aussi que, selon l'expression consacrée, « se reproduit la force de travail ».

En 1976, sur 22 millions de domiciles particuliers permanents, 4 millions étaient « de construction rustique ou improvisée » ; 30 % de la population urbaine (et 63 % de la population rurale) ne bénéficiait d'aucune sorte d'installation sanitaire. Au rythme de croissance, combien y a-t-il de favelas aujourd'hui ? Impossible à évaluer, elles poussent de partout,

---

1. En cela le témoignage de Conrad Detrez sur le lumpen de Rio est exemplaire : *La Lutte finale*, Paris, Balland, 1980.

même autour de Brasilia, le grand oiseau froid des technocrates, à la coûteuse austérité : on les déguisera en « cités satellites ».

*Rio* la somptueuse. Le plus beau décor du monde et ses plaies monstrueuses qui s'ouvrent un peu partout. En 1980, on y compte 1,8 million de favelados. On a « défavélisé », paraît-il, et refoulé la misère insultante dans des favelas améliorées, loin des regards et... du travail. Mais il y en avait tant. Agrippées aux *mornes* (collines) de Rio, ces favelas sont presque aussi célèbres que le carnaval ou le Christ du Corcovado. Personne jusqu'à présent n'a encore songé à y organiser des tours...

A quelques minutes de Leblon — la plage chic, le mètre carré le plus cher du monde —, derrière des tours nouvelles qui n'aseptisent rien, c'est le cloaque, *Rocinha,* enfoncé entre deux mornes. En ce calme dimanche après-midi, une sourde clameur monte du trou, avec les cerfs-volants blancs des enfants. C'est là qu'on entasse, qu'on empile les déchets du miracle : cabanes ou cages de bois superposées, tant de gens en largeur, en hauteur, ordures et vieux pneus amoncelés ; ni eau ni égouts. Dans les rues de boue, des enfants en guenilles persistent à jouer, des hommes rabougris titubent. Les dimanches de Rocinha ! Il ne pleut pas, nous avons de la chance : l'eau entraîne tout. A quoi bon avancer plus loin dans ce dédale ? Nous nous sentons intrus, saisis d'un désespoir qui n'est peut-être qu'un luxe de privilégiés. Cauchemar pour nous, mais vie quotidienne pour 150 000 personnes. Et cette rumeur qui n'arrête pas de monter !... Au diable le Pain-de-Sucre, la baie de Guanabara et le Corcovado qui ne protège rien, la samba, les joailliers, les hôtels de luxe et la foule grassouillette qui essaie de faire disparaître ses kilos de surnutrition avec son jogging chic tous les matins le long de Copacabana ! Il y aura toujours cette rumeur... et les cerfs-volants blancs montant du cloaque...

Favelas de *Sao Paulo* où les parias s'efforcent de survivre et s'endettent pour un téléviseur, pour essayer d'oublier et se noyer dans ces feuilletons-fleuves que déverse à longueur d'année et de journée un système soucieux d'un abrutissement paisible des masses. Avec la spéculation foncière, les plus pauvres sont rejetés toujours plus loin de la ville. Nous y retrouvons les Nordestins « l'oreille collée aux transistors qui débitent le dernier disco américain ; ils ne sont plus ni nordestins ni paulistes. Le choc est trop fort entre ces paysans affamés, fuyant la sécheresse du Pernambouc, et les derniers gadgets de la civilisation de l'Atlantique-Nord. Un Nordestin cosmique est en train de naître : manioc et satellites, faim et télévision [1] ». A l'envers du miracle, à l'ombre des tours qui n'arrêtent pas de jaillir de partout, les enfants meurent trois fois plus que dans les beaux quartiers. Pollution de l'eau ! Combien sont-ils ? Personne ne le sait, mais on évalue à 2 millions [2] les favelados de la mégalopole, qui est le symbole du « développement » à travers tout le pays.

Favelas de *Salvador* (Bahia la Noire) : la baie de Tous-les-Saints est devenue celle de « tous les pauvres [3] », les exilés de l'opulence. Bahia se replie sur ses racines africaines, de plus en plus marginalisée par un développement programmé par les hommes d'affaires de Sao Paulo, et qui ne profite qu'à eux. Mais, vous diront les Paulistes, « la mer rend la misère fort supportable ».

*Recife* la subversive, ville de dom Helder Camara et de Miguel Arraes, les deux bêtes noires de la bourgeoisie locale, ville bien connue, aux temps de la répression, pour sa police zélée (au hasard des rues, on vous indiquera les anciens centres de torture...) et classée « foyer d'insécurité ». Sur les 2 millions d'habitants du grand Recife, près de 800 000 vivent en favelas. Mais, capitale du pauvre Pernambouc, Recife a

1. Carlos de Sa Rego, *Croissance des jeunes nations,* juin 1980.
2. Bernard Granotier, *La Planète des bidonvilles,* Paris, Le Seuil, 1980.
3. *Bahia de todos os pobres,* VOZES-CEBRAP, 1980.

réussi son petit miracle personnel : prospérité affichée du quartier Bon Viagem, luxe des boutiques et insolence des grands hôtels — on joue au Copacabana du pauvre.

Au bout de la plage, la favela de Brasilia Temosa (têtue) n'en finit pas de tenir tête à la police. Démolie le soir, elle est reconstruite le lendemain. Les gueux se sont installés dans une zone dite « touristique » et les grands hôtels lorgnent le terrain. Mais toute cette « racaille » n'arrive pas à comprendre ce qui peut bien attirer les touristes dans ces lieux de misère. Alors, jour après jour, ils reclouent leurs planches et rafistolent leurs bouts de carton.

Plus loin, c'est *Coque* : 19 000 personnes sur 50 hectares. Ce n'est plus l'entassement ignoble de Rocinha, il y a des plantes dans des boîtes de conserve et même quelques arbustes rabougris. Et un certain alignement... Des familles se serrent dans des abris de cartons d'emballage tenus par des papiers collants, les trous sont bouchés par des morceaux de chiffon. Ce sont des « nouveaux » qui attendent de construire en dur, c'est-à-dire en planches mal équarries récupérées au hasard. Quelques points d'eau, de-ci, de-là : on fait la queue et il faut payer. Pour les ordures et les sanitaires, on jette tout dans un petit terrain, au milieu des maisons : la marée viendra, en principe, nettoyer. De toute façon, le quartier a été bâti sur des ordures, les « envahisseurs » ont remblayé eux-mêmes ce marais dont personne ne voulait. Il paraît que le sol est contaminé, tous les gosses, sans exception, ont des parasites intestinaux.

Seulement, en ces temps de spéculation, même cela ne peut durer. Les habitants de Coque n'ont pas de titre de propriété et sont toujours à la merci d'une expulsion. Pour eux, comme pour les paysans, le grand problème, c'est la possession de la terre. Le président Figueiredo est passé quelques semaines avant nous et il leur a donné le terrain. Il ignorait qu'un homme d'affaires véreux magouillait depuis longtemps pour obtenir ce terrain. Ce dernier vient de gagner le procès, avec de faux papiers, bien sûr, car il y a aussi des *grileiros*[1] urbains. A la ville comme à la campagne, dès qu'il y a une zone litigieuse surgissent immanquablement de nombreux propriétaires. Ce jour-là, justement, le magouilleur faisait sa tournée d'intimidation avec quatre gardes armés.

> *Chassé de chez moi, j'ai quitté mes champs.*
> *On m'a mis dehors comme un vrai mendiant.*
> *Dans la même foulée, on m'expulse encore*
> *Car la ville s'étend, tout' ses griffes dehors*[2].

Didier, le jeune Français volontaire de Frères des hommes qui travaille à Coque depuis trois ans, en liaison avec l'équipe de dom Helder, n'est même pas découragé. Il a l'habitude. Il parle aux gens, tous sont soucieux : l'expulsion, ils n'ont que ça en tête. Nous passons près de longues cabanes de plusieurs chambres. Elles se louent à la chambre, où toute une famille s'entasse pour 600 à 1 000 cruzeiros par mois. Certains « propriétaires » ont plusieurs maisons et les louent. « Au niveau de la favela, en général on assiste à la reproduction de l'exploitation de la société qui l'entoure. » Une aide sociale nous parle d'un homme qui paie 2 000 cruzeiros pour une petite chambre, juste là, à côté. A-t-il un salaire fixe ? Non, il fait comme tout le monde, du « biscaté », petits travaux de-ci, de-là[3]. Il se débrouille. Didier précise : « A force de vivre au jour le jour, les gens des favelas sont complètement déstructurés. Ils ne savent jamais comment ils arriveront au lendemain. Certains vont à Sao Paulo, mais sont incapables de s'adapter à un emploi régulier, discipliné. Incapables de s'intégrer dans

1. Usurpateurs de terres, qui fabriquent de faux titres de propriété.
2. Extrait de *la Complainte en bidonville : favela de Goiânia*, 1979, cité par le DIAL n° 550.
3. « Nos pauvres sont si pauvres qu'ils n'ont pas les moyens de rester sans travailler », nous dit l'économiste Paul Singer. C'est là l'énorme différence entre le chômeur des pays développés, qui est pris en charge, et celui du Tiers-Monde pour qui chômage signifie l'infrasubsistance ou la mort.

un système mieux organisé. *Déstructurés.* » Version brésilienne de la culture de la pauvreté décrite par Oscar Lewis au
Mexique. Ici aussi on perd peu à peu les racines avec la terre,
et la deuxième génération ne connaît plus que la culture de
favela.

De plus, les gens ont eu si peur pendant la répression, ils
ont tellement été persécutés, qu'ils en portent encore les
traces. Comme un peu partout au Brésil, *la répression s'est
intériorisée.* Une infirmière arrive, agitée. A voix basse elle
explique : « Ces derniers jours, on parle beaucoup de nous
comme des communistes, parce qu'on essaie d'aider les gens à
s'organiser, à se défendre, à résister aux expulsions. » Communiste, à Recife, c'est plutôt mal vu, on sait où ça peut
mener. C'est vrai que tous ces gens qui voudraient un endroit
où loger sans être constamment menacés d'expulsion, qui
aimeraient faire un repas décent pas jour, sont bien subversifs.

Les femmes de la « clinique » se plaignent : impossible de
trouver du lait en poudre ordinaire[1]. Elles achètent donc
un lait spécial, plus coûteux, qui, lui, ne manque pas. Où
trouvent-elles l'argent ? De toute façon, elles ne pourront
jamais donner la quantité prescrite sur la boîte. Allaiter leur
bébé ? « Il paraît que cela déforme », expliquent certaines.
« Comme nous sommes mal nourries, nous ne pouvons
allaiter », s'excusent d'autres. Idée fort répandue au Brésil.
Au point que d'aucuns se sont alertés. « C'est une honte,
protestait une femme médecin de l'INAN à Brasilia. On leur a
fait croire cela, mais nos études montrent bien que la qualité
du lait est excellente. Il ne manque que quelques vitamines.

---

1. Ce lait Ninho est fabriqué par Nestlé, de même que tous les laits
élaborés et chers. Quand l'approvisionnement en matière première est
difficile, Nestlé donne priorité à la fabrication de ces derniers et le lait en
poudre ordinaire devient introuvable. La logique du profit ne coïncide
guère avec celle de l'intérêt général. En dépit des protestations humanitaires de Nestlé.

Plus facile d'en prendre quand on allaite que de se ruiner en laits chers. » Ce ne serait peut-être pas l'avis des fabricants, ni des pédiatres d'ailleurs. A l'hôpital de Recife, il y a quelques années, on interdisait aux mères d'allaiter leurs bébés. Aujourd'hui, on fait tout pour les décourager. Les pauvres doivent devenir « modernes » à n'importe quel prix...

Juste à côté de Coque, la municipalité a bâti un somptueux parking, surabondamment illuminé et fort peu utilisé : facilité offerte aux riches résidant hors la ville d'y laisser leur voiture, un très bel autobus les conduisant en ville pour une somme inférieure aux bus populaires toujours surchargés. Ces autobus spéciaux tournent pratiquement à vide. Le bidonville, lui, est mal éclairé. Comme partout, les gens se branchent sur le réseau de distribution existant. Avec des accidents.

Didier continue : « Les gens ici sont d'un grand fatalisme. Ils essaient de survivre, avec le sourire, souvent. Mais ils savent qu'*ils ne s'en sortiront jamais*. Quoi qu'ils fassent. » Une dame noire nous salue sur le pas de sa porte, sourire chaleureux mais œil inquiet : « Alors, qu'est-ce que vous pensez de notre quartier ? » Indicible malaise.

Il y aurait encore Belem et ses énormes favelas, les pieds dans l'eau et les maisons sur pilotis, les *palafitos*. La marée, toujours. Sao Luis et toutes les autres... Favelas des villes qui croissent plus vite que le reste de la ville, celle-ci croissant plus vite que la campagne ; favelas des campagnes « modernisées ». Et toujours ce leitmotiv des prêtres qui y vivent : « On ne comprend pas comment ces gens se débrouillent pour survivre... » Le miracle brésilien.

Tout cela n'est peut-être pas très important, dans un pays qui donne la priorité à l'économie sur les problèmes sociaux... Mais à quoi bon tirer des plans sur la comète si l'on n'est pas capable de résoudre l'effroyable croissance des bidonvilles ? « Villes jeunes », comme on dit cyniquement ailleurs, et l'expression est juste : le bidonville est le futur de l'Amérique

latine, comme celui du Tiers-Monde en général. Le mouvement semble irréversible vers la « planète des bidonvilles »,
et rien n'est fait pour l'arrêter.


## 7. Le fazendeiro affameur : sous-production, sous-emploi, chômage

Au Brésil aussi, la sous-production alimentaire n'a jamais
cessé, elle a une très longue histoire. Seule la côte cultivait le
sucre, mais, à l'intérieur, le grand propriétaire accaparait
d'énormes surfaces sans les mettre en valeur, se contentant de
délimiter sa propriété en clôturant ses prés, stérilisant ainsi
toute possibilité de réel développement agricole. Sous-production, sous-emploi, chômage de ruraux qui se multiplient
vite, tableaux de misère dans les villages. Sur 150 millions
d'hectares de pâturages extensifs — plus d'un hectare par
habitant — consacrés surtout à l'élevage de bovins à viande,
on ne produit plus assez de viande pour les Brésiliens. On en a
longtemps exporté, voici qu'on en importe ; et il y a très
longtemps que cette viande n'apparaît plus guère, sauf les
jours de grande fête, sur la table des pauvres[1].

Mais cette terre, de plus en plus recherchée comme
placement anti-inflationniste, augmente de valeur sans cesse,
maintenant que la plus grande partie de l'intérieur — sauf
l'Amazonie — est défrichée. Alors les riches urbains (industriels, professions libérales, commerçants, banquiers, spéculateurs) l'accaparent de plus en plus aux dépens des paysans[2] et
même des exploitants agriculteurs. Certains transforment
même des labours en herbages « pour ne pas avoir à s'en
occuper ». N'oublions pas que la terre permet d'obtenir de

1. Beaucoup d'entre eux n'en connaissent même pas le goût.
2. Ils n'en ont jamais eu beaucoup, sauf s'ils l'ont défrichée.

l'État des crédits à bas taux d'intérêt, qui, en temps de forte inflation, portent un intérêt négatif et sont de vrais cadeaux. Ces crédits sont souvent détournés vers des achats somptuaires ou improductifs (avions, villas) ou même exportés. Si, depuis une date récente, on cherche à mieux en contrôler l'emploi, on n'y arrivera jamais parfaitement tant que persistera la corruption de la bureaucratie.

Quand le prix de la terre augmente, la mobilité sociale s'en trouve freinée. Nous avons visité de vieux éleveurs qui débutèrent salariés, puis s'élevèrent par leur dur travail et leur austère épargne à la condition de métayers, ensuite de fermiers. Ils sont ensuite parvenus au rang si envié de notables propriétaires. Aujourd'hui, une telle promotion n'est plus guère possible ; au contraire, la concentration de la propriété ne cesse de s'accentuer, concentration réalisée aux dépens de la production. Les « grands » obtiennent certes des rendements plus élevés sur leurs cultures technifiées, mais ils oublient de rappeler qu'en moyenne ils cultivent une très faible proportion de leurs propriétés. En 1970, les exploitations agropastorales de plus de 20 hectares avaient plus de la moitié de leur surface en pâtures, généralement extensives, mais 8,5 % seulement en cultures [1] — surtout d'exportation. Le reste était en friche, ou parfois reboisé. Les fermes de moins de 20 hectares, par contre, avaient plus de la moitié de leur surface en cultures, surtout vivrières, et un cinquième seulement en pâtures.

Or toute la politique de crédit, nous rappellent les évêques, favorise davantage les grands propriétaires, et la mise sous hypothèque a dépossédé bien des petits, qui ont trop de mal, sur une petite échelle, à se moderniser économiquement. Dans toutes les fazendas d'élevage de bovins à viande que nous avons visitées, le propriétaire était *absent*; seul était là

---

1. Sur les fermes de plus de 1 000 hectares, la proportion de cultures tombe même à 3 %.

son *capataz*, que l'on hésite à appeler régisseur, car souvent quasi analphabète. Ce dernier n'avait aucune possibilité d'investir, donc d'intensifier. Seules quelques fermes laitières étaient en cours d'amélioration, mais sur une échelle tout à fait insuffisante : le Brésil fait 100 millions d'hectolitres de lait, 40 % de la production française, pour une population plus de deux fois supérieure et une surface quinze fois plus grande ; et cela prive de lait la majorité pauvre des Brésiliens. Cela oblige aussi, pour alimenter les riches, à des importations massives de poudre de lait, dans un pays si peu peuplé.

Certes, le Sud et Sao Paulo cultivent plus, cultivent souvent bien, en agriculture « technifiée ». Mais les tracteurs et les machines ont été achetés avec des crédits qui ont finalement surtout profité aux multinationales du machinisme (Massey-Fergusson [1] en tête), qui privent de travail la majorité des ouvriers agricoles brésiliens et contribuent à ruiner les paysans, fermiers ou métayers. Ce sont ces ruraux chassés des villages que nous avons rencontrés dans les favelas et que nous retrouverons luttant pour garder le lopin de terre qu'ils ont défriché à grand-peine en Amazonie. [2]

Brasilia et les militaires pensent à la grandeur du Brésil, qu'ils traduisent en projets pharaoniques, de la transamazonienne (que la végétation recouvre déjà) à l'énergie nucléaire et au « projet alcool ». Quand ils veulent aider le pauvre Nordeste, leurs travaux d'infrastructure « enrichissent les grands propriétaires au détriment des travailleurs ruraux. La structure foncière du Nordeste a *aggravé* la situation d'oppression et d'esclavage. C'est le même risque que présentent des projets semblables en d'autres régions [2] ».

Certes, les gros agriculteurs ont développé des cultures d'exportation ; les fruits et légumes de Sao Paulo (souvent

1. Mais le voici, lui aussi, en difficulté.
2. Lettre pastorale des évêques brésiliens, 14 février 1980, publiée dans *Paysans du Brésil, le temps des requins*, Paris, Cerf, 1980.

produits par des agriculteurs d'origine japonaise[1]), qui ravitaillent presque toutes les villes du Brésil, freinent les possibilités de développement horticole des autres régions, et surtout de ce malheureux Nordeste.

## 8. Café-cacao : désormais au second rang

Le café, qui fut la première richesse du Brésil et assurait encore les deux tiers des exportations du pays dans les années 50, n'en fournit même plus 13 % ; il est vrai qu'on en boit de plus en plus. Cependant, quand on vient de voir la « révolution verte » du cattura en Colombie, qui accroît si vite production et exportation en maintenant une haute qualité, la plantation brésilienne nous apparaît souvent décadente. En Parana, pour profiter des riches terres vierges basaltiques, des plantations sont allées loin au sud, donc trop exposées aux gels qui font la joie et la fortune de leurs concurrents.

Près d'Araras (État de Sao Paulo), nous visitons une grande plantation traditionnelle, 300 hectares, moitié canne, moitié café. La famille du fazendeiro nous accueille, débonnaire. Les grands bâtiments et les installations sont anciens, mais à côté de la *casa grande* on a construit deux villas dans le goût du jour. Les affaires semblent assez prospères, mais, précisent les propriétaires, « notre drame, c'est l'IBC (Institut brésilien du café) qui nous " confisque[2] " la moitié du profit. Une vraie honte ». Seraient-ils prêts à vendre ? Sourire rusé : « Il

1. Dans *Terres vivantes* (Paris, Plon, 1961), René Dumont soulignait déjà l'efficacité technique de la coopérative japonaise de la tomate, la Cotia, qui organisait aussi la rareté des fruits sur le marché de Sao Paulo pour les vendre plus cher !
2. Le terme de « confiscation » est très employé pour toute forme d'impôt.

n'en est pas question. » L'exploitation, elle, est antique. Rien à voir avec les superbes plantations de cattura en Colombie. Là-bas, on cueille délicatement une à une les cerises de café rouges, bien mûres, sur de petits arbres faciles à atteindre ; ici, il faut des échelles pour grimper à des pieds parfois vieux de cent ans et on arrache d'un seul coup les cerises rouges, sèches et vertes y comprises, pour les laisser toutes tomber à terre, dans la poussière. Rien de soigné, et la qualité du café s'en ressentira.

Soudain, le propriétaire s'exclame : « Il faut que vous voyiez nos ouvriers. Vous ne pouvez pas partir sans les voir, vous ne le croiriez pas : ils sont si malheureux, si pauvres ! Vous devez les voir. » Un peu surpris, nous allons donc voir la cueillette. Les ouvriers, en effet, sont déguenillés, poussiéreux, abrutis, avec cet air indéfinissable de la misère acceptée. « Vous voyez, insiste le fazendeiro, tout ça, c'est la faute à IBC. » Nous n'y avions pas pensé...

Une organisation d'État relativement efficiente, la CEPLAC, organise la modernisation du cacao. Elle vient de redonner au Brésil la seconde place, après la Côte-d'Ivoire, dans la production mondiale. Cependant, nous dit un économiste de la CEPLAC, « nos producteurs sont pris entre les multinationales d'amont, qui leur fournissent engrais, pesticides et matériel, et les multinationales d'aval — ici Nestlé — qui leur achètent leur cacao. Pris en sandwich, de toute façon, nos producteurs sont mangés », conclut-il. Cependant, le récent boom du cacao avait enrichi les planteurs, mais guère les ouvriers, toujours à peu près aussi misérables ; depuis, les cours sont retombés.

Cependant, le Brésil se propose toujours de produire 700 000 tonnes de cacao en 1995, contre 314 000 en 1980, ce qui nous paraît très dangereux, car la consommation risque de ne pas suivre, sauf si, comme pour le café, les pays socialistes se mettent à manger autant de chocolat que le monde dit libre. Une surproduction relative amènerait l'effondrement des cours ; aucune organisation du marché — du reste vainement tentée depuis vingt ans au moins — n'y résisterait. Les pays développés et la Banque mondiale ont longtemps financé de préférence café, coton, sucre, cacao, oléagineux dans l'espoir inavoué de se procurer ces denrées à meilleur marché : meilleur pour les acheteurs, pire pour les producteurs.

## 9. L'alcool de canne carburant, ou l'énergie du désespoir

Malgré tous les efforts faits pour promouvoir les cultures d'exportation, les pays riches dominent assez l'économie mondiale pour imposer des « termes de l'échange » qui ne cessent de défavoriser honteusement les produits primaires, aussi bien minerais[1] que denrées agricoles. Aussi le Brésil ne peut-il plus se payer les 60 millions[2] de tonnes de pétrole qu'il utilise — ou gaspille — en 1980, dont plus de 80 % sont importées. C'est une situation que des politiques et des économistes soucieux d'abord de l'intérêt national auraient dû prévoir en s'efforçant de promouvoir une politique d'économie de carburant.

Évoquons d'abord les possibilités du charbon et de la forêt. On aurait pu renforcer, étendre et, grâce aux énormes ressources hydrauliques du pays[3], *électrifier le réseau ferré* : 80 % des transports se font par route ! Puis développer le

---

1. Le Brésil en exporte beaucoup à l'état brut, surtout du minerai de fer.
2. 60 % de la consommation française, mais le quart par tête d'habitant.
3. Elles dépassent très largement 200 000 mégawatts, donc suffiraient jusqu'à l'an 2 000. Les nucléaristes l'ont estimé à 100 000 mégawatts, et ils ont sous-estimé le coût du nucléaire ; ce qui va justifier le gaspillage des milliards de dollars qui font tant défaut aux cultures vivrières.

cabotage maritime : de Belem à Porto Alegre, deux grands ports situés près des deux extrémités du pays, à plus de 3 000 kilomètres l'un de l'autre. Or presque tout est transporté par la route, alors que le bateau consommerait infiniment moins. On aurait pu enfin développer les voies navigables, en Amazonie d'abord, qui sont bien moins coûteuses que les autoroutes folles.

En ville, on aurait dû développer les transports collectifs, qui pourraient bien être plus fréquents et moins coûteux, et freiner par tous les moyens la voiture particulière : par des taxes croissantes avec la puissance, l'interdiction de stationner sur la voie publique, et, finalement, des limitations d'achats et des quotas de carburant. Puis limiter la consommation d'électricité à base de fuel domestique [1] (climatiseurs, appareils électroménagers, chauffage) ou industriel. En somme, rechercher un mode de vie qui se contente des ressources limitées du pays, et qui se base aussi sur ses ressources actuellement gâchées, et d'abord le non-travail des chômeurs.

Pour nos privilégiés au pouvoir, on se contente de trop modestes efforts dans certaines de ces directions, mais il ne peut être question de réduire réellement leurs privilèges, leur consommation somptuaire, leurs gaspillages. Et surtout pas le nombre abusif de leurs voitures particulières, qui embouteillent et empoisonnent les villes. A qui parle de rationner l'essence, on répond que ce serait déclencher une crise dans la construction automobile [2] et mettre 350 000 ouvriers de plus en chômage. Certes, quand on s'est engagé dans le modèle économique capitaliste, des virages prononcés sont difficiles. Il faudra étudier le problème dans son ensemble, avec le peuple. Le Brésil n'a plus les moyens d'acheter autant de

1. En augmentant le prix du courant à mesure que la consommation augmente, tout en taxant moins les revenus modestes.
2. Crise qui devient mondiale, en 1981. Je l'avais annoncée dès le printemps 1973, dans *l'Utopie ou la Mort,* Paris, Le Seuil.

pétrole — c'est devenu évident —, alors il se propose de produire du carburant national.

Le jus sucré de la canne, fermenté et distillé, produit de l'alcool ; en moyenne, on arrive à l'équivalent de 3 tonnes de pétrole par hectare et par an. On a commencé par distiller les mélasses, sous-produit du sucre, et par mélanger jusqu'à 15 % d'alcool à l'essence, avec les mêmes moteurs. Désormais, cela ne suffit plus, et l'on cultive de la canne dont tout le sucre est distillé. Pour brûler l'alcool pur, l'éthanol, il faut des moteurs spéciaux. Qu'à cela ne tienne, Volkswagen, premier fabricant d'automobiles du Brésil, a un moteur adapté, tout prêt, même s'il est plus coûteux. Il propose d'en fabriquer 1 300 par jour si on lui concède, en échange de ses investissements, les avantages fiscaux et douaniers habituels, que des esprits raisonnables (comme nous) pourraient considérer comme exorbitants. Y a-t-il des privilégiés raisonnables et soucieux de l'intérêt national ? Ils semblent être bien rares, surtout au Brésil.

Alors, la production d'alcool de canne, si largement subventionnée, se propose de dépasser les 10 milliards de litres avant 1985, sur plus de 3 millions d'hectares, soit environ le dixième des cultures brésiliennes. Mais sur quelles terres ? Les plus fertiles, celles qui pourraient produire les aliments qui font terriblement défaut à ce pays. Le soja chassait déjà le haricot noir ; la canne à alcool, qui dépasse le million d'hectares en 1980, chasse le maïs, le riz et le manioc, les aliments des pauvres. Au célèbre Institut agronomique de Campinas, nous avons interrogé nos collègues agronomes sur les cultures vivrières susceptibles de réduire la malnutrition. C'est là un problème de gouvernement, nous ont-ils répondu. Ces spécialistes de la canne ne paraissent guère concernés par ce problème auquel ils sont pourtant susceptibles de proposer des solutions.

Tant que le manioc, la patate douce ou le taro étaient seulement considérés comme les aliments du pauvre, ils ne recevaient guère de crédits de recherche : à quoi bon chercher à les améliorer ? Mais voici que ces féculents peuvent aussi produire de l'alcool : alors on trouve bien vite les crédits, les moyens de les améliorer. Certes, le manioc est une culture de paysan, et des mini-distilleries pourraient produire l'alcool nécessaire aux besoins locaux de quelques communes, sans que sa commercialisation soit obligée de passer par les postes à essence des grandes sociétés pétrolières. Mais les pouvoirs favorisent les grandes distilleries, plus coûteuses en investissements, en transports de canne (donc en carburant), car leur production est déjà écoulée par le canal des puissances multinationales... Et cela redonne un nouveau souffle économique aux latifundia.

Les habitants de Bahia ne craignirent point de nous le dire bien haut. Dès 1980, la canne à alcool avait fait renchérir le prix des aliments de base, qui s'en trouvaient raréfiés. *La canne est en train d'affamer un peu plus les pauvres du Nordeste*[1]. Cependant, les plans officiels ont l'audace de proposer, pour l'an 2000, 23 millions d'hectares de canne pour alcool, qui occuperaient alors *la majorité des terres fertiles du Brésil* : car ce pays immense est pauvre en terres riches encore disponibles.

Des esprits lucides aux États-Unis, comme Lester R. Brown du Worldwatch Institute de Washington[2], ont fait un calcul bien simple, même s'il est volontairement ignoré par les officiels brésiliens. Pour nourrir un homme, un pauvre, en ration de subsistance, il suffit — disent-ils — de 8 ares en moyenne ; pour une ration de riche, il faut 36 ares, soit quatre fois et demie plus. Pour alimenter une auto européenne faisant 11 000 kilomètres par an, il faudrait l'équivalent de 3 tonnes de grain, donc 132 ares ; avec une auto américaine plus

1. Et d'ailleurs !
2. « Food or Fuel : New Competition for the World's Cropland », *Worldwatch Paper,* n° 35, mars 1980.

gourmande et roulant en moyenne 16 000 kilomètres par an, il faut 7 tonnes de grain, donc la production de 3,1 hectares : *soit trente-neuf fois plus de terres cultivées que pour une ration de subsistance.* La canne anthropophage, une fois de plus. Et Lester Brown souligne que, depuis plus de vingt ans, le vaste Brésil est importateur de grains, dont la quantité a augmenté récemment jusqu'à 6 millions de tonnes par an. Et qu'un tiers seulement des Brésiliens est correctement nourri, selon les normes des organisations internationales.

Cela ne veut pas dire qu'il faille renoncer à toute forme d'énergie renouvelable, de carburant végétal. Si la canne exige, pour un rendement correct, les meilleures terres, les eucalyptus et les pins poussent fort bien sur les plus pauvres *cerrados,* si répandus dans l'intérieur du Brésil. Un hectare de ces bois peut y produire chaque année, suivant la fertilité des sols et la pluviométrie, l'équivalent de 5 à 10 tonnes de pétrole, contre 3 tonnes pour la canne. Avec beaucoup moins d'engrais, de machinisme et de carburant, qui, pour la majorité d'entre eux, sont jusqu'ici importés en totalité ou dans leurs composants ou matières premières.

Et les distilleries de méthanol — l'alcool de bois —, même si elles coûtent encore un peu plus cher, peuvent tourner toute l'année au lieu de seulement six mois par an pour la canne, ce qui réduit de moitié les investissements. Quelques problèmes techniques sont encore à mettre au point, mais une solution économique est sûrement en vue. Mieux vaudrait reboiser les friches (et même les plus pauvres prairies) et y produire 5 tonnes de carburant à l'hectare plutôt que 50 kilos de viande (poids vif) — rendement qui n'est même pas toujours atteint. Des dizaines de millions d'hectares de savane, friches ou forêts claires sont disponibles pour un reboisement qui fournirait aussi les bois et charbons de bois nécessaires au pays, protégerait de l'érosion les sols fragiles et en pente, augmenterait l'emploi rural... Ce serait une politique nationale et sociale : deux qualificatifs si souvent négligés, même s'ils sont volontiers affirmés.

## 10. Paupérisation paysanne absolue, investissements gâchés, contre-réforme agraire

Vers 1950, le parti communiste français chercha longtemps, au besoin en trafiquant les chiffres, à montrer que se réalisait dans notre pays la « prophétie » de Marx sur la paupérisation absolue de la classe ouvrière. C'était là un mensonge grossier. Mais, depuis au moins vingt ans, dans le Tiers-Monde, ce mensonge devient, surtout pour la paysannerie, une réalité. J'ai vu les ouvriers agricoles de la *zona da mata* de Pernambouc assez misérables en 1958, mais au moins logeaient-ils généralement sur le domaine, avec un emploi permanent, parfois une petite culture. En 1980, nous les retrouvons parqués dans les ceintures de misère des petites villes, boias frias à emploi surtout saisonnier, ou courant tout le pays à la recherche d'un emploi problématique.

Martine Droulers nous montre les « Paysans du Maranhao[1] » à la limite du Nordeste et de l'Amazonie dans une situation très précaire, obligés de « vendre en feuille[2] » leur manioc, bien avant la récolte, à la moitié ou au tiers du prix normal[3]. Ou alors de l'arracher en vert, avant maturité, seul moyen de satisfaire la faim pressante de la famille ; et le paysan répète volontiers que « manioc en vert ne donne de chemise à personne ». Ces *caboclos* (à l'origine, métis d'In-

1. *Problèmes d'Amérique latine*, n° 4474, 13 juillet 1978.
2. On disait en France « manger son blé en herbe ».
3. Forme d'*usure*, si courante de très longue date en Asie du Sud, et dont je notais récemment l'extension en Haute-Volta (*Paysans écrasés, Terres massacrées*).

diens et de Blancs ; on appelle désormais ainsi tous les paysans pauvres) restent étroitement, férocement, *soumis* aux grands propriétaires qui leur louent la terre, qui exploitent les fours à manioc (en retenant pour cela le quart de la farine), qui possèdent les troupeaux, les charrettes et camions de transport, les rizeries : tous moyens d'exploiter le paysan. « Ils tissent autour d'eux un réseau complexe de liens sociaux pour s'attacher des familles entières » — qui leur assurent le pouvoir politique.

Dans de telles conditions, l'État peut bien réaliser des masses impressionnantes d'investissements, comme dans le polygone de la sécheresse, le trop célèbre *sertao,* où des pluies très irrégulières peuvent même cesser pendant une année : décimant les troupeaux, affamant les paysans pauvres qui sont alors obligés de fuir pour survivre. Nous avons vu les *flagellados* arriver à Recife en mai 1958 et en 1980, vivant — ou survivant à grand-peine — de mendicité.

Cependant, dès 1909, un vaste programme de barrages-réservoirs était réalisé. En 1972, on en comptait 863, retenant une masse énorme d'eau, plus de 13 milliards de mètres cubes. En 1976, on prévoyait 38 nouveaux barrages publics et des barrages privés capables de doubler cette capacité de stockage. Réserve inutile : « des pièces d'eau collées sur le paysage de la *caatinga*[1] », nous dit Martine Droulers dans l' « Aménagement du sertao du Nordeste[2] ».

Ces réservoirs, en effet, s'ils permettent d'abreuver le bétail des grands propriétaires, ne sont presque pas utilisés pour l'irrigation. Ils furent du reste l'objet de détournements massifs des fonds publics. En 1958, ceux-ci avaient déjà payé la construction de 258 barrages, qui n'existaient que sur le papier ; on s'était limité à édifier réellement ceux qui se situaient près des routes, seules parcourues par les inspec-

1. Forêt claire d'épineux, en milieu aride.
2. *Problèmes d'Amérique latine,* n° 4560, 10 mars 1980.

teurs, et l'argent destiné aux autres avait été détourné. Était-il d'ailleurs raisonnable d'investir tant dans la zone la plus difficile du pays, alors que dans le reste du Nordeste la même dépense aurait pu procurer bien plus de production et d'emplois ?

En attendant, 10 milliards de mètres cubes d'eau (qui seront largement disponibles en 1988), à raison de 10 000 mètres cubes d'eau par hectare irrigué, pourraient arroser *1 million d'hectares,* fournir 2 à 3 millions d'emplois, produire 4 millions de tonnes de céréales : les deux tiers de ce que le Brésil importe en 1980. Mais les terres dominées par les barrages sont entre les mains des grands propriétaires, et l'irrigation [1] exigerait, pour son plein emploi, leur fractionnement. Propriétaires affameurs, on ne le répétera jamais assez. Ils ne tiennent pas à accroître le volume d'emploi, qui les obligerait à payer des salaires décents, ni à réduire la rareté des grains, qui leur permet de vendre plus cher leurs récoltes [2].

Alors que le Brésil pourrait irriguer à coût modéré plus de 10 millions d'hectares déjà recensés (en plus du million d'hectares déjà arrosés), le 3e Plan se propose (y arrivera-t-il ?) d'en arroser 115 000 hectares, soit 11 % du potentiel, dans les cinq prochaines années. A ce rythme, *il faudrait cinq cents ans pour utiliser tout le potentiel du pays !* Le Mexique — il est vrai plus aride — va bien plus vite.

L'irrigation ne rapportant pas, on cherche donc désormais à investir davantage dans les vallées humides, et dans la *zona da mata* sucrière du littoral, plus arrosée. Le fameux fonds d'équipement Polonordeste, qui s'y concentre, a certes

1. Les barrages sur le Sao Francisco, nous dit Lena Lavinas, pourraient irriguer 600 000 hectares. Mais ils sont orientés, non vers l'irrigation, mais vers la production d'électricité, laquelle dessert et desservira les villes du littoral de Salvador à Recife, et non les villages et zones rurales.
2. Ce que m'expliquait, en 1958, à Madras, le président de la commission d'agriculture du Tamil Nadu.

construit des routes, des réseaux électriques, des installations de stockage et accordé des crédits fort avantageux, spécialement *destinés* aux petits paysans. En réalité, seuls les gros et les moyens agriculteurs ont eu accès à ces crédits-cadeaux. Les petits ont continué à se ruiner, et à partir. Pour d'autres projets, comme le Finor, les exemptions fiscales n'ont profité qu'aux grandes fazendas. On a investi 11 milliards de cruzeiros de 1965 à 1975, pour ne créer que 1 100 emplois. Or le seul Maranhao compte 400 000 paysans.

*Dépenses énormes, sans résultats appréciables,* car le pouvoir reste entre les mains des *coroneis* (colonels, ainsi qu'aiment être appelés les grands propriétaires) de l'oligarchie agraire, qui seule profite de ces investissements. Avec aussi une nouvelle classe moyenne, la « bourgeoisie internationale, associée aux capitalistes du Centre-Sud », comme dit Martine Droulers, celle qui met ses capitaux dans l'agro-industrie. Et dans les zones industrielles de Recife dominent les entreprises des multinationales.

La paysannerie, quant à elle, est de plus en plus ruinée, et les paysans sans terres ne trouvent plus assez d'emplois. Il s'agit donc, avec la concentration croissante de la production, d'une véritable *contre-réforme agraire.* Ici aussi, on avait créé un Institut de réforme agraire pour complaire au puissant voisin du Nord, satisfaire les exigences de l' « alliance pour le progrès ». Ici aussi, en 1964, on a ajouté le mot « colonisation », qui précède — ce n'est pas par hasard — le mot « réforme agraire », dans l'Institut national de colonisation et de réforme agraire (INCRA). Son directeur, Yakota, un Brésilien d'origine japonaise, a oublié le rôle fondamental de la réforme agraire dans le boom agricole du Japon d'après-guerre. Dans le grand quotidien *O Estado de Sao Paulo* du 30 septembre 1979, il ne craint pas d'écrire que « la réforme agraire est un sujet pour économiste désœuvré » et qu'elle peut « contribuer à désorganiser les activités agropécuaires existantes ».

Certes, partager en minifundia les plus modernes fermes de l'État de Sao Paulo y réduirait sûrement la production. Mais ces fermes restent une minorité dans le tableau agricole brésilien. La majorité des grandes fermes est en prairies extensives, en partie aptes à la culture. Dans le Triangulo, partie ouest du Minas Gerais, les éleveurs ne nous ont pas caché : « Presque toutes nos prairies pourraient être culti-vées. » Les petites fermes de moins de 50 hectares occupent seulement 11 % du territoire agricole du Brésil, et fournissent 40 % de la production agricole. Et bien plus pour les aliments de base : 58 % des haricots, 53 % du maïs, 45 % du café, 36 % du blé, 32 % du coton, 24 % du riz. Les projets populaires, nous dit dom Tomas Balduino, « ont toujours été étouffés par la législation, qui n'a cessé de favoriser le latifundium, lequel a traversé l'histoire sans aucune blessure depuis la conquête ».

## 11. Contre-réforme et pionniers de la frontière

A Campinas, la courageuse ABRA (Association brési-lienne de la réforme agraire) n'a pas cessé de dénoncer le *scandale du latifundium,* même pendant les plus dures périodes de répression du régime militaire, où elle était à peu près la seule à le faire.

En 1960, 1,7 million de minifundia officiels (en réalité il y en avait plus), donc la moitié en nombre des exploitants agricoles, occupaient 7,4 millions d'hectares, soit 4,4 % de la surface agricole du pays, avec une surface moyenne de 4,4 hectares. En 1975, 2,5 millions de minifundia, avec une surface moyenne de 3,1 hectares (donc encore plus difficiles à rentabiliser), n'occupaient plus que 1,4 % d'une surface agricole entre-temps largement accrue aux dépens du domaine national, des terres en friche ou en forêts.

Par contre, le nombre des latifundia s'était, dans la même période, accru de 33 000 à 50 000. Ils représentaient dans les deux cas 44,5 % de la surface agricole, leur surface moyenne avait un peu augmenté, de 3 300 à 3 600 hectares, mais leur surface globale avait crû de 70 %. Si, en 1960, il fallait regrouper 756 minifundia pour atteindre la surface moyenne d'un latifundium, il en fallait 1 154 en 1975 : ici encore, le fossé ne cesse de se creuser.

Rappelons que, sur les fermes de plus de 1 000 hectares, on ne trouve qu'un peu plus de 3 % de cultures, que l'extension du latifundium a déjà permis d'accroître les pâturages aux dépens des labours, donc de *réduire la production* : *contre-réforme* donc, mais, dans son interview, Yakota ne répond à aucun des arguments ci-dessus.

Cependant, Gary Kurtcher, de la Banque mondiale, et Pascale Scandizzo, de la SUDENE [1], après une étude sérieuse de la situation foncière du Nordeste, ne craignent pas de conclure (et ce ne sont pas des révolutionnaires) : « Le produit agricole du Nordeste pourrait être multiplié par *quatre* si l'on redistribuait, entre les 5 millions d'*ouvriers non employés,* 70 % des *terres sous-utilisées.* » Quand il s'agit de pâturages extensifs et aptes à la culture, l'hésitation n'est pas permise : le plus médiocre paysan produira beaucoup plus qu'un mauvais pacage. Et infiniment plus avec l'irrigation. Mais ce pacage reste entre les mains d'un puissant qui a tremblé devant l'éveil des ouvriers et des minifundistes entre 1958 et 1964. Les militaires au pouvoir prennent sa défense, bien que certains d'entre eux prétendent qu'ils ne veulent pas défendre la vieille oligarchie.

Alors on crée un impôt territorial foncier, qui, *en principe,*

1. Superintendance pour le développement du Nordeste créée en 1959 par Celso Furtado.

croît avec le degré de sous-utilisation du sol et devrait obliger les latifundiaires à investir plus. Mais l'ABRA a calculé qu'en 1976 75 % de cet impôt était payé par les minifundia de moins de 10 hectares et 16 % seulement par les latifundia de plus de 1 000 hectares, représentant au total une surface beaucoup plus grande. On avait oublié que les fazendeiros gardent toujours d'utiles relations [1].

Si la surface « exploitée » par l'agriculture a augmenté de 15 millions d'hectares entre 1950 et 1970, et d'une surface presque égale de 1970 à 1980, c'est que la frontière agricole ne cesse de reculer. Les friches disparaissent des États du Sud, où le complexe soja-blé des entrepreneurs mécanisés refoule aussi des labours les descendants de la paysannerie d'origine européenne, installés au siècle dernier. Avec tous les ouvriers permanents (en recul, alors que la population même rurale ne cesse d'augmenter) chassés par la mécanisation [2] et les paysans du Nordeste ruinés, voici une armée rurale de réserve qui ne cherche pas toujours le débouché urbain, certains reculant devant le chômage et la misère des favelas.

La loi brésilienne accorde la propriété des terres domaniales non valorisées à celui qui les défriche, à durs coups de hache — la tronçonneuse n'est pas encore très répandue. Alors, les familles rurales sans travail se mettent à défricher une terre de leur choix, espérant recevoir ensuite un titre de propriété. Jusqu'aux environs de 1960, on laissait faire ces *posseiros,* ces cultivateurs sans titre, qui s'acharnent sur une terre souvent médiocre et qui ne paraît alors guère susceptible de prendre de la valeur, car souvent éloignée de toute route.

Vers la fin des années 60, et surtout à partir de 1970, le

1. J'avais proposé un tel impôt à Recife en 1958. L'agronome brésilien qui me pilotait me rappela qu'un receveur des impôts ruraux, qui cherchait à les recouvrer réellement, venait de trouver la mort dans un « accident » d'automobile.
2. Leur nombre tombe de 1,4 à 1,2 million de 1960 à 1970, tandis que le nombre des saisonniers, si souvent en chômage, a plus que doublé.

tableau change brutalement. Les routes quadrillent nombre de régions, et les incitations fiscales détaxent les bénéfices investis dans les régions dont la mise en valeur est souhaitée, comme l'Amazonie légale, incluant ses zones périphériques. Alors, dans le Mato Grosso, le nord du Goias, le sud du Maranhao, toute la frontière du Nordeste et de l'Amazonie, arrive le *temps des requins*[1].

Les grandes sociétés, nationales ou multinationales, se font attribuer de vastes domaines, de dizaines de milliers et parfois de centaines de milliers d'hectares. Certains ont des titres légaux attribués par l'INCRA, mais beaucoup d'autres les font simplement fabriquer par les *grileiros* (courtiers véreux), spécialistes en faux titres de propriété, dont la profession est reconnue de longue date au Brésil. Une fois leur terrain délimité, ils se mettent en mesure de le « débarrasser » des premiers occupants, dont certains sont là depuis plus d'une génération. Les grileiros font avaliser les faux titres par « des notaires plus ou moins subornés... des juges et des avocats à l'intégrité professionnelle hypothétique... les autorités policières, qui ne dédaignent pas de donner un coup de main dans des opérations plus ou moins illégales pour chasser les paysans installés dans le coin », nous dit Materne.

Tous les moyens sont bons, et d'abord l'intimidation. On propose aux posseiros une très modeste indemnité, qui est loin de représenter la valeur de leurs travaux. S'ils veulent rester, on brûle leurs chapelles, puis leurs maisons, et l'on n'hésite pas, en dernier ressort, à les tuer. Peu avant notre passage à Goias, au début d'août 1980, le commandant de la police locale avait envoyé ses hommes avec des camions dans un hameau situé à 20 kilomètres au nord de cette ville. Les meubles des posseiros et les familles, chargées dans les camions, avaient été emmenés vers une destination qui n'avait

---

1. Yves Materne, *Paysans du Brésil : le temps des requins,* Paris, Cerf, 1980.

pas été repérée. Leurs maisons furent alors brûlées, parfois avec les meubles. Un véritable assaut ! Et le commandant de la police put ainsi délimiter le terrain *à son profit personnel.* Généralement, la police travaille pour les gros qui savent être reconnaissants, mais ici le commandant avait préféré se servir lui-même, travailler pour son propre compte.

D'après l'ouvrage cité de Materne, *plus d'un million de familles de posseiros* ont été ainsi délogées au cours des huit dernières années. Ces posseiros produisaient des aliments (riz et manioc, maïs et haricots), pour eux d'abord, mais vendaient aussi les excédents quand ils pouvaient les transporter sur les marchés. Et par quoi les grandes propriétés vont-elles les remplacer ? Dans la plupart des cas, par un élevage très extensif : 3 ou 4 hectares par tête de bovin produisant moins de 50 kilos de viande (poids vif) par hectare et par an et fournissant un emploi pour 900 hectares (ou 250 à 300 bêtes). Cette main-d'œuvre, les néo-latifundiaires l' « achètent » au *gato* (le chat), qui recrute les plus démunis des zones surpeuplées, paie au besoin leurs dettes aux pensions qui les abritent et *revendent* leur cargaison (dettes, frais de voyage, bénéfice du « chat » inclus), tels, très exactement, des *marchands d'esclaves.* Si l'ouvrier veut fuir les tristes lieux où on l'a entraîné, où il est fort mal traité, on le retient de force ; s'il insiste, on le tue, pour l'exemple. La malaria maligne l'achève parfois avant la fin de son contrat, ce qui dispense le propriétaire de payer son salaire.

Il ne s'agit donc nullement ici d'une réforme révolutionnaire qui partagerait les belles fermes, mais simplement de laisser cultiver et de *laisser vivre* (pour eux, c'est une question de vie ou de mort) ceux qui se sont installés eux-mêmes, à leurs frais, et qui produisent déjà bien plus que les « grands » éleveurs. A ceux-ci l'État a rendu le montant de leurs impôts (qui lui appartenait et aurait dû servir au bien public). Il s'agit donc bien ici d'une *contre-réforme qui abaisse la production, accroît le chômage et la misère.* Il resterait possible d'organiser ce paysannat, de le doter de routes, de cheptel de trait et de rente, de crédits et de conseils techniques pour le rendre plus productif. On préfère le chasser.

## 12. Les syndicats officiels se rebiffent

Une véritable *guerre civile* se trouve engagée entre le pouvoir, les puissants, les requins d'une part, et de l'autre les opprimés, ouvriers sans terre et paysans dotés de fermettes désormais non viables. Entre les sans-droits et ceux qui se les adjugent tous, fût-ce le pistolet au poing. Les syndicats d'ouvriers agricoles furent, longtemps après 1964, étroitement contrôlés par le pouvoir qui se réservait le droit d'intervention, c'est-à-dire de renvoyer leurs dirigeants et d'en nommer de plus conformistes. Ainsi celui de Palmares (Pernambouc), qui représentait la plus grande concentration de salariés ruraux de la région, a connu cinq ans d'intervention, ce qui a tout détruit à la base. Actuellement, il n'y a plus guère d'intervention, mais beaucoup de syndicats en restent très marqués et ont plus une fonction d'assistance que de revendication. Depuis 1979 cependant, il y a une relative liberté, mais l'autorité réelle reste le ministère du Travail, qui contrôle tout. Malgré une structure très répressive, les syndicats essaient de défendre un peu plus les intérêts des travailleurs, et certains parviennent à se rendre plus indépendants. Ou alors c'est une opposition syndicale qui s'organise. Les authentiques contre les jaunes, les « mexicanisés ».

« Non seulement la situation ne s'améliore pas pour les travailleurs, mais elle se dégrade tous les jours », constate le président de la FEDETAPE (Fédération des travailleurs agricoles du Pernambouc), avec pessimisme. L'ambiance est plutôt à l'accablement dans les petits bureaux de la fédération, à Recife. On vient encore de tuer un *lider* paysan, « car le plus sûr moyen d'éliminer les syndicalistes authentiques est l'assassinat ». La direction de la fédération a même été déjà attaquée par les forces de l'ordre. Sans parler des membres surveillés et persécutés. La FEDETAPE défend les ouvriers dans leur vie quotidienne, et une convention collective conclue avec les employeurs vise à les protéger contre les fraudes dans la rémunération de leur travail. On roule l'ouvrier sur le poids et la mesure : on mesure la longueur des lignes de canne plantées avec un bâton de 2,20 mètres de long en principe, mais bien des bâtons ont 10 à 20 centimètres de plus. En reposant le bâton un peu plus loin que la fin de la mesure précédente, le patron peut encore voler l'ouvrier de 20 à 30 centimètres. La plus grosse fraude a lieu à la pesée des paquets de canne : quand un paquet de canne de 10 kilos est accroché à la balance romaine, celle-ci peut marquer 6 kilos (40 % de fraude). Les tâches journalières établies sont trop lourdes et un ouvrier moyen doit souvent travailler deux jours pour obtenir le salaire minimal d'une journée, etc.

C'est contre cela qu'a été établie la convention collective. Mais à peine était-elle signée que les luttes pour son application ont commencé. Pendant toute une année, des actions en justice et des arrêts de travail se sont succédé. L'avocat de la FEDETAPE nous disait avoir renoncé à plaider devant les tribunaux des causes perdues d'avance. Il est devenu conseiller, il attend une résistance collective des paysans, seule susceptible d'efficacité, et s'efforce de l'organiser. D'ailleurs, les violations des conventions collectives sont difficiles à prouver. Comme, par exemple, le fameux *barracao,* la boutique de ravitaillement de la plantation qui, souvent, fait l'objet de profits illicites et exploite le travailleur[1] avec des prix abusifs, retenus sur sa maigre paie. Ces pratiques

1. René Dumont avait noté en 1958 que le barracao revendait parfois la farine de manioc quatre fois le prix courant à la ville voisine.

sont officiellement interdites, mais allez donc vérifier !

Dans l'État du Pernambouc, quel poids peut avoir la légalité face au pouvoir des usiniers et planteurs ? Ainsi le droit de grève. Robert Linhart, dans *le Sucre et la Faim,* décrit d'une façon remarquable l'organisation d'une grève en octobre 1979, premier éveil des ouvriers, dans la faim et la crainte. En septembre 1980, il est retourné à Recife lors de la grève légale des coupeurs de canne : « Les ouvriers agricoles montrent leurs plaies, traces rouges sur la peau noire. Ils racontent : quatre voitures sont arrivées sur la plantation, vingt-cinq policiers, le gérant de l'usine, des contremaîtres des champs. Nous étions une centaine, réunis pacifiquement. Ils voulaient forcer le passage d'un camion de canne. Ils ont crié qu'ils nous donnaient cinq minutes pour " sortir de la grève ". Presque tout de suite après, ils se sont précipités sur nous. Ils ont tiré à la mitraillette, au fusil, puis ils ont cogné à coups de matraque. Ils ont attrapé des travailleurs et ils les ont jetés dans leurs voitures. C'était à Recife, le jeudi 25 septembre, dans les locaux de la FEDETAPE où l'on venait de ramener les travailleurs blessés dès ce premier jour de grève des coupeurs de canne [1]. »

« Le 21 septembre 1980, le dimanche des assemblées, sur la route vers le sud, un des avocats de la FEDETAPE avait l'air très inquiet : il y a quelques jours, l'administrateur de l'usine Trapiche a menacé de son revolver les membres du syndicat de Sirinhaem qui faisaient de la propagande pour que les ouvriers viennent à l'assemblée générale. Dans les *engenhos* (sucreries) Laranjeiras et Olho d'Agua, les responsables syndicaux n'ont même pas pu parler. Des *capangas* (hommes de main) armés les ont chassés des propriétés », rapporte Maria Galano [2].

Le 30 septembre, un accord défavorable aux travailleurs a

1. *Le Monde,* septembre 1980.
2. *Croissance des jeunes nations,* février 1981.

été signé et la grève générale suspendue. On se demande où les misérables travailleurs de la canne prennent leur énergie dans un pareil climat. Mais ils le disent eux-mêmes : « Nous mourons de faim. Alors mourir pour mourir... » Cependant, en 1979, deux communes avaient participé à la grève ; en 1980, il y en avait quarante-cinq. Près de 200 000 travailleurs et vingt-sept sucreries sur trente-cinq avaient été paralysés... avec l'appui de l'Église, des métallos de Sao Bernardo et des fédérations d'autres États.

Maigre victoire peut-être, vue d'ailleurs, mais tous ces signes sont importants dans un pays où, comme l'écrit Conrad Detrez, « à force de perdre, on baisse les enchères ; ce n'est pas une des moindres victoires de la réaction ». Peu à peu, les damnés de la canne, abrutis par la faim et la répression, commencent à réaliser que « l'union fait la force », comme ne cessent de le leur répéter les syndicats.

## 13. Les conflits de la terre et l'Église

A Goiânia, capitale de l'État de Goias, proche de Brasilia, siège une institution qui n'a guère son égale dans le monde, la Pastorale de la terre, qui est le secteur rural de l'Église catholique. Celle-ci reconnaît que la misère rurale est inacceptable et cherche une solution économique et *sociale* aux problèmes de la terre. Là où l'INCRA et tout Brasilia ne parlent guère que de production, à Goiânia on se soucie d'abord de l'homme. C'est en liaison avec la Pastorale de la terre que la conférence des évêques brésiliens a rédigé le magnifique document [1] sur *l'Église et les Problèmes de la terre*,

---

1. Précisons que nous ne sommes pas catholiques, mais nous luttons avec tous ceux qui défendent les opprimés.

adopté le 14 février 1980 à la quasi-unanimité : sur 172 évêques, 4 ont voté contre et 4 se sont abstenus. Il est reproduit dans *le Temps des requins*[1] et mériterait d'être plus largement cité : « Nous devons assumer les souffrances et les angoisses, les combats et les espoirs des victimes de l'injustice dans la distribution de la terre... afin qu'ils puissent reconquérir la terre mais aussi travailler, vivre dignement et produire les aliments dont nous avons tous besoin... L'étranglement de la petite agriculture est lié à l'extension des grands pâturages... Les interventions gouvernementales bénéficient aux grands propriétaires, au détriment des travailleurs ruraux. Un nombre grandissant de cultivateurs n'ont pas de terre et, pour en obtenir, doivent la louer ou sont contraints de l'envahir. Le modèle de développement économique choisi favorise le profit illimité des grands groupes économiques. Les techniques les plus modernes ont été introduites au prix d'une forte *dépendance* externe pour la technologie, le capital et l'énergie... La lutte pour la terre a les caractéristiques d'une *guerre d'extermination* dans laquelle les pertes les plus lourdes sont du côté des paysans pauvres. »

Homme cultivé, passionné et chaleureux, dom Tomas Balduino — évêque de Goias — est considéré par beaucoup comme un des évêques les plus progressistes du Brésil. « On nous reproche de faire de la politique ? Mais l'Église en a toujours fait ; ce n'est que lorsqu'elle change de camp qu'on l'accuse de faire de la politique. » Depuis la conquête du Brésil, lorsque les prêtres débarquèrent avec les soldats, l'Église avait toujours été du côté du pouvoir, comme dans toute l'Amérique latine. En fait, la grande majorité des évêques brésiliens approuvèrent — par crainte du communisme athée — le coup d'État de 1964, mais ils ne purent rester très longtemps solidaires de la répression, surtout quand l'Église commença à en être victime, et qu'on décida de

1. *Op. cit.*

la faire taire, puisqu'elle était le seul espace de liberté laissé au peuple.

Dom Tomas : « Nous avons commencé par un groupe informel d'évêques et avons publié, en pleine répression et dans des conditions très difficiles, trois livres : sur les paysans du Centre-Ouest, sur les Indiens et sur le Nordeste. Le peuple ici est profondément religieux. Autrefois, l'Église n'allait que dans le sens du culte. Depuis le concile, on fait en sorte que la foi éclaire l'environnement. Dans les communautés de base[1], les gens ont commencé à s'exprimer, à se connaître mieux, à faire une réelle lecture de la société. A partir de l'Évangile. Ils n'ont pas besoin d'avoir des éléments d'analyse marxiste, l'exploitation est là, autour d'eux, évidente et quotidienne. Ils ont commencé à se sentir responsables, à inventer des moyens d'action.

« Par exemple, les travailleurs ruraux ont découvert le mouvement ouvrier, puis les syndicats. Comme ceux-ci étaient trop contrôlés par le gouvernement, ils étaient désespérés de se voir voler leur action et voulaient partir, mais, finalement, ils sont entrés dans l'opposition syndicale. Beaucoup d'associations commencent à naître, pour résoudre leurs problèmes. Dans un pays où il n'y a jamais eu de projet pour répondre aux problèmes du peuple, l'Église est bien décidée à appuyer les projets populaires. Maintenant, le gouvernement cherche à mettre la main sur les organisations populaires. Il offre par exemple de l'argent aux pauvres liders. Ce que nous appelons la " mexicanisation " du Brésil. Mais ici, il arrive un peu tard, les organisations sont déjà " conscientisées ".

« A la campagne, on n'a jamais respecté la *fonction sociale* de la terre. Contrairement au droit romain qui permet d' " user et abuser " de la terre, nous faisons la distinction entre terre de négoce, objet de spéculation, et terre de subsistance. » Or c'est là, justement, que sont les conflits.

---

1. On en compterait environ 80 000 au Brésil, des campagnes aux favelas.

« Aujourd'hui encore, j'ai essayé de sauver trente-deux familles de posseiros qui ont perdu légalement la terre par falsification de papiers : l'avocat était de connivence avec le patron. Je viens de leur envoyer un autre avocat... »

Dans les centres de Pastorale de la terre que nous avons visités, la grande activité est d'abord juridique. De jeunes avocats y travaillent, pour des salaires fort modestes, à défendre ceux qui n'ont droit à rien. Les autres agents aident, conseillent, alphabétisent, conscientisent. Partout sur les étagères s'empilent les dossiers de conflits. Des kilomètres de conflits. Dans la zone particulièrement critique de Conceicao de Araguaya, les faux titres correspondent à deux fois la surface du municipe. Dom Tomas : « La seule base de droit, ce sont les titres, mais tout est fait en faveur des gros par l'INCRA, le ministère de l'Intérieur, etc. Ces gros se sont tous installés au sud du Maranhao et maintenant au nord pour déporter tous les posseiros. Chez dom Pedro (Casaldaliga, évêque de Sao Felix de Araguaya), il n'y a plus de posseiros. Tous ont été chassés vers les villes et les favelas. Un processus de dégradation continue, parallèle à une concentration de plus en plus grande. »

Une jeune responsable de la Pastorale de Belem, qui émerge des piles de conflits, est sans illusions : « Ici, la situation est bien claire : c'est l'élimination systématique de tout ce qui est petit et même moyen. Toute la machine, tout le monde est contre le posseiro. Le juge donne l'ordre d'expulsion, la police l'exécute avec l'aide des pistoleiros du propriétaire. Partout, la violence policière, les tortures. Ils mettent les gens dans les cages. Pour ces gens-là, l'État du Para était souvent la troisième migration ; ils étaient venus là chassés d'ailleurs. Où vont-ils aller, cette fois ? D'autre part, les petits paysans qui font tout le travail sans aucune garantie vivent dans l'insécurité et finissent par ne plus planter. Il y aura bientôt des risques de famine. Quant aux Indiens, il y en a au Para. Les propriétaires dressent les posseiros contre eux et, pendant qu'ils s'entre-tuent, eux finissent par accaparer la terre. Ici, c'est pire que le Far West. » Un autre agent de la Pastorale avoue, résigné : « Tout ce qui se passe ici est tellement invraisemblable, les gens de Sao Paulo ne veulent pas nous croire ! »

Et pourtant, de partout, les témoignages reçus, les piles de documents que nous avons glanés de-ci, de-là, tout concorde, une véritable *guerre*. Parmi ses nombreux martyrs était « le Gringo », Raimundo Ferreira Lima, charpentier et travailleur, agent de la Pastorale à Itaipanas (Baixo Araguaya), candidat de l'opposition syndicale à la présidence du syndicat des travailleurs ruraux de Conceicao de Araguaya, assassiné par des pistoleros le matin du 29 mai 1980[1]. Et tous les autres, plus anonymes, le sang de la terre...

Extrait d'une lettre d'invitation à une manifestation écrite par un paysan le 15 octobre 1979[2] : « Le peuple pauvre des champs, celui des travailleurs aux mains calleuses à force de manier la pioche et la hache, ne peut plus vivre. Dans un pays de tant de terres, nous n'avons même pas un lopin où planter le riz, le haricot noir et le manioc. Tout se trouve entre les mains des grands propriétaires, des courtiers véreux, des requins qui parfois possèdent plus de terres que tout un État du Brésil. Et quand on finit par obtenir un lopin pour travailler, on voit aussitôt arriver les courtiers véreux qui cherchent à tout avaler, à transformer les cultivateurs en journaliers, pour pouvoir mieux exploiter le peuple. Le pire, c'est qu'ils viennent toujours avec des mandats judiciaires absurdes et illégaux, et accompagnés de policiers qui ont commis tellement de violences qu'on ne peut même pas les raconter. Un gamin de sept ans a été cogné par les policiers et par l'huissier, dans la maison même de ses parents, pour qu'il

---

1. Depuis, Wilson de Souza Pinteiro a été assassiné le 21 juillet, et José Francisco dos Santos le 15 août de la même année.
2. *Le Temps des requins, op. cit.*

dise où son père s'est caché, parce qu'il voulait éviter d'être arrêté et frappé. Coups, violence et prison, voilà notre peur quotidienne. Il y a des choses qui se sont produites qu'on a honte de raconter...

« La semaine dernière, il y a eu une expulsion du domaine Tupacineta, appartenant à un banquier de Sao Paulo, M. Flavio Pinho de Almeida, qui dit posséder plus de 50 000 hectares. Il y a plus de quatre cents familles de cultivateurs qui travaillent sur cet immense domaine. Le banquier vient d'obtenir du juge un mandat d'expulsion contre six cultivateurs. Avec ce mandat, il se livre à la plus absurde des expulsions. Plus de soixante familles ont déjà été expulsées. Beaucoup de gens ont été arrêtés. Les routes sont bloquées par des policiers et des tueurs à gages. De nombreux cultivateurs sont pourchassés jusque chez eux et dans la forêt ; on menace de les tuer quand on les retrouvera... Nous, on ne peut plus vivre au milieu de tant d'humiliations. Il faut qu'on respecte le paysan. Qu'on respecte nos droits. Qu'on ne nous traite plus de chiens galeux [1]. »

Cela résume bien la situation générale. Autre grande arme des fazendeiros : le bétail qu'on lance dans les cultures des posseiros. A un juge qui lui demandait de se défendre, tel grand éleveur rétorquait avec arrogance : « Mon avocat, c'est mon bétail. » Ailleurs, un petit paysan avait eu la moitié de sa récolte détruite ainsi par le bétail. Avant, il avait juste de quoi survivre avec sa famille. Aujourd'hui, désespéré, il ne savait pas comment il mangerait. Comment des gens qui ont tant d'argent, des positions assurées à Sao Paulo ou ailleurs, peuvent-ils ainsi priver de sa subsistance un petit paysan qui, lui, n'a rien d'autre que le fruit d'un dur labeur, et cela pour obtenir quelques hectares supplémentaires, s'ajoutant à une surface immense, dont ils ne font rien ? Comme disent les

---

1. Il est remarquable que ce soit enfin des paysans qui s'expriment eux-mêmes et non plus des notables parlant en leur nom.

paysans : « Si on les laisse faire, les requins, ils boufferont Dieu. »

Parfois, quand la situation devient trop explosive, le gouvernement intervient. Ainsi, il a créé le GETAT (Groupe exécutif des terres du Tocantin Araguaya), qui a toute autorité pour régler les conflits de la terre dans cette zone où il y en a tant. Cependant, les paysans prétendent que le GETAT les traite encore plus mal que l'INCRA et prend généralement parti pour les grands propriétaires ou les grandes entreprises. En fait, le GETAT officialise la présence du Conseil national de sécurité dans des régions particulièrement intéressantes pour leur richesse, objet de l'avidité d'entreprises ou sociétés nationales et multinationales. « Le GETAT n'est qu'un sigle de plus, constate dom Pedro Casaldaliga[1], " *Garantimos Essa Terra Aos Tubaroes* " (nous garantissons cette terre aux requins). Parce que je ne vois le GETAT qu'au bénéfice de la sécurité nationale (de quelle nation ? de la nation de qui ?) et au bénéfice de la sécurité capitaliste des grands groupes pseudo-nationaux ou ouvertement multinationaux. »

Où est la solution, quand les rapports de force sont si inégaux ? L'union fait la force. De même que les syndicats, au XIXe siècle, ont permis aux ouvriers européens de résister au capitalisme, de même, à la fin du XXe siècle, les syndicats paysans du Tiers-Monde sont indispensables pour résister à l'oppression. Les Ligues paysannes du Nord-Est, de 1958 à 1964, avaient réalisé cette union : le premier acte du régime militaire a été de les détruire, d'emprisonner leurs dirigeants et les politiques qui les protégeaient, comme Miguel Arraes.

Une des grandes activités de la Pastorale de la terre est donc d'encourager cette organisation des paysans. Dans de petits fascicules rédigés par région, on les aide à analyser leur

1. Préface au livre de Murilo Carvalho, *Sangre da terra,* Sao Paulo, Ed. Brasil Debates, 1980.

situation, les forces qui les oppriment, en termes clairs, faciles à saisir, bien illustrés : forme de conscientisation qui propose ensuite des thèmes de débat, à discuter entre eux. Et toujours l'idée d'union : « Nous sommes forts, parce que nous sommes nombreux. Il nous faut défendre notre terre, notre vie », ou « La terre à celui qui la travaille ! Agriculteurs, nous allons nous unir et lutter pour faire notre réforme agraire ! »

Les règles imposées par le pouvoir pour constituer les syndicats sont incroyablement compliquées pour des semi-analphabètes. D'où l'importance du rôle de la Pastorale pour les aider à satisfaire aux exigences du pouvoir. Mais la résistance n'est possible que dans la solidarité. Face à la force des requins, l'appui des prêtres et des évêques est d'un grand poids pour les paysans. On comprend alors que ceux-ci soient jugés « subversifs », « communistes », etc., en haut lieu. La liste des persécutions est longue, si longue qu'elle a été répertoriée dans un fascicule : *Répression contre l'Église au Brésil*[1]. De 1968 à 1978 s'accumulent les cas d'attaques diffamatoires, invasions d'églises, de maisons paroissiales, menaces de mort, emprisonnements, tortures, disparitions, assassinats : le père Neto, assistant de dom Helder, a été tué pour faire pression contre ce dernier ; le père Joao Bosco Bournier a été assassiné alors qu'il accompagnait dom Pedro Casaldaliga pour défendre deux femmes du peuple torturées (d'aucuns disent à la place de celui-ci), etc., « pour la défense de l'Occident chrétien », comme on dit dans cette partie du monde[2].

Les cas d'expulsion du pays sont nombreux et, dernièrement, avec l'aide de la loi contre les étrangers, on en prévoit encore plus. En octobre 1980, le Tribunal suprême (nommé par le gouvernement) a confirmé le décret d'expulsion du père

1. Commission de pastorale des droits de l'homme et des marginalisés de l'archidiocèse de Sao Paulo.
2. Au Salvador, au nom de ce même Occident chrétien, on a tué l'évêque Mgr Romero, et tant d'autres.

Vito Maracapillo, accusé « d'atteinte à la sûreté nationale, à l'ordre politique et social et à l'économie populaire » pour avoir refusé de célébrer une messe d'action de grâce pour la fête de l'Indépendance du Brésil, affirmant que « le peuple, lui, n'est pas indépendant ». « Les adversaires du père Vito, patrons des usines à sucre du Pernambouc, s'étaient emparés de cet " incident " pour réclamer l'expulsion d'un prêtre étranger qui prenait la défense des petits paysans et des travailleurs de la région[1]. » Sécurité nationale d'abord. Ainsi qu'ils osent l'écrire dans la loi du même nom[2], « grâce aux efforts vigilants des gouvernements révolutionnaires, en particulier lors de la période gouvernementale actuelle, la conjoncture brésilienne a pu évoluer dans le sens d'un climat satisfaisant d'ordre et de sécurité, propre à favoriser le développement national ». Le développement de qui ?...

## 14. Alcantara ou la mort lente

Alcantara, enfoui dans la végétation équatoriale, n'est que ruines et désolation, par-delà le bras de mer qui la sépare de Sao Luis de Maranhao. L'église n'est pas vraiment en ruine, elle n'a jamais été terminée par le roi du Portugal et ses pans inachevés subsistent, témoins de l'inconstance royale. Les maisons des grands barons de l'Empire se sont effondrées et la nature reprend ses droits sur ce qui fut une riche colonie portugaise.

Lors de l'abolition de l'esclavage, les barons abandonnèrent les lieux, et les esclaves avec. Brisés, déracinés, ceux-ci ne surent que faire. Un ancien propriétaire, vingt ans après,

---

1. *Le Monde*, 2 novembre 1980.
2. Loi de sécurité nationale, 22 novembre 1978.

décida d'aller à cheval revoir sa grande terre de l'intérieur. Un vieux Noir était blotti dans un coin de la belle maison, vivant chichement au milieu des plantations abandonnées. Désemparé. En fait, quand, il y a quinze ans, on redécouvrit Alcantara, toute une population de descendants d'esclaves y végétait. Vinrent des congrégations religieuses, qui finirent par déserter, de désespoir, gagnées par le sentiment général d'impuissance.

On a replacé le pilori, en souvenir, devant l'église, et on commence à dégager les pavés qui remontaient du port. « Il y a eu trop de sang sur ces pavés, on ne l'effacera jamais, c'est pour cela que nous ne nous en sortirons jamais », racontent les habitants d'Alcantara, qui expliquent ainsi leur condition misérable. Prix de l'esclavage, qui transforme l'esclave en loque humaine, le conditionne à une seule forme d'activité, annihile toute faculté d'analyse, d'adaptation. Une fois abandonné par le maître, il ne sait pas faire face.

« L'esclavage, c'est la clé pour comprendre le Brésil, explique Mgr Cambron, qui réside à Alcantara. C'est le grand drame du Brésil, et il n'est pas vraiment terminé ; toute la société en a été imprégnée. Le schéma de l'esclavage demeure dans les esprits, à tous les niveaux. Même un évêque (réactionnaire) a dernièrement aidé à l'expulsion de posseiros noirs. L'esclavage a tué toute velléité d'indépendance, tant chez le maître que chez l'esclave. Celui-ci n'a aucune créativité car aucune conception de la liberté. Autrefois, l'esclave pouvait trouver, avec un peu de chance, un interlocuteur humain dans le maître. Aujourd'hui, il n'a plus rien en face de lui, que la machine sans visage. Le racisme, qui est ici très fort, est lié à l'esclavage — à la différence de classe, dit-on, mais celle-ci a aussi sa base dans l'esclavage. »

La voix est nette, sans désespoir, elle constate. Dehors, au son d'un tambour, les enfants d'esclaves défilent dans une parodie qui prépare les fêtes dites de l'Indépendance. « Voyez-vous, ici, au Brésil, le peuple n'existe pas, il ne faut surtout pas qu'il existe. Et nous, l'Église, si nous nous donnons la mission de faire exister ce qui ne devrait pas, ne risquons-nous pas de perdre notre temps ? »

« Ici, à Alcantara, le revenu par tête est le plus bas de l'État du Maranhao, qui enregistre lui-même le plus bas du pays », nous expliquera le préfet d'Alcantara, créature du gouvernement. « Le vrai problème, c'est le manque d'éducation. » Encore. Même les pouvoirs publics ne savent que faire, prétendent-ils. Nous verrons plus loin qu'ils ont quelques idées.

Nous continuons, avec Mgr Cambron, notre discussion sur le modèle brésilien. « Celui-ci n'accepte que la grande entreprise. Tout ce qui est petit, l'artisanat, est condamné. La pêche, par exemple. On ne veut pas de petite agriculture non plus. Le petit paysan n'a la terre que tant qu'il n'y a pas de route ; dès qu'elle arrive, on lui prend la terre, celle qu'il a valorisée par son travail, en défrichant lui-même et sans aide. Tout est fait pour la grande entreprise. Négation systématique de toute une partie de la population. La stérilisation forcée des femmes pauvres, par exemple, n'est qu'une solution de désespoir pour sacrifier une population dont *on ne sait que faire.* »

« Quand un groupe missionnaire arrive, il a immédiatement une clientèle qui passe vite du côté des riches et se coupe encore des pauvres. Il semble que tous les groupes qui viennent aider ceux qui vont mourir creusent encore leur mort. » Nous parlons de la différence de revenu entre les pays nantis et les autres. Elle est — lui disons-nous — de 41 à 1 : rapport que le Brésil « miraculé » a réussi à créer chez lui. « Toute aide internationale a pour idéal de faire passer la population du 1 au niveau du 40. Mais est-ce si important ? Pourquoi ne pas accepter que le 1 soit 1 ou, en tout cas, au-dessous de 40 ? N'y a-t-il pas un autre développement possible ? »

Arrive le président du syndicat des travailleurs ruraux : il a passé la nuit à pêcher et n'a rien pris. « Le problème de la terre, ici, c'est qu'un ouvrier sans terre ne peut pas cultiver. Trop d'insécurité aussi. Le posseiro ne sait jamais à quel moment on peut lui reprendre sa terre. Comme on lui refuse le titre de propriété, il ne peut même pas planter d'arbres. D'ailleurs, n'ayant pas de titre, il n'a pas droit au crédit. Les gens ont faim, comme 10 % des paysans du Brésil qui n'ont presque rien à manger. »

Le président du syndicat travaille avec l'Église, au grand mécontentement des politiciens. A cause de la lutte Église / gouvernement, celui-ci fait tout pour ruiner le moindre effort d'émancipation. « J'essaie, mais la police détruit tout. Alors, j'ai honte en face des gens que j'essaie d'aider. On n'arrive jamais à rien. Vous comprenez, le grand problème du Maranhao, c'est la lutte pour la terre ; il y a trop d'insécurité pour penser à d'autres revendications. » Stoïque, il esquisse un sourire gentil pour s'excuser de n'être pas plus efficace. Cette fois, c'est nous qui avons honte, nous, l'image de la « civilisation », elle qui enlève la terre.

Dehors, les jeunes défilent toujours. Ils ne savent pas ce que veut dire « nation » ou « histoire ». Ils ne connaissent même pas le nom du président de la République. Indépendance ! Nous partons à Joao Castello, un village à 30 kilomètres, dans la brousse. L'Afrique : maisons de torchis et de paille, des Noirs souriants, accueillants, des enfants, des cochons noirs et une femme qui pilonne la précieuse noix du Para (vulgairement dite « du Brésil »). Joao Castello est un de ces anciens *quilombos,* républiques fondées par les esclaves en fuite. On s'assemble sous le manguier, pour la palabre. L'explication est difficile ; finalement, il semble qu'un docteur de Sao Paulo soit venu acheter la terre. Pour presque rien. « On a cru que c'était beaucoup d'argent, vous comprenez, on n'en avait jamais tant vu. Mais ça n'a pas duré... » Tout est passé en cigarettes, *cachaça* et babioles, tout ce qu'ils n'avaient jamais pu acheter auparavant. Et aujourd'hui ? « Je cultive toujours la même terre, mais je vais devoir payer un loyer... », explique un de ceux qui ont vendu. Les autres ont refusé.

« Le docteur dit qu'il va tout acheter pour faire de la canne pour l'alcool, et qu'on travaillera sur sa terre. Il dit qu'il nous autorisera à cultiver une parcelle, pour notre nourriture. Mais, si on travaille toute la journée pour lui, on n'aura pas le temps de cultiver pour nous. Il nous faudra tout acheter. Jusque-là, on se débrouillait pour vivre... » Eux qui n'ont pas l'habitude de couper la canne pourront-ils s'adapter à ce travail nouveau ou seront-ils obligés de partir pour faire place à une main-d'œuvre qu'on devra amener de l'extérieur ? Il semble que le chef politique d'Alcantara, qui joue « l'amitié avec le peuple », est de mèche avec l'homme de Sao Paulo et essaie de rouler tout le monde. « Il nous dit que c'est pour notre bien. »

Ne trouvent-ils pas étrange qu'un homme vienne de si loin pour acheter une terre qui, après tout, n'a pas l'air si bonne ? Un vieux Noir, qui semble être le chef, explique : « Eux, ils voient ; nous, on ne sait pas voir... »

Et nous, nous voyons tourner les moteurs de Sao Paulo et nous nous rappelons toutes ces histoires de spoliations, d'exploitation, de faim et de crimes glanées du Goias au Mato Grosso, du Pernambouc jusqu'au Maranhao et au Para, tous ces dossiers qui s'entassent dans les bureaux de la Pastorale de la terre. *C'est la faim et la mort des paysans du Nordeste qui fera tourner les moteurs de Sao Paulo.* Le « sucre anthropophage ». Horrible ! Ces gens ne comprennent pas ce qui leur arrive et n'ont aucun moyen de résister. « Nous finirons par manger de l'herbe », commente un paysan, résigné.

Le vieux Noir semble méditer et soudain : « Non seulement ils ont vendu la terre, mais *ils nous ont vendus avec.* » Et sa femme ajoute : « Nous sommes retombés en esclavage. » La chaleur est plus écrasante et il n'y a plus rien à dire. Si pourtant : « En nous unissant, nous arriverons peut-être à résister aux requins », concluent les paysans après discussion.

## 15. Les requins de l'Amazonie

Sur 40 % du territoire brésilien, la région Nord n'abrite que 3 % de la population, à peine 1 habitant au kilomètre carré. La forêt amazonienne en couvre la plus grande partie, avec 280 millions d'hectares, plus de cinq fois la France, et les trois huitièmes de la forêt tropicale humide du monde, cette forêt toujours verte, qui est en voie si rapide de disparition, tant en Afrique centre-occidentale qu'en Asie méridionale. D'ici à un demi-siècle, la seule grande forêt tropicale qui subsistera sera sans doute cette Amazonie : aussi les écologistes et tous les scientifiques prévoyants s'inquiètent-ils à juste titre des consé- quences possibles de sa trop rapide disparition. Qu'en sera-t-il des sols, des climats, et de tant d'espèces animales et végétales, plus de 2 000 espèces botaniques, dont beaucoup risquent de disparaître : ressources rares et précieuses, uniques ?

On discute du taux de déboisement déjà réalisé. Les fazendeiros installés là-bas l'estiment à 1,55 % de la surface totale, mais les derniers relevés par satellite donnent près de 8 millions d'hectares, soit 3 % de la surface, dès 1979[1]. Et la vitesse de déboisement s'accélère dangereusement, elle a augmenté de 167 % entre 1975 et 1978. Du fait qu'une très large portion du territoire est désormais d'appropriation privée, cette vitesse peut encore s'accélérer. Le Brésil a perdu

1. 11 millions d'hectares, si on inclut les déboisements de la forêt amazonienne dans les pays périphériques, de la Bolivie à la Guyane encore ( ?) française.

la maîtrise de ce phénomène d'importance nationale et même internationale : est-ce bien là cette politique de « sécurité nationale » qui recommandait d' « intégrer l'Amazonie au Brésil pour ne pas la brader », quand d'autres voulaient poser ce problème à l'échelon international ?

Non pas que cette forêt soit, comme on l'écrit trop vite, le grand pourvoyeur d'oxygène, le vrai poumon du monde. Une forêt non exploitée produit, certes, de l'oxygène lors de l'assimilation chlorophyllienne par les plantes, qui extraient le carbone (C) du gaz carbonique ($CO_2$), mais tout ce qui pourrit ensuite reprend cet oxygène pour refaire à peu près autant de $CO_2$. Cependant, l'inquiétude reste largement justifiée quand on voit ce qu'on y fait. On abat et brûle sur place presque tout le bois, dont une partie est de grande valeur. Les forestiers estiment qu'il y existe sur pied environ 50 milliards de mètres cubes de bois, soit *le tiers des réserves mondiales.* Cela ferait près de 5 000 milliards de dollars US[1], si on évalue le mètre cube au prix (modeste) de 100 dollars. Encore faudrait-il, pour le réaliser, disposer de l'infrastructure nécessaire. En attendant, les distilleries d'alcool de bois (méthanol) et des gazogènes[2] montés sur camions pourraient utiliser les déchets des scieries, lesquelles pourraient être multipliées.

Mais il faudrait pour cela un plan d'aménagement et d'exploitation rationnel développant en même temps, dans les mêmes secteurs, les routes, les industries du bois (pulpe à papier, contre-plaqué, parquets, meubles, etc.), et une vraie mise en valeur agricole. Celle-ci a débuté spontanément, anarchiquement, un peu partout, même sans routes, avec les posseiros, les refoulés des autres agricultures, recherchant ici leur dernier moyen de survie en cultures de subsistance.

1. En comparaison, la dette brésilienne (75 milliards de dollars) apparaît bien modeste.
2. Ils ont fait récemment de grands progrès, et on en voit réapparaître en France. La hausse du pétrole les rend chaque jour plus intéressants.

Depuis la fin du caoutchouc (1920), ils étaient à peu près seuls, très démunis, ne pouvant guère écouler leurs excédents de récolte et placés trop souvent entre les griffes des commerçants-usuriers qui les ravitaillaient à crédit — crédit fort onéreux. Mais personne ne leur contestait alors une terre que l'on estimait sans valeur.

Quelques essais de colonisation dirigée ont coûté fort cher et ont pourtant échoué. Les plans des technocrates visaient un aménagement rationnel, associant les pâturages aux cultures de subsistance, puis de vente (vergers d'agrumes et poivre), avec une réserve forestière. Ils ont été établis sans aucune discussion avec les paysans, qui auraient pourtant eu des données utiles à proposer. Ils savent d'expérience que l'élevage extensif à viande rapporte moins par jour de travail : six fois moins que le riz, précise Patrick Maury[1], et quinze fois moins que le poivre, trente fois moins que les agrumes (quand on peut les vendre).

Mais les cultures de vente exigent un fort encadrement technique et beaucoup de crédit. Les posseiros seraient donc restés volontiers à la rizière pluviale, si on avait organisé le séchage, le stockage et l'écoulement de leurs surplus. Et surtout si l'on avait mis au point un système de culture maintenant la fertilité : sur tous les sols fragiles, après quelques années de culture, cette fertilité s'effondre. Les fazendeiros, eux, passent alors à l'élevage extensif. Ils pensent que les posseiros ruinés leur fourniraient une main-d'œuvre à bon marché.

Mais, désormais, une autre question se pose, celle de *l'invasion des requins* : les grandes sociétés nationales ou multinationales, à qui l'on accorde d'immenses concessions à des prix ridicules et les crédits pour les « mettre en valeur », lesquels s'ajoutent aux exemptions d'impôts qu'ils peuvent investir à leur gré. Non pas que ces compagnies cherchent à y

1. Dans *Colonisation de l'Amazonie maranhese,* avec Martine Droulers.

établir une culture permanente, rentable. Sauf exception, comme sur les sols rouges du Rondonia, aptes aux cultures riches (palmier à huile, hévéa à caoutchouc, café, cacao, poivre), la majorité des sols amazoniens sont peu fertiles, peu profonds et fort sujets au lessivage par les pluies dès qu'on enlève la forêt ; laquelle retenait, dans sa végétation, la majorité des éléments fertilisants existants.

Ces compagnies ont compris que l'Amazonie représente la dernière « frontière » du pays, que la terre devient partout dans le monde un facteur de plus en plus rare, qui ne cesse de prendre de la valeur. Elles ont donc en vue d'occuper la plus grande partie possible de cette forêt, pour en prendre possession et attendre sa revalorisation automatique : placement anti-inflationniste par excellence. Par ailleurs, en beaucoup de points, et pas seulement dans les déjà célèbres Carajas, le sous-sol est très riche en fer, bauxite, uranium et manganèse... Tout récemment se sont même produites de véritables ruées vers l'or, sur de petits gisements.

En attendant que ces gisements se révèlent plus intéressants à exploiter, il s'agit d'occuper ces sols à moindres frais. Donc une clôture, un semis de graminées et un peu de bétail à viande, qui, s'il rapporte peu, requiert peu de travail. Si la forêt a déjà été défrichée par les posseiros, c'est tout bénéfice.

Juste après la défriche de forêt, la prairie peut entretenir une vache à l'hectare, parfois un peu plus. Au bout de quelques années, cette capacité s'effondre souvent au quart de ce chiffre, et l'exploitation n'est plus guère rentable, même si la main-d'œuvre apportée par les marchands d'esclaves, qui font aux postulants des promesses mirobolantes, ne coûte guère en logements et nourriture, et encore moins en soins médicaux, généralement inexistants.

Dans *le Sang de la terre : la lutte armée dans la campagne*[1],

---

1. En portugais, Sao Paulo, Ed. Brasil Debates, 1980, préface de dom Pedro Casaldaliga.

Murilo Carvalho nous décrit les durs combats, la vraie guerre, que mènent les posseiros pour rester sur la terre qu'ils ont défrichée dans des conditions si difficiles. Il nous rapporte l'odyssée de Lorival, un ouvrier de la concession Volkswagen qui avait une plaie infectée, gangrenée, et qu'un docteur a refusé d'amputer parce qu'il ne pouvait lui payer les 2 200 cruzeiros, plus d'un mois de salaire à l'époque, qu'il osait lui réclamer.

Il l'a renvoyé sans soins. Les docteurs brésiliens prêtent-ils le serment d'Hippocrate pour être promus ? Lorival a donc dû s'opérer lui-même, se couper les doigts de pied gangrenés, en versant sur les plaies de l'alcool qu'il avait eu beaucoup de mal à se procurer [1].

On tue ou démolit les hommes, mais pour fort peu de production, on démolit aussi vite les terres que notre prétendue « civilisation » risque de transformer bientôt en désert, alors que les « sauvages indiens » les ont toujours protégées. Aux environs de Manaus, nous avons pu voir quelques plantations d'hévéas établies dans les pires conditions. Les jeunes plants issus de pépinières sont repiqués en sol nu, alors que l'on sait depuis le début du siècle, par l'expérience acquise en Malaisie, en Indonésie et plus tard en Indochine, qu'il faut le couvrir, dès la défriche, d'une plante de couverture, d'une légumineuse, du type *Pueraria* par exemple, qui protège le sol et l'enrichit en azote et en humus. Ces sols nus exposés aux fortes pluies et au dur soleil étaient déjà compactés, visiblement fort dégradés. De telles plantations resteront donc marginales et ne pourront concurrencer les plus modernes qu'établit la Malaisie, sur des bases scientifiques, avec des rendements pouvant atteindre trois tonnes de caoutchouc à l'hectare. Un peu plus loin, cependant, une plantation expérimentale faisant alterner vergers d'arbres

---

1. Il serait intéressant d'informer de ces faits les syndicats de Volkswagen en Allemagne fédérale et de leur demander ce qu'ils en pensent.

autochtones et cultures associées montrait ce que l'on pouvait faire.

Le long des grands fleuves, de larges vallées restent inondées une bonne partie de l'année : ces fertiles *varzeas* portent de belles prairies et, quand elles sont hors d'eau, de riches cultures de légumes. Autour de Manaus, on y a installé des petits colons, dont on sait qu'ils ne pourront finalement pas s'en tirer sans crédits ni conseils sur de trop petites surfaces. On compte bien qu'ils fourniront, toujours à bon compte pour les patrons, la main-d'œuvre qui sera bientôt nécessaire à la récolte du latex, à la saignée des arbres à caoutchouc qui couvrent déjà de grandes surfaces.

Outre les entreprises extensives, des projets de colonisation officiels reçoivent l'aide des organisations internationales. La Banque mondiale répète depuis dix ans qu'elle veut aider le pauvre rural, le *rural poor*. Mais ses projets, nous dit Patrick Maury, « sont plutôt destinés à la formation d'une classe moyenne de petits entrepreneurs (qui sont aussi de petits exploiteurs) qu'à la solution des problèmes des petits producteurs et des paysans sans terre... Le processus traditionnel de division des minifundia et d'extension des latifundia se poursuit sans contrôle... ». Il y manque, ajoute-t-il, « des recherches visant à définir des systèmes de production permanente maintenant les sols à partir de cultures traditionnelles et de plantes régionales capables de lutter contre l'érosion, de former un paysage de type *bocager* : avec haies permanentes de fruitiers et de légumineuses (*Leucaena,* par exemple), et des cultures de fixation des courbes de rétention des eaux de ruissellement parallèles aux courbes de niveau : vétiver (plante à parfum), canne à sucre, bananier ». Ajoutons-y des fourrages de coupe comme l'herbe-à-éléphant.

La forêt pourrait être enrichie, progressivement, par une exploitation rationnelle, « jardinée », comme nous le fîmes au cours des siècles dans les forêts tempérées, pour y faire dominer le chêne, le hêtre ou les résineux. Mais, là encore, il y faudrait engager un vaste programme de recherches, et l'Amazonie ne compte, en 1980, que *cinq* forestiers, qui n'auraient même pas tous reçu la formation nécessaire... Mais un énorme projet, d'origine étrangère, surcapitalisé, est déjà bien avancé, qui, lui, propose un tout autre « développement ».

## 16. Le rêve amazonien de Daniel K. Ludwig

Dans la famille des requins d'Amazonie, Daniel K. Ludwig est le plus gros, le plus célèbre. Il s'est fait attribuer, selon ses dires, 1,6 million d'hectares, payés (?) en 1967 à 2 dollars l'hectare, la terre la moins chère du monde. Un livre[1] parle même de 3,5 millions d'hectares, et des chiffres plus importants sont mentionnés ici et là. Né avec le siècle, Ludwig possède peut-être 5 milliards de dollars, ce qui en ferait, après Howard Hughes et avec Mobutu, un des hommes les plus riches du monde. A la fin de sa vie, il s'est payé ici une « fantaisie » de 1 milliard de dollars, avec lesquels il a réalisé la plus grande exploitation agroforestière du monde, ce dont il est très fier.

Après abattage de la forêt autochtone, il avait déjà établi, en 1980, 100 000 hectares de plantations arbustives artificielles pour alimenter une usine de pâte à papier, transportée du Japon sur deux plates-formes flottantes, voyage risqué mais réussi. Trop larges pour passer le canal de Panama, elles ont pu cependant remonter sans difficulté les eaux si profondes du rio Jari, affluent de l'Amazone, le plus puissant fleuve du monde. Du capitalisme à la Jules Verne !

1. J. Sautchuk, H. M. de Carvalho et S. B. de Gusmao, *Le Projet Jari : l'invasion américaine,* Sao Paulo, Ed. Brasil Debates, 1980.

L'accès du projet ne se fait que par eau et par air ; les 4 000 kilomètres de pistes et 600 kilomètres de routes (en 1980) ne sont pas reliés au réseau national, elles en sont trop loin, à 400 kilomètres à l'ouest de Belem. Cinq cents tracteurs et machines lourdes, dont des grues capables de soulever de 25 à 60 tonnes de grumes, un millier de voitures et de camions, une capitale, Monte Dourado, qui produit son électricité... Dès son arrivée, Ludwig décide que les forestiers brésiliens, qui plantent surtout les eucalyptus et le pin des Caraïbes, n'y connaissent rien. Il rapporte de Birmanie le *Gmelina arborea,* qu'il qualifie d' « arbre miracle ». On sait maintenant que ce miracle ne réussit qu'en terre très fertile, où il serait plus rationnel, plus rentable, de planter palmiers, hévéas, agrumes, poivre, café, cacao... Lors de notre passage en septembre 1980, on allait planter, sur 16 000 hectares, 37 millions d'eucalyptus, 15 millions de pins, contre un demi-million seulement de *Gmelina* : encore un miracle raté. Mais Ludwig sait s'adapter vite et il peut, pour une fois — il a tellement su comment en gagner — perdre un peu d'argent. S'il a déjà engagé ici 1 milliard de dollars, les avantages fiscaux en ont fourni une bonne partie, et il est déjà payé en prestige. On n'a pas fini de parler de lui. Même si c'est pour le critiquer, ce n'est pas forcément pour lui déplaire.

Il annonce pour 1985 une production de 5 à 6 millions de mètres cubes de bois par an (12 000 tonnes par jour). L'usine sort 260 000 tonnes de pâte dès 1979. Discutant presque d'égal à égal avec le gouvernement brésilien, il demande une autre série d'avantages fiscaux et une large extension de son « domaine » s'il finance une usine à papier valorisant la pâte de son usine de cellulose. Il a déjà trouvé un gisement de kaolin d'une rare qualité, et ne désespère pas de faire d'autres trouvailles souterraines. Il voudrait aussi capter une très importante chute du rio Jari pour utiliser à son profit une autre richesse naturelle, l'énergie à bon marché, qui devrait bénéficier en priorité à la nation : comme si toutes les richesses du pays lui appartenaient déjà, comme s'il était en pays conquis, en extra-territorialité yankee. Mais il commence, enfin, à rencontrer des résistances. L'*ouverture* ne paraît pas lui être aussi favorable que les débuts du régime militaire.

Tous ses projets ne se déroulent donc pas comme prévu. Dans un article paru en janvier 1979 dans la revue *Paper and Pulp Industry*, il annonce une production de 60 000 tonnes de riz par an ; or, en 1979, il en a produit seulement 17 000 tonnes. Sur les varzeas inondés, on a donc établi de vastes rizières en polders ; les rapports de Jari parlent de 5 000 hectares de rizières, à porter à 15 000 hectares en 1984. La réussite est plus discutable encore ici. Le directeur du projet rizicole nous a dit en cultiver 3 200 hectares, à deux récoltes par an. Et il n'est plus guère question de nouvelles extensions : il faut d'abord refaire le nivellement, le drainage des rizières existantes. Ce qui prendra du temps. Tous les projets d'avenir se heurtent à une série de difficultés ; l'agronome chargé des recherches rizicoles de Jari a abandonné : les obstacles imprévus rencontrés « lui donnaient trop mal à la tête ». Le plus sérieux est la toxicité ferrique de ces sols très acides, qui déposent sur les racines du riz une gaine brune de sels de fer, gênant leur assimilation de fertilisants.

Rien que des machines géantes — et très peu de travailleurs — dans cette rizière. Gros tracteurs, lourds camions, quarante-deux moissonneuses-batteuses à chenilles, automotrices, larges de 3,60 mètres, six avions pour épandage des semences, insecticides, etc. Une excavatrice géante pour creuser les fossés d'irrigation et de drainage : ce parc ne compte pas une machine coûtant moins de 40 000 dollars, et certaines en valent 80 000, l'excavatrice beaucoup plus.

En 1979, on a récolté, en deux campagnes de culture, 24 000 tonnes de paddy, riz brut, correspondant à 17 000 tonnes de riz décortiqué. La recette brute a été de 700 dollars à l'hectare ; mais rien qu'en intrants achetés au-dehors, sans tenir compte des amortissements, on a dépensé 730 dollars à l'hectare ! Ces intrants représentent 92 % des dépenses totales, environ 800 dollars, et les dépenses locales, salaires de main-d'œuvre surtout, 8 % : on ne s'ingénie donc guère à augmenter l'emploi. On a brûlé cette année-là 4 000 tonnes de fuel, 600 tonnes d'essence, utilisé 4 000 tonnes d'engrais, plus d'une tonne à l'hectare (sur deux récoltes) pour parer aux déficiences radiculaires. Quand le fuel augmentera encore, son seul coût pourra dépasser la valeur du riz produit ! On pourrait utiliser les balles de riz, qui enveloppent le grain [1], et le bois — les déchets de scieries ici surabondants — comme source d'énergie. On a choisi la facilité du pétrole : manque de prévoyance, aucune vision d'avenir capable de se détacher du modèle nord-américain, *le plus gaspilleur du monde.*

Résultat fort intéressant d'un modernisme poussé à l'extrême : il eût été plus économique d'acheter le riz produit ici que de payer les énormes moyens d'origine étrangère consacrés à sa production. Les varzeas d'Amazonie, terres fertiles, pourraient recevoir un jour 1 million d'hectares de rizières si la culture pouvait en être mieux mise au point. Les buffles de Jari pourraient être utilisés, comme en Asie, à labourer, à tirer des faucheuses, ce qui permettrait de procurer 50 à 80 jours de travail humain par hectare de rizière. Les 4 tonnes de rendement par hectare et par campagne permettraient de les payer, au lieu d'envoyer toute la recette aux usines étrangères.

Avec la constante hausse du pétrole, de plus en plus nombreuses vont être les grandes fazendas brésiliennes surmécanisées à perdre de l'argent. Elles seraient déjà bien plus nombreuses à être déficitaires sans les énormes subsides qu'elles reçoivent du gouvernement. Car les crédits accordés,

---

1. Les rizières italiennes de 1930 étaient actionnées par des machines à vapeur brûlant ces balles qui fournissaient toute l'énergie requise par les usines et revendaient de l'électricité aux voisins.

à 8 % l'an pour trois ans, quand l'inflation dépasse 110 % en 1980, sont d'énormes cadeaux. Qui les paie ? Le posseiro, que l'on chasse des terres d'Amazonie, où il produit déjà à l'hectare quatre à cinq fois plus que les grands fazendeiros, dix fois plus que les seuls pâturages. L'ouvrier, qui paie ses aliments de plus en plus cher. Le chômeur enfin, le plus nombreux de tous, à qui un tel système de production enlève toute chance de trouver du travail. Nous préférons, nous disent les responsables yankees, avoir moins de main-d'œuvre mais plus qualifiée : d'où le choix d'un tel équipement. *Les pauvres sont de trop dans ce pays.*

Quelques pâturages ont été installés, avec semis de *Brachiaria humidicola* cultivé dans les intervalles des jeunes plantations. Fait capital à noter, acquis fort précieux, l'herbe pousse beaucoup mieux ainsi associée aux jeunes arbres que plantée seule, sans ombrage. Le paysage bocager, nous disent Patrick Maury et Louis Huguet, constitue sans doute la meilleure forme de mise en valeur de l'Amazonie.

Jari se vante de son action sociale et, certes, les services médicaux sont ici présents et efficaces. Les médecins se plaignent du trop grand nombre d'accidents de tronçonneuses. Payés au rendement, les ouvriers ne prennent pas assez de précautions. Heureusement, ils ont un hôpital, ce qui n'est pas le cas de la grande majorité des défricheurs de l'Amazonie.

Dans son surprenant empire yankee arraché à la forêt et où tout respire l'efficacité, le fonctionnel, Ludwig a reconstitué la hiérarchie sociale classique : stratification rigide, ségrégation, chacun vit dans son monde, avec les avantages et les privilèges liés au grade de l'employé. Avec, partout, la présence souveraine de la supériorité nord-américaine. De l'autre côté du fleuve, le Brésil a resurgi, sous forme de favelas, naturellement, où accourent tous ceux qui, d'une façon ou d'une autre, veulent profiter du boom financier : bars, commerces, prostitution, et toujours les mêmes cabanes insalubres. On jette les ordures dans le fleuve et on va s'y laver le soir. Les ingénieurs gringos constatent que « c'est nettement plus gai de l'autre côté », ce qui n'est pas difficile. Mais serons-nous toujours condamnés au choix entre l'efficacité morose et la pauvreté gaie ?

A propos des foules de travailleurs qui viennent sur contrat (avec un « chat », toujours), beaucoup ont parlé d'esclavage, mais, après tout, il n'y a pas plus d'esclavage à Jari que dans le reste de l'Amazonie. Plutôt moins...

## 17. L'enfer vert

« Capitalisme sauvage », c'est ainsi que Cardoso et Müller[1] définissent le modèle brésilien, qui « combine en sa structure des formes d'exploitation et d'imposition qui supposent simultanément l'État-Léviathan (protecteur des riches) et la répression privée pour parer à l'émergence de rebelles primitifs éventuels et improbables et pour éviter les réactions plus ou moins organisées de la masse des exploités ». Le capitalisme sauvage donc — d'autres diront « développement sauvage » — trouve son aboutissement logique en Amazonie. Son paroxysme aussi. Là, plus rien n'a d'importance que la loi du plus fort.

« L'extrême violence des fazendeiros et des grandes compagnies est totalement irrationnelle », constate José da Souza Martins, sociologue estimé de l'université de Sao Paulo, qui passe ses vacances en recherches à ses frais le long des routes amazoniennes. « Ainsi, pourquoi parquer les ouvriers, la nuit, derrière des barbelés électrifiés ? Où peuvent-ils aller, en

---

1. *Amazonia : expansao do capitalismo*, CEBRAP, édition brésilienne, 1977.

plein milieu de la forêt ? La violence en Amazonie est inimaginable. Pour les posseiros, il faut tuer pour éviter de l'être. Il y a tant de milices, de mercenaires des latifundiaires. On ne compte plus les assassinats. De plus, partout on assiste à une recrudescence de l'esclavage. Avec le système de recrutement, véritable achat d'esclaves, les ouvriers agricoles sont incapables de payer leurs dettes et ne peuvent sortir. Si jamais ils essaient, le patron a le droit de leur tirer dessus : ce sont des voleurs, ils lui ont pris ce qu'il avait acheté, la force de travail. Des cas d'esclavage, il y en a partout, mais les dossiers sont intouchables, sous le contrôle de la police fédérale. Quand une commission d'enquête arrive, il ne reste plus personne, on les a rejetés plus loin, sur une autre défriche, ou ils sont allés mourir le long des routes...

« Actuellement, n'importe qui peut acheter un esclave en Amazonie. Ils ont même restauré les punitions corporelles et les prisons privées que l'on croyait abolies. Mais le gouvernement ne veut surtout pas entendre parler d'esclavage. Il ne connaît que le droit des latifundiaires et les favorise ; il ne veut pas se les aliéner. Tant pis pour les esclaves. »

Ceux qui ont voyagé à l'intérieur de l'Amazonie ont tous des histoires similaires à raconter : les posseiros abandonnés à eux-mêmes qui font 50 kilomètres à pied pour échanger un sac de riz contre un paquet de cigarettes, et qui bientôt se trouveront chassés par les grandes propriétés et obligés de s'enfoncer de plus en plus loin dans la forêt ; les pères hagards qui émergent de la forêt où la femme et tous les enfants ont péri, faute de soins ; l'effroyable mortalité et les malades ou les morts qu'on traîne sur le dos, pendant 20 kilomètres, dans la boue, etc. La longue liste des martyrs anonymes et sans visage, immolés au sacro-saint développement. L'enfer est redevenu vert et, un siècle après, nous ne sommes pas loin du terrible servage du caoutchouc.

Mais les premières victimes du développement sauvage, ce sont évidemment... les « sauvages » eux-mêmes, les premiers occupants de la terre. « Ils disent que le Brésil fut découvert. Le Brésil n'a pas été découvert, non, Saint-Père, il a été envahi et volé aux indigènes du Brésil », déclarait Marçal de Souza, lider guarani, à Jean Paul II lors de sa visite à Manaus. En fait, depuis quatre siècles, on s'est efforcé de le faire oublier.

« En Amazonie, nous disait Marcio Souza[1], écrivain et sociologue de Manaus, il y a toujours eu une sorte d'érosion culturelle, depuis la soi-disant culture du cycle du caoutchouc, qui n'était que caricature de l'Europe, jusqu'à la zone franche d'aujourd'hui, caricature du développement. » Le fameux théâtre flamboyant de Manaus n'a jamais reçu Sarah Bernhardt, mais des troupes de vaudeville de dernier ordre, plus dans le goût grossier d'une société à la vulgarité dorée. C'est l'autre Amazonie, « avec ses palais modernes et ses colifichets de mauvais goût, tape-à-l'œil et sans valeur, l'Amazonie de la culture de la cachaça et de la feuille de zinc », écrit Hans Bluntschili[2], par opposition à l'Amazonie harmonieuse, celle des Indiens et des *caboclos*. Aujourd'hui, c'est la culture du transistor et autre électronique japonaise, offerte à profusion à côté des couverts et statues de faux or dans les boutiques de la ville franche. Manaus, ou le triomphe du mauvais goût et de l'acculturation. Les Indiens dégénérés et les caboclos sans racines qui traînent, d'un air vague, entre leurs favelas et les rues de pacotille, vous diront avec regret qu'ils n'ont jamais vu d'Indiens. Eux ne se considèrent pas comme tels. Les plumes sans doute.

1. Auteur de *A expressao amazonense*, Sao Paulo, Alfa-Omega, 1978.
2. « Amazonia como organismo harmonico », *Cadernos da Amazonia*, n° 1, INPA, Manaus, 1964.

## 18. Les Indiens : intégration ou extermination de la « différence »

Depuis quatre siècles, cette société « cultivée » a entrepris de nier les seules civilisations existant vraiment en Amazonie. « Négation constante d'un passé perçu comme barbare et non historique », nous dit encore Marcio Souza, qui nous montre au-dessus de lui un tableau de jeunes Indiens en tenue traditionnelle : « De tous ceux-ci, il n'en reste que deux : tous les autres ont été exterminés. » Depuis toujours, il y a eu le désir forcené d'éliminer la différence de sociétés dites harmonieuses, sans État, et qui, fait plus grave, se désintéressaient de la production, au sens où nous l'entendons, pour honorer d'autres valeurs que le veau d'or. Pour une si noble tâche, il y avait, et il y a encore, deux armes : l'ethnocide d'abord, le génocide ensuite.[1]

Pierre Clastres [1] les distingue ainsi : « Le génocide assassine les peuples dans leur corps, l'ethnocide les tue dans leur esprit. » Ce dernier étant « la destruction systématique des modes de vie et de pensée de gens différents de ceux qui mènent cette entreprise de destruction ». Or, depuis toujours, on a tenté d' « intégrer » l'Indien, comme esclave d'abord, comme serf ensuite, puis comme valet de la « civilisation ». Ces Indiens intégrés et acculturés croupissent aujourd'hui dans la misère des favelas de Manaus, de Belem ou d'ailleurs, sont ouvriers agricoles des grandes fermes, prostituées autour des grands chantiers ou, au mieux, attractions pour touristes.

Cela n'empêcha pas le génocide non plus. « Estimée à six

1. « De l'ethnocide », cité dans *Recherches d'anthropologie politique*, Paris, Le Seuil, 1980.

257

millions au xvɪᵉ siècle, la population indienne du Brésil est actuellement réduite à deux cent mille personnes. Un million et demi d'Indiens ont été exterminés à chaque siècle : trente Indiens de moins chaque jour depuis 484 ans[1]. »

Aujourd'hui que l'Amazonie est devenue la dernière frontière, il ne s'agit plus seulement d'éliminer les différences mais de prendre aux Indiens leurs terres, détruisant ainsi tout leur mode de vie. Après avoir reconnu que « l'ethnocide est le mode normal d'existence d'un État, quel qu'il soit », Pierre Clastres ajoute : « Dans le cas des États occidentaux, la capacité ethnocidaire est sans limites, elle est effrénée. C'est bien pour cela qu'elle peut conduire au génocide. » Ce qui caractérise la civilisation occidentale ? « Son régime de production économique, espace justement de l'illimité, espace sans lieux en ce qu'il est recul constant de la limite, espace infini de la fuite en avant permanente. Ce qui différencie l'Occident, c'est le capitalisme comme système de production pour qui rien n'est impossible, sinon de ne pas être à soi-même sa propre fin. » Et au Brésil, nous sommes en capitalisme sauvage.

Le processus s'accélère, au rythme de l'avidité des requins, au point que dom Tomas Balduino, président du CIMI (Conseil indigéniste missionnaire), lance un cri d'alarme dans un message d'urgence intitulé : *Allons-nous tuer cet Indien ?* (juin 1980). « Il s'agit de l'assassinat d'un peuple... Et comme, dans toute guerre, la fin justifie les moyens, dans celle-ci toutes les armes ont déjà été utilisées : le lasso, la Winchester 44, la mitraillette, le napalm, l'arsenic, les vêtements contaminés à la variole, la pression des politiciens et des entrepreneurs au cabinet du ministre de l'Intérieur, le protectionnisme officiel, les certificats mensongers, les transferts et déportations, les routes et les clôtures, le défrichement

---

1. Bruce Albert et Patrick Menget, « La révolte des Indiens du Brésil », *Le Monde diplomatique,* décembre 1980.

et le feu, l'herbe et le bétail, les déclarations officielles et les démentis officiels, les expulsions et les nominations de l'organisme tutélaire, les décrets de droit et leurs annulations de fait. En un mot : une *imposture.* »

L'organisme tutélaire, c'est la FUNAI (Fondation nationale de l'Indien), créée pour défendre et protéger les Indiens, en remplacement de la SPI[1] aux scandales multiples. La FUNAI, cependant, n'a pas meilleure presse, et les Indiens ont mis son directeur, Carlos Nobre da Vega[2], en bonne place dans la liste de leurs pires ennemis, liste remise au pape à Manaus. De même que l'INCRA sabote la réforme agraire, la FUNAI opprime l'Indien. Elle distribue à tour de bras des certificats attestant qu'il n'y a pas d'Indiens sur les terres convoitées par les grandes compagnies. Sous couvert d'intégration, elle est complice des requins. « Dans les trente prochaines années au maximum, tous les Indiens qui vivent au Brésil seront parfaitement intégrés dans notre société », déclarait en 1976 le ministre de l'Intérieur. Depuis 1970, 45 % des Indiens Parakana sont morts, 70 % des Cavios, 60 % des Krum Akawe[3].

Quant au peuple nambiquara, menacé par la construction de la route BR-364 (financée par la Banque mondiale), il est en voie d'extinction. Déjà en 1973 un médecin de la Croix-Rouge déclarait : « La vie de ces Indiens est une honte non seulement pour le Brésil, mais pour l'humanité. » Décimés par les épidémies, assassinés par les pistoleiros, privés de leurs terres et de leurs modes de vie traditionnels, les Indiens qui n'ont jamais été une menace pour l'écologie voient leur environnement transformé en désert. A quoi bon, par exemple, cette transamazonienne, déjà à peu près inutilisable sur la plus grande partie de son trajet et qui a coûté si cher

1. Société de protection de l'Indien.
2. A côté de Mario Andreazza, ministre de l'Intérieur.
3. *Le Monde diplomatique,* article cité.

en argent (1,6 milliards de dollars US de 1970) et en vies ?

Alors qu'il recevait des Européens début 1980, un roi du cacao, après un bon dîner copieusement arrosé, leur offrit, pour le lendemain, une distraction de choix : la chasse à l'Indien. Cela n'est pas un fait rare et reste dans la grande tradition des *bandeirantes*. Après tout, l'Indien n'est-il pas un animal, comme le pensèrent des Européens au moment de la conquête, et comme certains d'entre eux le pensent encore [1] ?

Spoliés, persécutés, voilà que les Indiens se réveillent. A l'incitation de divers organismes, dont le CIMI, ils commencent à se réunir pour résister. Les assemblées intertribales se multiplient en vue d'une organisation à niveau national. Contre tous les usurpateurs, en défense de leur dignité. Ils ont créé l'UNIND (Union des nations indigènes) pour « faire peur à la FUNAI ».

« Saint-Père, ils nous tuent comme des chiens. » La grande victoire des Indiens fut la visite du pape. Eux qui n'avaient jamais eu droit à la parole pouvaient enfin s'exprimer devant l'opinion internationale. *Porantim,* la revue indigéniste de Manaus, écrit : « De même que le pape, en tant que chef d'État, a reçu à Brasilia les ambassadeurs de tous les pays, il a reçu à Manaus cinquante-huit chefs de nations indigènes. » Tous n'avaient pu venir ; empêchés par l'armée ou la FUNAI. Ils avaient préparé des lettres, des déclarations. Or l'idée du gouvernement était de les faire danser. Restons folkloriques. « Nous avons trop de morts, nous ne danserons pas alors qu'ils sont en train de nous assassiner », décidèrent les Indiens. « Ce que nous voulons, c'est parler au pape. » Quinze minutes avant l'arrivée du pape, on ne savait toujours pas qui aurait gain de cause, le gouvernement ou les Indiens. Ceux-ci finirent par l'emporter et, devant la presse internatio-

----

1. Il y a quelques années, en Colombie « démocratique », des grands propriétaires furent jugés pour assassinat d'Indiens (ce qui est inimaginable au Brésil). Ils furent acquittés. Leur défense ? Ils ne savaient pas qu'il était interdit de tuer des Indiens...

nale et la télévision brésilienne, qui n'en avait jamais tant vu, trois caciques prirent la parole :

« Nous sommes massacrés, exploités, ils tracent dans nos terres des routes qui causent du tort, avec les maladies et les divers problèmes que nous n'avions pas avant ; nous sommes exterminés par les projets, les compagnies et les envahisseurs qui nous volent nos vies, prennent nos terres et nous en expulsent, mettent le point final à notre culture et à nos droits. Nos pères sont morts pour défendre les terres et la FUNAI qui démarque les terres ne fait pas son devoir, nous fait des promesses, tout en laissant nos droits violés.

« Nous sommes des nations opprimées et notre voix est étouffée par ceux qui se disent les dirigeants de ce pays. Nous sommes une nation spoliée qui est en train de mourir parce qu'on ne nous a pas donné les conditions de survie. Nous voulons sauver notre nation, donner une patrie à notre peuple, mais nous rencontrons la résistance et la mort. »

On juge de l'effet produit...

Dans ce monde « libre » qui défend la survie de l'Occident chrétien, les Indiens d'Amazonie avaient ainsi conclu leur lettre au pape : « Le Christ aurait dit des paroles très dures aux chefs de ce pays. Et vous, Monsieur, que les catholiques disent être le représentant du Christ sur la terre, qu'est-ce que vous leur direz ? » A quoi Jean Paul II, décontenancé, répondit que le peuple indien avait droit « à la préservation de son identité, comme groupe humain, comme vrai peuple, comme vraie nation ».

Dom Tomas[1] conclut : « Le salut des groupes indigènes a valeur de symbole, en relation avec le futur de notre humanité. Ou nous récupérerons des espaces de liberté pour vivre de façon pluraliste, *ou nous serons tous subjugués comme esclaves de l'unique veau d'or.* »

---

1. CIMI, *op. cit.*

La nuit tombe sur l'empire de Daniel K. Ludwig. Les bruits de machines, l'agitation capitaliste, ont cessé. Il ne reste que la fraîcheur des soirs amazoniens, le bourdonnement de ce monde compact qui nous enveloppe. Le mystère qu'ignorent les Yankees. Là-bas, de l'autre côté du fleuve, sur les palafittes et dans les bars, la vie continue... Ici, plus rien. Étrange sensation de se sentir dans la maison climatisée des maîtres [1]. Tandis qu'autour de nous dorment les terribles machines du monde nord-américain, la puissance qui viole la forêt, on sent confusément dans l'obscurité la présence des milliers de serfs qui s'efforcent de dormir dans leurs hangars, entassés dans des hamacs *sans moustiquaires*. Encore plus loin, quelque part, les derniers Indiens de notre dernière forêt s'endorment dans le sursis de jours qui sont désormais comptés... Certes, le vieux Ludwig paie le salaire minimal, le moins que puisse faire l'homme le plus riche du monde (s'il payait plus, sans doute aurait-il perdu son titre depuis longtemps), et il a installé un hôpital gratuit. On paie chez Volkswagen.

Mais est-ce là la solution ? Est-ce là le développement ?

---

1. Mais à quoi bon être hypocrites, nous serons toujours du bon côté de la barrière, naissance oblige !

# ET MAINTENANT
René Dumont

Cette Amérique latine, qu'en dit la Banque mondiale[1] ?
« La plupart des gouvernements de ces pays sont résolus à
maintenir... des niveaux élevés d'investissement *en capital
humain* ( ?). Sur une base financièrement équilibrée... Forte
détérioration des termes de l'échange agricole. » Ce point
n'empêche pas la Banque mondiale de continuer à prôner une
intégration poussée au marché mondial, base du mal-développement : « Le Brésil et le Mexique, engagés dans une
stratégie du développement basée sur la *croissance rapide des
exportations,* ont pu avoir largement accès aux marchés
financiers mondiaux et *honorer,* sans trop de difficultés, *un
service de la dette de plus en plus lourd...* Mais un montant
rapidement croissant de l'intérêt au titre de la dette extérieure. » On n'en est plus à une contradiction près.

Une étude de cette Banque sur la distribution du revenu au
Brésil estime que, de 1960 à 1972 ou 1975, la part touchée par
les 40 % les plus pauvres tombe de 9,8 à 8,5 ou 7,4 % du total
national tandis que celle des 10 % les plus riches s'élève de 41
ou 44 % à 52 ou 53,6 %. En mai 1979, à La Paz, la CEPAL,
organisme des Nations unies[2], cite le Brésil comme exemple
de *mauvais développement.* « Entre 1960 et 1972, les 40 % les
plus pauvres de la population brésilienne ont vu leur revenu

---

1. Rapport 1980.
2. Thierry Maliniak, *Le Monde,* 29 janvier 1981.

réel croître de 3 %, tandis que celui des 10 % les plus riches augmentait de 170 %. » Or, dans le rapport 1980, la Banque mondiale ose écrire : « La croissance économique... *semble* (*sic*) avoir bénéficié à de nombreuses couches de la population... la principale bénéficiaire *semble* avoir été la classe moyenne... Les couches les plus pauvres de la population ont elles aussi vu leur situation *s'améliorer sensiblement.* »

La répression trouvait jusqu'ici une sorte de justification dans la « croissance » économique, dont on affirmait qu'elle finirait par profiter aux plus pauvres [1]. Or *l'écart* entre nations riches et pays pauvres, puis entre riches et pauvres dans ces derniers pays, *ne cesse de s'accentuer.* Misère et malnutrition continuent de s'aggraver, et la Banque mondiale ose encore écrire : « Les pays du cône sud (Argentine, Chili et Uruguay) ont *ouvert* leurs économies et permis aux mécanismes du marché de jouer avec une ingérence minimale des pouvoirs publics. Jusqu'à présent, les résultats sont *encourageants.* » Elle oublie de préciser : pour qui ? Elle ne conçoit guère le développement que par les investissements financiers. (Nyerere en montrait bien les limites, dès 1967, dans sa déclaration d'Arusha.) Elle ignore le rôle des *forces productives cachées,* objectif essentiel des Chinois, et celui du *travail impossible,* dénié : le chômage, gaspillage de la première ressource, le travail, et atteinte à la dignité humaine.

Malgré les échecs répétés depuis un quart de siècle, la Banque mondiale propose au Tiers-Monde d'accroître les exportations, refusant d'y voir le mécanisme essentiel de son exploitation, de son pillage par le jeu de l'*échange inégal.* Elle défend (même si elle « s'en défend ») les intérêts des privilégiés, du système économique dominant. Il est vrai que cette Banque représente la pointe la plus « réaliste » du système

---

1. Par le trop célèbre *trickle down,* dont nous avons pu noter les effets...

des Nations unies qui, nous rappelle Jean Malaurie[1], « constitue un petit monde de fonctionnaires internationaux qui détermine une économie prospère *du colloque*. Le Tiers-Monde fait l'objet de *quatorze mille colloques annuels*. Ses plus de *cinquante mille experts* sont d'autant moins efficaces qu'ils n'ont aucune responsabilité réelle puisqu'ils dépendent, pour leur carrière, des organismes et des gouvernements qui les emploient. S'étonnera-t-on alors que le Tiers-Monde — les trois quarts de l'humanité, dont bon nombre meurt de faim, malgré les milliards de dollars investis — s'enfonce dans la misère ? En France, le désarroi dans nos usines et dans nos villages, source de notre sagesse, est croissant : villes inhumaines, campagnes désertées ».

Les 500 milliards de dollars de « dettes » du Tiers-Monde ne sont que le produit net de cet échange inégal : souspaiement de leurs produits agricoles et minéraux, surfacturation des équipements, biens industriels et multiples services que nous leur vendons. Ils ne représentent qu'une série de *vols légaux*. Ils ne seront, heureusement, jamais remboursés. « Compter sur ses propres forces » signifierait alors la réduction des échanges portant d'abord sur les produits somptuaires. Le développement endogène, autochtone, assuré par *le travail de tous et pour les besoins de tous,* appellerait les intéressés à élaborer les décisions qui les concernent, et cela d'abord à l'échelle du village et du quartier, en liaison, certes, avec un plan local, régional et national. A l'abri d'un protectionnisme *gradué,* on importerait puis on construirait des équipements modernes, et on fabriquerait sur place, pour certaines productions, les outils des technologies appropriées. En allant plus lentement, par étapes adaptées aux situations économiques et humaines de départ, on avancerait plus sûrement avec l'aide et la compréhension du plus grand nombre.

---

1. *Bulletin « Terre humaine »*, n° 4, titre d'une courageuse collection chez Plon, où j'ai fait paraître *Terres vivantes*.

Le marxiste Arghiri Emmanuel qualifie un peu vite la *technologie appropriée* de *technologie sous-développée*[1] et accorde, dans tous les cas, la préférence aux technologies « les plus modernes », quels qu'en soient le prix et les possibilités d'adaptation. Il ne sort plus guère de son cabinet, ce qui lui permet, dans une étude du développement, de ne pas écrire les mots « agriculture » et « paysan ». Il affirme ainsi que le sous-emploi se résorbe très rapidement, que « la culture nationale ne se définit que par référence au degré d'industrialisation »... et que, « en mettant 10 % de sa population au travail dans les conditions techniques nord-américaines et en laissant les 90 % restant dans l'oisiveté totale, l'Inde produirait deux fois plus qu'en mettant tout le monde au travail ». Éloge du mal-développement !

Vous allez voir, nous dit de son côté Jean-Jacques Servan-Schreiber, l'informatique va résoudre les problèmes du Tiers-Monde. Le génie génétique, la biologie moléculaire, etc., nous ouvrent d'immenses horizons, nous répondent les biologistes — et ces derniers ont raison. Ils oublient seulement que nous produisons déjà plus de céréales (1,5 milliard de tonnes, 340 kilos par tête) qu'il n'en faut pour nourrir très largement toute l'humanité, mais que le bétail des pays riches, plus « solvable » que les pauvres, en mange un bon tiers pour nous permettre de nous « gaver » de viande. Nous disposons depuis longtemps des moyens techniques nécessaires pour résoudre tous les problèmes de production. Les découvertes scientifiques apportent certains remèdes, mais ne résolvent pas les problèmes économiques et sociaux comme ceux de la répartition du travail et des revenus.

Pour Gunder Frank[2] aussi, la solution paraît fort simple :

1. Sous ce titre, livre publié aux PUF par l'Institut de recherches sur les multinationales à Paris.
2. *Capitalisme et Sous-Développement en Amérique latine*, Paris, Maspero, 1968.

« La seule voie qui conduise hors du sous-développement est la révolution armée menant au *développement socialiste*. » Il oublie de préciser en quoi consiste ce « développement », car il y en a bien des modèles mais aucun ne se situe, à mon avis, dans le cadre d'un *socialisme démocratique*. Celui que prônait Jean Jaurès par exemple. Quand Gunder Frank écrivait ces lignes, le « Che » n'avait pas encore été assassiné en Bolivie, où les Indiens qui ne parlaient pas l'espagnol ne l'avaient pas soutenu. Au Mexique, des révoltes armées et des guerres civiles (1911-1918) n'ont abouti, après un million de morts — dus à la famine et au typhus plus qu'aux combats —, qu'à de nouvelles formes d'asservissement des pauvres et des paysans. La dernière grande guerre civile de Colombie [1], la *violencia* (1948-1956), de caractère plutôt fasciste, aurait fait 300 000 morts, et ruiné, exproprié plus d'un million de familles paysannes. Processus de massacres paysans qui se prolonge du Guatemala au Salvador, après avoir été bloqué au Nicaragua. La répression est désormais tellement bien organisée (Cuba a servi de leçon) que la guérilla urbaine a été décapitée, au Brésil comme en Argentine et en Uruguay. Et l'on sait le sort du Chili.

Par ailleurs, les États qui se disent socialistes ont totalement échoué dans le domaine des libertés et très largement en agriculture. Ils ont édifié une autre société de consommation, plus pauvre que celle d'Euramérique, mais inégalitaire. En somme, un autre *mal-développement* qui profite surtout, nous rappelle Djilas, à la *nouvelle classe* de privilégiés. Une industrie puissante y a donné la priorité aux armements qui permettent de dominer l'Europe orientale, de garder les colonies asiatiques des tsars, de conquérir l'Afghanistan... Sans défendre ce *fascisme rouge,* la société étatisée et totalitaire, la « défense des droits de l'homme à l'Est » , si

1. La précédente, la guerre des Mille Jours, 1898-1901, est bien évoquée par Garcia Marquez dans *Cent Ans de solitude.*

justifiée, occupe dans nos *mass media* bien plus de place que la même défense en Amérique latine, où l'on massacre aujourd'hui plus aisément. Et le simple *droit à la vie* reste à peu près interdit à la majorité du Tiers-Monde. Je relisais les beaux « droits de l'enfant » affichés à l'UNESCO : qu'en est-il sur le terrain pour les enfants des paysanneries exploitées, opprimées et ruinées du Tiers-Monde ? Pour ceux des smicards et des chômeurs des bidonvilles ?

Cet échec socialiste sert ainsi à justifier les abus du capitalisme, et même le pillage du Tiers-Monde. Comme s'il n'y avait que deux solutions possibles, que le noir et le blanc. Le M 19 en Colombie ne proposerait plus la trop célèbre « collectivisation des grands moyens de production et d'échange ». Il nous faut désormais partir sans préalable théorique (il serait forcément inadapté) de ce qui existe et l'infléchir résolument étape par étape en procurant d'abord à tous du travail productif, sans démolir les outils de production, ce qui aboutirait à d'effroyables famines, et en accordant la priorité à la satisfaction des besoins élémentaires de l'ensemble de la population : alimentation, vêtement, logement, éducation, santé [1]... Or le mal-développement éloigne de cet objectif. Il nous faut devenir *inventifs* mais nous ne pouvons prétendre proposer des solutions concrètes adaptées à tous les difficiles problèmes évoqués.

Il faudrait *la participation de tous les intéressés,* de toute la population, à l'élaboration prioritaire des solutions *locales,* à l'échelle du village, du quartier et de la municipalité, en remontant ensuite à la province et à la nation. Mais cela exigera qu'on donne *la parole à tous,* donc que le pouvoir ne soit plus accaparé par les minorités privilégiées qui gèrent l'économie dans leur intérêt, même si ce sont elles qui tiennent les fusils (base du pouvoir selon Mao). Dom Helder

---

1. Mais pas les « santés » que procurent les invasions pharmaceutiques des multinationales, les plus grands profiteurs de la sécurité sociale.

Camara répond justement à ceux qui lui demandent d'être plus révolutionnaire : « Faites-la d'abord chez vous, cette révolution, en cessant de nous piller, de nous exploiter. » Il ne faut pas en effet oublier *les responsabilités du système économique dominant,* le capitalisme, dont nous sommes tous *complices*[1] dans la mesure où nous profitons du pillage du Tiers-Monde.

Ce bilan sombre ne doit pas être, cependant, celui du désespoir. Du Mexique au Brésil et en Colombie, nombreux sont ceux, parmi les jeunes — apprentis, élèves et étudiants —, les chercheurs et enseignants, les paysans et les syndicats ouvriers, l'Église et ses communautés de base, les femmes « doublement dominées », etc., qui *prennent conscience de l'impasse* dans laquelle on les fourvoie et de la *faillite,* non seulement politique et économique, mais morale et sociale, d'un système qui ne peut plus justifier la répression par les nécessités du développement, car il y a échoué.

Les luttes de ces opprimés, nous les regardions jusqu'à présent comme venant d'un lointain autre monde que l'on appelait « Tiers-Monde », mais qui nous paraissait tellement différent, et surtout totalement étranger. Mais voici que, depuis 1973, et pas seulement à cause du pétrole, mais surtout du fait de notre *mal-développement,* de notre société de consommation aberrante, nous sommes — enfin — *touchés à notre tour.* Chômage et inflation, déficits du budget et de la dette extérieure, stagnation de la production, crise de l'automobile... tous les indicateurs économiques s'allument au rouge. On cherche alors à en sortir par la fuite en avant, comme de plus monstrueux programmes d'armement en URSS et aux USA qui accroissent les risques d'un anéantissement nucléaire : ce n'est pas ainsi que l'on va sortir le Tiers-

1. Cette complicité élargie a été soulignée en 1981 par les attaques des responsables du parti communiste français contre les immigrés qui sont le Tiers-Monde parmi nous. En 1920, je les ai connus plus internationalistes : « Prolétaires de tous les pays... »

Monde de la misère et de la faim. J. F. Kennedy proposait à l'Amérique latine des réformes fiscales et agraires qui auraient pu réduire le mal-développement. Reagan préfère armer la junte salvadorienne qui fait massacrer les paysans.

Nous avons fait ici ce que nous pouvions, en cherchant à participer à la *conscientisation* de nos contemporains. Leur avenir est entre leurs mains, même s'ils ne veulent pas l'admettre.

# ARRIÈRE-PENSÉES
## Marie-France Mottin

Je ne voulais pas faire de conclusion. Le sujet est si grave qu'il serait artificiel de vouloir finir ce livre. Il ne nous appartient pas de donner des stratégies ou de prêcher des révolutions de rêve dont d'autres feront les frais. L'heure des marchands de miracles et des vendeurs de *packages* technologiques ou idéologiques est passée. Il nous reste le désarroi et le pressentiment d'une catastrophe qui se situe bien au-delà de nos éternels débats politiques. Tout au plus pouvons-nous dénoncer l'injustice, l'imposture, et suggérer des pistes modestes.

Pour ma part, je me contenterai de quelques arrière-pensées. Du Mexique au Brésil, j'ai senti monter mon indignation, jusqu'à la rage. Une rage impuissante d'ailleurs, car s'insinuait une immense inquiétude : en finir avec une situation intolérable, soit ; mais comment et à quel prix ? La violence appelle la violence. Un prêtre brésilien, homme pacifique pourtant, me confiait à voix basse : « Quand on voit ces gens de bonne volonté mais sans défense face à la complicité de ces requins qui refusent tout dialogue et ne connaissent que le langage des armes, c'est terrible à dire, mais on a envie de tuer... » Découragée, j'ai souhaité, je l'avoue, que tout ceci explose. *Mais après, quoi ?* Des insurrections désorganisées auxquelles répondront une répression sauvage, des massacres, des carnages, qui ne

271

résoudront pas d'un coup le problème de la « culture de la pauvreté ».

Oscar Lewis — qui travaillait au ras du sol et non dans ces salons où se refait le monde — écrivait : « Même les gouvernements les mieux intentionnés des pays sous-développés rencontrent des obstacles difficiles à surmonter en raison de ce que la pauvreté a fait des pauvres. » Admettons, pour un instant, qu'il y ait un changement de régime. Cela relève plus du « scénario » cher aux experts que de l'hypothèse réaliste, ô monsieur Reagan. Il faudra compter avec ces dizaines de millions de gens avilis, démolis, étouffés patiemment au cours des siècles, déstructurés souvent, minés même parfois dans leur corps et dans leur cerveau et qui, à force d'être tenus à l'écart, se sont donné une « culture » pas seulement négative : « une structure, un système de rationalisation et d'auto-défense sans lesquels les pauvres ne pourraient survivre ». Comment tous ces laissés-pour-compte seront-ils un jour intégrés ? Et intégrés à quoi ? La première réaction d'un gouvernement « bien intentionné » ne sera-t-elle pas de leur imposer une *vérité,* un schéma de « salut » programmé d'en haut — ou pensé d'ailleurs —, dans lequel le peuple sera encore perdant ? En clair, tous ces régimes fanatiques du maintien de leurs privilèges ne préparent-ils pas le terrain pour d'autres extrémistes, fanatiques de la normalisation ? Nous avons la mémoire un peu courte et oublions souvent que tout régime nouveau assume l'héritage social et économique de celui qui a précédé. Le manichéisme des fascistes — et assimilés — force, nous l'avons vu, les opposants au radicalisme, réaction viscérale. Mais, dans un deuxième temps, ceux-ci optent pour la facilité. Plutôt que d'inventer, on se raccroche au marxisme-léninisme, on importe un modèle de société « clés en mains ». Toutes ces vérités préfabriquées procèdent de schémas *a priori* et nient forcément une réalité qu'il faudra vite passer au laminoir pour la faire rentrer dans le moule. Dieu que le quotidien est subversif ! Pour mettre fin à la culture de la pauvreté, on imposera donc la lumière, de gré ou de force.

Je n'oublie pas qu'il y a peu de temps j'écrivais *Cuba quand même*[1]. Pendant ce voyage-cauchemar en Amérique « latine », comme beaucoup qui pratiquent la relativité à défaut d'objectivité, j'ai dû reconnaître que « Cuba, c'est encore mieux que tout ce qu'on peut voir ». Cuba, quand même, hélas ! Tandis qu'une bonne partie du sous-continent stagne dans sa malnutrition ou son fameux « manque d'éducation », la population cubaine a un acquis irremplaçable : une excellente santé, une certaine éducation généralisée et cette *dignité* retrouvée qui ne figure dans aucun catalogue de « besoins de base » (celui de la Banque mondiale par exemple, trop paternaliste pour y avoir pensé). Cela n'est que démagogie, rétorqueront certains qui trouvent que le prix à payer, la liberté s'entend, est un peu élevé. Peut-être, mais cet acquis est un point de départ et, alors qu'un si grand nombre se voit refuser la satisfaction de ces « besoins de base », peut-on en faire fi comme d'une démagogie totalitaire ? Quant à la liberté des masses oubliées d'Amérique latine, qu'est-ce que ça signifie ? Cela fait beaucoup de points d'interrogation, hélas, et me voilà enfermée à mon tour dans le cercle vicieux du vieux débat que je voulais éviter.

Mais enfin, l'Amérique latine est-elle condamnée à osciller entre deux pôles : le Chili de Pinochet et le Cuba de Castro[2] ? N'y a-t-il pas d'autre solution ?


Tant que subsistera la culture de la pauvreté, les pauvres se heurteront à des « élites » qui, quoi qu'elles disent, ont le plus

1. Petit témoignage sur la vie quotidienne à Cuba écrit en 1978 sans autre connaissance de l'Amérique latine. Mais on ne choisit pas toujours ses itinéraires (Paris, Le Seuil, 1980).
2. C'est une question que nous posait le président Echeverria du Mexique.

profond mépris pour ce peuple « arriéré », anachronique.

Au Nicaragua, un sandiniste fervent nous racontait cet incident survenu dans une ancienne plantation de Somoza. Un agronome révolutionnaire, forcé par l'esprit nouveau à discuter avec les ouvriers agricoles, n'est pas d'accord avec eux. Il finit par éclater et mettre en avant son titre universitaire, pensant clore là le débat, seul contre tous. Un vieux paysan se lève, fort de sa voix retrouvée et de sa dignité reconquise : « Tu es agronome, c'est vrai. Mais qu'est-ce qui fait la différence entre toi et nous ? C'est que, du temps de Somoza, ton père était du côté de nos exploiteurs pour pouvoir te payer des études. Il t'a bien nourri, tandis que nous, on a toujours eu faim et on n'est jamais allés à l'école. Ce qui ne veut pas dire qu'on soit plus bêtes que toi. D'ailleurs, le coton, qu'est-ce que tu y connais ? Nous, on a passé toute notre vie dans les champs. » Déjà le rapport masse-élite existait dans la tête du lettré, comme il subsiste souvent dans celle de l'analphabète.

Dès le début, les dés sont pipés et les jeux sont faits. Face à la bureaucratie, tous n'ont pas l'énergie de notre vieil ouvrier agricole. Venu du « néant », le marginalisé se retrouve fondu dans l'abstraction commode de la masse. Comme si la « masse » existait ailleurs que dans les manuels ! Je n'oublie pas que le « Che » disait déjà : « Je ne vois pas plus d'intérêt pour les Noirs d'étudier l'histoire africaine à Cuba que pour mes enfants d'étudier celle de l'Argentine. Les Noirs à Cuba ont besoin d'étudier le marxisme-léninisme, non l'histoire africaine. » En dehors de ce marxisme-léninisme, pas de dignité, pas de salut. Limons les aspérités et arrachons les racines ! Inscrira-t-on jamais la *liberté* (et le droit à la différence) dans la liste des besoins de base ?...

Et pour achever l'uniformisation, on choisit la société dite « industrielle », grand rêve de Moscou à Washington, qui contamine le Tiers-Monde. Cette société dont Pierre

Clastres[1] disait : « La plus formidable machine à produire est pour cela même la plus effrayante machine à détruire. Races, sociétés, individus, espace, nature, forêt, sous-sol : tout doit être utile, tout doit être utilisé, tout doit être productif, d'une productivité poussée à son régime maximum d'intensité. »

Mais ce « rêve » ne semble guère marcher en Amérique latine. Si la destruction est évidente, l'utilité l'est moins. Tant de gens y deviennent inutiles et inutilisables : les paysans pour cause de progrès, les ouvriers pour cause de mécanisation — quand ils ne sont pas indésirables pour cause de revendications —, les intellectuels pour cause de subversion, etc. Et croissent les bidonvilles, bourrés à en craquer d' « inutiles » dont on ne sait que faire.

Alors ? Je ne sais pas... La parole est aux mouvements populaires qui partout surgissent de l'ombre, plus ou moins timides, plus ou moins réprimés, et qui nous font enfin savoir quels sont leurs besoins et leurs aspirations. Saurons-nous les entendre ? Eux seuls cependant, quand ils seront organisés (et non récupérés), pourront un jour opposer une résistance à toutes les vérités et les certitudes qui les oppriment ou qui les menacent. David contre tous les Goliath ! Utopie, peut-être, mais il en va de notre survie.

1. *Recherches d'anthropologie politique*, Paris, Le Seuil, 1980.

# BIBLIOGRAPHIE
# SÉLECTIVE

Nous ne citons que les livres que nous estimons les plus importants pour la compréhension du sujet spécifique : le mal-développement.

## 1. Tiers-Monde et mal-développement

BANQUE MONDIALE, rapports annuels.

CARDOSO (Fernando Henrique), *Politique et Développement dans les sociétés dépendantes*, Paris, Anthropos, 1971.

CARFANTAN (Jean-Yves), CONDAMINES (Charles), *Qui a peur du Tiers-Monde ?*, Paris, Le Seuil, 1980.

CLASTRES (Pierre), *Recherches d'anthropologie politique*, Paris, Le Seuil, 1980.

GRANOTIER (Bernard), *La Planète des bidonvilles*, Paris, Le Seuil, 1980.

PARTANT (François), *La Guérilla économique : les conditions du développement*, Paris, Le Seuil, 1976.

RAULIN (Henri), RAYNAUD (Edgar), *L'Aide au sous-développement*, Paris, IEDES/PUF, 1980.

## 2. Amérique latine

CHEVALIER (François), *L'Amérique latine, de l'Indépendance à nos jours*, Paris, PUF, 1977 (contient une bibliographie détaillée).

FURTADO (Celso), *Le Mythe du développement économique*, Paris, Anthropos, 1976.

GALEANO (Eduardo), *Les Veines ouvertes de l'Amérique latine*, Paris, Plon, coll. « Terre humaine », 1981.

GUNDER FRANK (André), *Capitalisme et Sous-Développement en Amérique latine*, Paris, Maspero, 1968.

LAS CASAS, *Très brève relation de la destruction des Indes*, Paris, Maspero, 1979.

### 3. Mexique

CORTÉS (Hernan), *La Conquête du Mexique*, Paris, Maspero, 1979.

DIAZ DEL CASTILLO (Bernal), *Histoire véridique de la conquête de la Nouvelle-Espagne*, Paris, Maspero, 1980.

ESTEVA (Gustavo), *La Batalla en el Mexico rural*, Mexico, Siglo Veintiuno, 1980.

GONZALEZ (Luis), *Les Barrières de la solitude : San José, village mexicain*, Paris, Plon, coll. « Terre humaine », 1977.

GUTELMAN (Michel), *Réforme et Mystification agraires en Amérique latine. Le cas du Mexique*, Paris, Maspero, 1971.

HERZOG (Jesus Silva), *La Révolution mexicaine*, Paris, Maspero, 1977.

HEWITH DE ALCANTARA (Cynthia), *Modernizing Mexican Agriculture*, Genève, UNRISD, 1976.

LEWIS (Oscar), *Les Enfants de Sanchez*, Paris, Gallimard, 1963.
— *Pedro Martinez*, Paris, Gallimard, 1964.

MEISTER (Albert), *Le Système mexicain*, Paris, Anthropos, 1971.

### 4. Colombie

APRILE-GNISET (Jacques), *La Colombie*, Paris, Le Seuil, coll. « Petite Planète », 1979.

COLMENARES (J. S.), *Los Verdaderos duenos del pais,* Fondo Editorial Suramerica.

FALS BORDA (Orlando), *El Hombre y la tierra en Boyaca,* Bogota, Punta de Lanca, 1957 et 1979.

GARCIA MARQUEZ (Gabriel), *Cent Ans de solitude,* Paris, Le Seuil, 1968.


## 5. Brésil


ARRAES (Miguel), *Le Brésil, le Peuple et le Pouvoir,* Paris, Maspero, 1969.

CARDOSO (F. H.), MÜLLER (Gerald), *Amazonia : expansao do capitalismo,* CEBRAP, 1978.

CONCEIÇAO (Manuel da), *Cette terre est à nous,* Paris, Maspero, 1981.

DETREZ (Conrad), *Les Noms de la tribu,* Paris, Le Seuil, 1981.

FURTADO (Celso), *Le Brésil à l'heure du choix,* Paris, Plon, 1964.

LINHART (Robert), *Le Sucre et la Faim,* Paris, Éditions de Minuit, 1980.

MARTINS (José de Souza), *Expropriaçao e violencia,* Sao Paulo, Editora Hucitec, 1980.

MATERNE (Yves), *Paysans du Brésil : le temps des requins,* Paris, DIAL/Éd. du Cerf, 1980.

MONBEIG (Pierre), *Le Brésil,* Paris, PUF, 1976.

SOUZA (Marcio), *A expressào amazonense. Do colonialismo ao neocolonialismo,* Sao Paulo, Editora Alfa-Omega, 1978.


## 6. Documentation générale


*Amérique latine* (revue et cahiers), CETRAL, 35, rue des Jeûneurs, 75002 Paris.

*Bulletin d'information sur l'Amérique latine,* DIAL, 170, bd du Montparnasse, 75014 Paris.

LE MAL-DÉVELOPPEMENT EN AMÉRIQUE LATINE

*Problèmes d'Amérique latine,* La Documentation française, quai
   Voltaire, 75007 Paris.

On peut aussi consulter la bibliothèque de l'Institut des hautes
études d'Amérique latine, 28, rue Saint-Guillaume, 75007 Paris.

# TABLE

## Mexique

# Colombie « démocratique »

# Brésil

IMP. BUSSIÈRE À SAINT-AMAND (CHER)
D.L. FÉVRIER 1983. N° 6383 (2784).

# Collection Points

## SÉRIE POLITIQUE

DERNIERS TITRES PARUS